ヒポクラテスの誓い

中山七里

祥伝社文庫

目次

一　生者と死者

1

「あなた、死体はお好き？」

真琴《まこと》はそう訊かれて返事に窮した。

十一月の薄日が射し込む法医学教室で、挨拶《あいさつ》も交わさないうちの第一問がこれだった。

しかも目の前に座る質問者は、紅毛碧眼《こうもうへきがん》でありながら日本語が至極流暢《りゅうちょう》ときている。

「あ、失礼。自己紹介まだだったわね。ワタシ法医学教室准《じゅん》教授のキャシー・ペンドルトン」

「け、研修医の栂野《つがの》真琴です」

差し出された手を慌《あわ》てて握る。骨ばっているが、指の長い、ほっそりとした手だった。医者というよりはピアニストの指と言われた方がしっくりくるかも知れない。ただしお世辞にも美人とは言いかねる。意志の強そうな太い眉と鰓《えら》の張った頬《ほお》。意地の悪い言い方をすれば、名前と指先の綺麗《きれい》さだけが彼女の女らしさだった。

「それで、お嬢さん、死体はお好き?」

「特に好きということは……」

「えっ、それでは嫌いなの」

「いや、あの……死体に好きとか嫌いとかないんじゃないでしょうか」

するとキャシーは目を丸くして言う。

「死体が好きでもないのに法医学教室に来たのですか? あなた解剖医がどんな扱いを受けているか知っているのですか」

そんなことは言われなくても承知している。自分だけではなく学生も研修医も全員そうだ。

臨床医に比べて解剖医の収入は低い。しかも民間と大学の勤務医でも給料に結構な差がある。大学勤務の解剖医となれば二重に条件が悪い。

「志望は内科なんですけど、その、臨床研修長に言われて」

「臨床研修長。ああ、内科の津久場《つくば》教授ですね。で、どうしてここに来たの」

「津久場先生が、君に足りないのは広範な知識だからって……法医学教室で研修した内容を加味して全体の成績を評価してくれるらしいんです」

日本では医大において六年間教育が行われ、その後、国家試験に合格すれば医師免許が与えられる。しかし医師免許を持たない学生の身分では法律上、医療行為に携《たずさ》われないため、医師免許を取得した時点での実地経験は皆無となる。つまり医療経験のない医師が一挙に大勢誕生するという、非常に具合の悪い状況が生じるのだ。

　そこで免許取得後は臨床研修の名目の下、上級医の指導を受けながら経験を積ませる制度が医科では二〇〇四年度から、歯科では二〇〇六年度から義務化された。

　この臨床研修制度では医科で二年以上の研修を受けなくてはならないとされているが、ここ浦和《うらわ》医大ではそれに加え、評点制を導入していた。即《すなわ》ち、ただ臨床研修に身を委ねていればいいという訳ではなく、担当教授の評価が〈可〉以上でなければ単位を与えないというものだ。

　担当教授がその技術と知識を認めない限り、大学内では医師として扱われない制度は、当然教授と患者には好評だったが、研修医にしてみれば億劫《おっくう》なことこの上ない。何となれば担当教授に自身の生殺与奪の権を握られているようなものだからだ。

「つまり、法医学教室で単位が取れなかったらずうっと飼い殺しって訳ね」

　飼い殺しという言い方があまりにも的を射ていたので、真琴は思わずこくこくと頷《うなず》いた。

　臨床研修制度では研修医のアルバイトが禁止されている。その代わりに給与が支給され、現状では平均で年収三百六十五万円となっている。

　ただしそれはあくまでも平均であり、民間病院と大学では格差がある。大学ごとでも更に違う。しかも研修医の身であっても、高価な専門書は自己負担、住まいも当然自己負担となれば学生に毛が生えたほどの生活水準を維持するのがやっとになる。資金やコネがなければ開業もできないので、要領の悪い研修医はいつまで経っても一人前に扱われず、安くこき使われるという寸法だ。だから生かさず殺さずの飼い殺しという表現はまことに言い得て妙だった。

「津久場教授は温厚でフェアな人柄だから、嫌がらせということはないわね。じゃあ、これは准教授から最初のアドバイスです。まずは死体を好きになりましょう」

「あ、あの」

真琴はおずおずと手を挙げて発言を求める。ふた言み言交わした感じでは、この准教授はひどく明《あ》け透《す》けな性格らしい。この機会に訊けることは訊いておこうと思った。

「はい、何でしょう」

「わたし、今は内科の研修中なので、その辺が少し……生体、つまり患者を好きになれ、というのは分かります。患者の肉体に巣食う病気を根絶し、健康体に戻してやる。どんな性格破綻者であろうと、どんな犯罪者であろうと、尊厳を護《まも》り治癒《ちゆ》に全力を尽くす。それが医師の使命だと教えられました」

「ワタシもその通りだと思います」

「でも対象が死体では、どうなんでしょうか。もう生きてはいません。いくら医者が手を尽くしたところで死んだ患者が甦《よみがえ》ることはありませんよね。もちろん学術的に不可欠なのは分かっていますけど、その、それは医者でなくてはできない仕事なんでしょうか」

「死体を相手にするのは楽しくないですか？」

キャシーは日本人ではないから語感を差し引いて考える必要がある。今のは〈面白いか〉ではなく〈甲斐《かい》があるか〉という趣旨だろう。

「医者の本分というのは、やっぱり患者を苦しみから解放してあげることだと思うんです。だから生きている患者と死体を同列に扱うというのはちょっと……」

するとキャシーは急に立ち上がった。

「真琴、カモン」

そして真琴の腕を取り、教室の外に引っ張って行く。

まさか自分は彼女の逆鱗《げきりん》に触れるようなことを言ったのだろうか——すぐに謝罪の言葉を探したがキャシーの腕力は相当なもので、真琴は何の抵抗もできず外に出された。

「真琴、読んでみてください」

キャシーが指し示したのは、教室の入口に掲《かか》げられた真鍮《しんちゆう》製のプレートだった。長さ二メートルほどのプレートの中には次のような文言が彫《ほ》られている。

『……養生治療を施《ほどこ》すにあたっては、能力と判断の及ぶ限り、患者の利益になることを考え、危害を加えたり不正を行う目的で治療することはいたしません……また、どの家に入っていくにせよ、全ては患者の利益になることを考え、どんな意図的不正も害悪も加えません。そしてこの誓いを守り続ける限り、私は人生と医術を享受できますが、万が一、この誓いを破る時、私はその反対の運命を賜《たまわ》るでしょう』

所謂《いわゆる》、〈ヒポクラテスの誓い〉と呼ばれる誓文だった。医学の父ヒポクラテスがギリシア神への宣誓文として謳《うた》ったもので、医大と名がついているところなら大抵一枚はどこかに掲示してある。

「これがどうかしましたか」

「この誓いの中で、患者を生きている者と死んでいる者とで区別していますか？」

「でも、それは」

「この誓文が法医学教室に飾られていることは非常にシンボリックです。基礎医学と臨床医学の壁を越え、生きている者も死んでいる者も分け隔《へだ》てなく同じ患者なのです」

キャシーはそれで気が済んだのか、真琴を教室の中に引き入れる。

「とにかく教授の前では法医学に否定的な態度を取るのはよくないことです。注意してください」

「あの、ペンドルトン准教授」

「キャシーでいいですよ。皆、そう呼んでいますから」

「キャシー先生は、その、死体がお好きなんですか」

「好きですよ」

キャシーは至極当然のように答える。

「死体には興味が尽きません。個人的には犯罪現場に残る、どんな証拠よりも重要なものだと思っています。現にアメリカの検死官は捜査に関する助言さえできます。それは法医学が犯罪捜査をする上で非常に価値があるものだからです」

ふとキャシーの過去に興味を覚えた。しばらくはこの教室に在籍することになる。准教授のプロフィールを知っておくことも損にはならないだろう。

「キャシー先生は最初から法医学を専攻されていたんですか」

「いいえ、コロンビア医大の頃は臨床医師を目指していましたよ。でもカリキュラムで法医学の講座を受けてから夢中になりました。そして法医学専攻にチェンジしてからは更にのめり込みました。競争相手がほとんどいなかったので、パイオニア気分も味わえましたしね。アメリカの医学生のうち、監察医を目指す者はわずか0・2％しかいません。ワタシには都合いいのですが不思議でなりませんね。何故こんなに面白いことをみんなが避けているのか」

ああ、海の向こうでも似たような状況なのかと、真琴は妙な感慨に耽《ふけ》る。キャシーには悪いが、死体専門の学問はやはり特異だと思う。そして死体を愛する人々などはもっと特異だ。

「でも、どうして日本に？」

「向こうで実習を受けていた際、ここの教授の名前を知りました。コロンビア医大どころか、権威と言われる教授たちは全員その名を知っていました。論文を読み、ビデオを見ました。感銘《かんめい》を受けました。法医学の天才だと思いました。それで居ても立ってもいられず、必死に日本語を学び留学したのです」

熱の籠《こも》った口調に少し引いた。海外で高い評価を受ける傍《かたわ》ら、国内では今ひとつ知名度の低い学者は珍しくない。しかし、選《よ》りにも選って自分の勤める医大で、しかも法医学教室の教授がそうだったとは夢にも思わなかった。

その時、教室に近づく足音が聞こえた。

「ああ、噂《うわさ》のミスター権威が到着したようですね」

ドアを開けて現れたのは、海外での知名度が嘘に思えるような小柄な人物だった。

年齢は六十代半ば、白髪オールバックで端整な顔立ちだが目だけが鷹《たか》のように鋭い。腰こそ曲がっていないものの、背丈は真琴と同じくらいかやや低い。

これが浦和医大法医学教室の主、光崎藤次郎《みつざきとうじろう》教授だった。

その鋭い目がぎろりと真琴を一瞥《いちべつ》する。

「誰だ、君は」

「な、内科から移ってきました栂野真琴ですっ」

「栂野。ああ、そう言えば津久場が言うておったな。出来損《そこ》ないを一人遣《や》るから面倒見てくれと」

さすがに面と向かって言われるといい気はしないが、研修医にとって教授といえば雲の上の存在だ。真琴の方に抗弁権はない。

「君は死体が好きか？」

またその質問か。

少しうんざりしたが答えない訳にはいかない。模範回答は今しがたキャシーに教えてもらったばかりだ。

「死体は、これから好きになります」

すると、光崎はすぐキャシーの方に向き直った。

「何だ、最初から君の入れ知恵か」

キャシーは悪戯《いたずら》を見つけられた子供のように、咄嗟《とっさ》に目を逸《そ》らす。

「無理に自分の仲間を作らんでよろしい。誰にでも生理的に受け付けんものがある」

「でも教授。ワタシは死体が本当に好きで」

「そんなことを大声で吹聴《ふいちょう》しておると、今にあいつは死体愛好者《ネクロフィリア》だとか碌《ろく》でもない噂が立つぞ」

「ワタシ構いませんよ。ネクロフィリアに近いものはありますから」

ふん、と鼻を鳴らしてから光崎は再び真琴を睨《にら》んだ。

「今まで、どこを回った」

訊かれているのは研修のローテーション内容だ。

「泌尿器科と、麻酔科です。それから外科も回りました」

「外科では手術に参加したのか」

「いえ、術前のインフォームド・コンセント（医療行為の説明責任と合意）に立ち会っただけで……」

「帰れ」

「えっ」

「それだけ聞けば分かる。君は苦労の少ない仕事を選んでおるようだ。そんな者に解剖医など務まるものか。死体の臭いに塗《まみ》れないうちに、さっさと出て行け」

「く、苦労が少ないって」

「君だけじゃなく、最近の医学生は皆そうだ。外科手術のように専門性の高いもの、訴訟リスクの高いもの、小児科や産婦人科のように多忙だったり、緊急性を要するものはなるべく回避しようとする。まだ半人前にもなっておらん分際で何を選《え》り好みしておるのか」

反駁《はんばく》が喉の奥に引っ込む。真琴個人の事情はともかく、光崎の指摘に誤謬《ごびゅう》はない。

誤診、術式ミスに絡《から》んで医療過誤の訴訟が増加すると共に外科を目指す医学生と医師の数が減った。たらい回し診療と勤務実態の過酷さが報じられると産婦人科医の数も減った。医療過疎《かそ》地での激務と収入の少なさが知れると、地方勤務を希望する者が減った。医は仁術というものの、医者も医学生も人間であることに変わりはない。そして人間であれば条件の恵まれた方に流れるのは当然だ。それを選り好みと指弾されれば首肯《しゆこう》するしかないが、それでは医者は過酷な状況も笑って受容しなければならないのか。小市民的な怠惰《たいだ》や打算をそんなにも糾弾《きゆうだん》されなくてはいけないのか。

「選り好みって、そんなにいけないことですか」

思わず口をついて出た。

元来、向こう気が強く歯に衣着せて喋《しやべ》れるような性格ではない。思いついたことをそのまま口にして後悔した経験も数えきれない。新しい担当教授の前ではせめて口を噤《つぐ》んでいようとしたが、光崎の弁はあまりに棘《とげ》があり過ぎた。

「教授の仰《おつしや》ることは分かりますが、それはまだ医師の年収が高水準だった時の話です。今の勤務医なんてそこらのサラリーマンと年収が変わらないじゃないですか。それなのに3Kに耐えろとか、訴訟リスクを考えるなとか、要求が厳し過ぎる気がします」

「ほう、そうか」

光崎は鷹揚《おうよう》に頷《うなず》いてみせた。

「では、君は月にいくらもらっておるのだ」

「ぜっ、税込みで二十一万五千円ですけど」

臨床研修制度は国の定めたものであり、アルバイト禁止などの禁則を定める一方で待遇の確保を謳っている。具体的には研修医一人当たり月三十万円の給与を支払うように指針を出している。しかし実際に充分な財源を確保している訳ではなく、しかも給与分も諸経費も一括《いっかつ》して供出し、その振り分けを各施設に一任してしまっているのだ。

「月に二十一万五千円。それでよく恥ずかしげもなく文句が言えたものだ」

辛辣《しんらつ》さが増していた。

「問診の真似事をし、上級医の話を聞き、看護師のように手術の準備だけはする。カルテの作成に責任を持つこともなければ、患者の肉体にメスを入れるでもない。患者の生命を背負う覚悟もない。知識と行儀良ささえ詰め込めば中学生にでもできることだ。それで月二十一万五千円もらっておいて文句が言い足りんだと。いったい、どの口がそれを言うか」

真琴は二の句が継《つ》げずに黙り込む。はらわたが煮え繰り返るが、指摘されていることは間違っていない。研修期間中であっても法的に医師であることに違いはないが、与えられる仕事は看護師のそれに毛が生えたようなものばかりだからだ。

「選り好みをしてはいけないかだと。それこそ本末転倒だ。研鑽《けんさん》の仕方で腕の上がる者とそうでない者に分かれる。見識の広さで病原を突き止められる者とそうでない者に分かれる。経験の多寡《たか》で専門分野の増える者とそうでない者に分かれる。医者が病気を選ぶのではない。病気が医者を選ぶのだ。未熟な腕と猫の額《ひたい》ほどの見識しか持たぬのに、やれ給料が少ないだの、超過勤務が辛いだの、訴訟が怖いから手術をするのは嫌だのと痴《し》れ事をほざく輩《やから》に権利を主張する権利などあるものか」

「駄目ですよ、教授」

キャシーが二人の間に割って入ると、剣呑《けんのん》になった空気が彼女の言葉でいったん弛緩《しかん》した。

「そんな風に厳しいこと言うから新人が逃げてしまうんです」

「厳しいのは本当のことを言っとるからだ。こんなもの、嘘や追従《ついしょう》で誤魔化《ごまか》してもしようがなかろう」

「学生が逃げた、ですか？」

「真琴の前に一人研修医がいたのよ。折角、法医学を希望していたのに二週間で他科に移ってしまって」

何だ。それなら自分の法医学教室行きは、欠員の補充という意味もあったのか。

「あれは最初から向いてなかった」

光崎は唇を尖《とが》らせて言う。

「検体をひと目見るなり、盛大に吐きよった。あんな腰抜けに解剖医が務まるか」

「だって、あの検体は身体の数カ所を刺されてから東京湾に放り込まれ、数日間漂流していたのですよ。その間に大小の魚が傷口から侵入して肉を啄《ついば》み、皮膚を破り、腸内ガスが溜《た》まって浮かび上がった時にはもう」

「あ、あのっ」

真琴は急いで言葉を挟《はさ》んだ。

「わたし、解剖したことあります。その時も吐いたりしませんでした」

光崎とキャシーが同時に真琴を見た。何やら品定めをする目に似ていた。

「ほう、それはどんな死体だった」

「まだ学生だった頃、実習でご献体を解剖しました」

そう答えると、二人は露骨《ろこつ》に落胆してみせた。

「献体を解剖しても冷静沈着でいられた。だから自分には解剖医が務まるという意味で言っているのか」

「はい」

「やっぱり出て行け」

「えっ」

「あのね、真琴。ソーリー。献体の解剖なんて解剖のうちに入らないのよ」

キャシーはひどく済まなそうだった。

「どうしてですか。別に破損死体でもなく実習に必要な部位は全部揃《そろ》っていました」

「その献体、解剖したら中はどんな色だった？　どんな臭いがした？」

「色って、それは、もちろん……」

「土色で本来の色をしていなかった。多少の腐敗臭はあったけれどホルマリンの臭いが強過ぎて生物の臭いはしなかった。……そうじゃない？」

　改めて記憶を辿《たど》るまでもない。もう二年以上前になるが、あの体験は強烈で忘れようにも忘れられない。色も臭いもキャシーの言う通りだったので黙って頷いた。

　今でも鮮明に記憶が甦る。

　大教室の中にステンレス製の解剖台が整然と並び、その上に献体が横たえられていた。献体保存用のホルマリンが鼻を衝《つ》くと痛みさえ覚えた。傍らに置かれた脂肪塗《まみ》れの解剖書を紐解《ひもと》きながら半日かけて解剖していく。遺体の腐敗進行を遅らせるために教室内は摂氏五度以下。その冷えた空気の中で粛々《しゅくしゅく》と作業を進めていく。

　決められた手順通り、胸をY字に切開し、露出した肋骨《ろっこつ》を切除した後に両側から胸を開く。指導教授は「これが文字通り胸襟《きょうきん》を開くということだ」とブラックジョークを飛ばしたが笑う者は一人もいなかった。それから胸腔《きょうくう》内の臓器を一つ一つ観察していく。臓器は一様に褪色《たいしょく》し、全体的には土色をしていた。

　髪の毛や白衣には甘く饐《す》えた臭いが滲《し》みつき、洗ってもなかなか取れなかった。教室を出ると、擦《す》れ違う者が例外なく顔を顰《しか》めた。生半《なまなか》な経験ではなく、この実習が嫌さに休学したり試験に落ちたりする者もいた。

正直言ってトラウマになりかねない体験であり、津久場から法医学教室行きを命じられた時に躊躇《ちゅうちょ》したのもそのためだ。

しかし、少なくとも自分はその試練を乗り越えたという自負もある。ところが、それをこの二人は解剖のうちには数えないと言う。

「悪いけど、それは解剖のシミュレーションではあるけれども、決して解剖ではない。似て非なるものよ」

訳が分からなかった。

「死体保存にどうしてホルマリンが使用されるか分かる？」

「……ホルマリンには殺菌作用があって、死体の腐敗を停止させてしまうから」

「正解。そしてホルマリンに漬けると皮膚は非常に硬くなり、架橋《かきょう》反応の進行と共に最大で10数％収縮する。皮膚が硬化して腐敗の止まった死体なんて人形と一緒。言い換えれば死んだ死体」

「死んだ死体……」

「ワタシたちが相手にするのは今まさに腐敗が進行中で、臓器には赤みが残り、蛆《うじ》が湧き、ハエがたかり、動物性タンパク質が分解される際の甘い腐敗臭を四方八方に撒《ま》き散らしていいる死体。言ってみれば生きた死体。真琴。この差はあなたが考えている以上に大きいのよ」

　毒気を抜かれた真琴をよそに、キャシーは光崎の前に回り込む。

「教授。即断即決は学者には相応《ふさわ》しくありません。真琴を法医学教室に受け入れるかどうかは、まだ様子を見た方がいいのではないでしょうか」

「わしもいい加減、齢《とし》を食って残り時間が短いからな。即決でもせんと多くのことを決められん」

「真琴は見どころがあるように思えます」

「どこがだ」

「あまり繊細ではなさそうです。従って生きた死体にもいち早く順応できそうな気がします」

　いったい、それは褒《ほ》め言葉なのだろうか。

「不平不満が出やすいのも向上心の表れです」

「ここに訪ねてくる理由が消極的過ぎる」

「最初から積極的過ぎると、最後には息切れします」

「ずいぶんとこいつの肩を持つんだな」

「教授が新人を突き放し過ぎるのです。いいですか、今、法医学教室は圧倒的に人手が足りないのですよ。それなのに警察からはひっきりなしに遺体解剖要請が入る。その度に我々は手を取られ、それ以外の仕事ができません」

「つまり、給料の安い雑用係が必要ということか」

「その通りです」

何がその通りだ。

色々と腹立たしいが、どうやらキャシーは味方らしいので成り行きを見守った。

やがて光崎は短く溜息《ためいき》を吐《つ》くと真琴に向き直った。

「君の嗅覚は鋭敏か」

何の禅問答かと思ったが、とりあえず鼻の機能に障害はない。

「いい方だと思います」

「目は」

「両目とも1・5です」

「よろしい。それでは試用期間を与える。しばらく見て使い物になりそうだったら研修を認める。駄目だったら津久場に突っ返す」

「……ありがとうございます」

一応は頭を下げながら、胸の中では収まりのつかない思いが渦《うず》を巻いている。

ふと、これだけは確認しておきたいと思った。

「教授。一つだけ質問してよろしいでしょうか」

「何だ」

「教授も、その、死体がお好きなんですか」

光崎は怪訝な顔をした。

「死体は商売相手だ。そんなものに好きも嫌いもあるか。馬鹿な質問はするな」

そのまま真琴の横を過ぎようとしたが、急に気が変わった様子でこちらを見る。

「それは生きている患者との比較という意味か」

「それでも結構です」

「だったら死体を扱う方がずっと楽だな」

「どうしてですか」

「死体は文句も言わんし、嘘も吐かん」

どう反応していいのか困惑していると、部屋の隅で卓上電話が鳴った。受話器を取ったのはキャシーだった。

「はい、法医学教室です。え。はい、少しお待ちください」

こちらを向いた顔は悪戯っぽく笑っていた。

「教授。県警から遺体解剖要請が入りました。今すぐ現場に臨場して欲しいそうです」

2

さいたま市浦和区皇山町《こうざんちょう》。

この地区には二つの幼稚園、四つの小学校、二つの中学校、そして二つの高校が集中し、さながら学園都市のような様相を呈《てい》している。子供の多い場所には当然若い家族が多く、学校密集地の北側には新興住宅地が拡がっていた。

そして新興住宅地というからには、当然その周辺に古い集落があることを意味している。瀟洒《しょうしゃ》な一戸建てが建ち並ぶ一画の隣には、広めの敷地に安普請の木造住宅がぽつんと建つ光景が続く。余剰の敷地を無駄に遊ばせておく気はないようで田畑やガーデニングを設《しつら》えているが、その有様が尚更侘《なおさらわび》しさを感じさせる。

現場はその住宅地から少し離れたところにある河川敷だった。

真琴たち三人を乗せたクルマは河川敷を見下ろす舗道《ほどう》で停まった。クルマから降りるなり、川から吹く寒風がコートの襟《えり》をはためかせた。

「あそこですね」

キャシーが指差す先に、ブルーシートに覆われた一角が見えた。周囲では制服警官と鑑識課員らしき者たちが気忙《きぜわ》しく動き回っており、否が応にも緊張感を煽《あお》る。

まさか初日からこんな場所に来る羽目になろうとは想像もしていなかった。

よくテレビの刑事ドラマで見かける光景だったが、実際目の当たりにすると足が竦《すく》む。

あのブルーシートの中に死体があると思うと、現実感が遠のく。

「こういうのは何と言いましたか……ああ、初陣《ういじん》と言うのでしたね。さあ、真琴。行きましょうか」

光崎を先頭にキャシーと真琴が随行する形だが、まず光崎の足の遅さに閉口した。短軀《たんく》なので仕方がないのだが、実に悠然と歩く。足腰が弱っているようではないので、これは光崎の歩き癖なのだろう。周りの人間が機敏に動いているのでひどく浮いて見える。

ＫＥＥＰ　ＯＵＴと記されたテープを潜《くぐ》ると、ブルーシートの中から男たちの争う声が洩《も》れてきた。

「いったい君は何の権限があってそんな横紙破りをする」

「いえ、違いますよ、国木田《くにきだ》検視官。俺はただ念には念を入れた方がいいと思って」

「何が念には念をだ。要はわたしの見立てに満足してないということじゃないか」

中に入って行くと、声の主らしき男二人が対峙《たいじ》している。そのうち若い方が先に真琴たちを見つけた。

「ああ、光崎先生。お久しぶりで」

「久しぶりで良かったな。どうせ毎日会いたい顔でもないだろう」

憎まれ口の様子から二人が知己《ちき》の間柄であるのが窺《うかが》えた。

「あれ、新人さんスか」

「それ以前だ」

警察関係者だろうが、ここは挨拶《あいさつ》をするべきだろう。

「はじめまして。今日から浦和医大法医学教室に入りました栂野真琴です」

「ども。埼玉県警の古手川《こてがわ》です」

古手川は警察手帳を提示して軽く頭を下げた。

まだ二十代半ばといったところだろうか。挨拶の素っ気なさに向こう気の強さが垣間見《かいまみ》える。学生の頃は相当にやんちゃだったのだろう。真琴も向こう気が強いので、似たタイプはひと目で分かる。向こう気の強い者同士が絡んでも碌なことはない。できるなら関わりたくないと思ったが、よく考えてみれば自分が事件の関係者にならない限り、刑事と接点を持つことなど有り得ないではないか。

それなのに、この古手川という男は挨拶を終えても、尚まじまじとこちらを見ていた。

「あの、どうかしましたか」

「いや、ちょっと意外で」

「何がですか」

「あんたみたいな女の子が光崎先生に師事するなんてねえ。さぞかし死体が好きなんだろうと思って」

ここでもか。

「女性が法医学学んでいたら変ですか。キャシー先生だっているじゃないですか」

「キャシー准教授？　この人は規格外でしょ。自分の母親の羊水はホルマリンだったって公言してるくらいの死体フリークなんだから」

真琴の横でキャシーが我が意を得たりとばかりに頷く。

「でも、あんたは普通っぽくて、とても光崎先生の弟子には見えないな」

どうして初対面の人間からこんなことを言われなければいけないのかと腹が立ったが、よく考えると自分はまともに扱われているのだ。しかし、古手川の第一印象が最悪であることに変わりはない。

「おい、こっちの話がまだ済んでいないぞ。わたしを無視して医大に連絡するとはいったい何事だ」

国木田と呼ばれた男は真琴を強引に押し退《の》けて古手川に食ってかかる。

「大体、君の階級は巡査部長だろ。何故わたしの判断に盾突こうとする」

「いや、だから国木田検視官に盾突くつもりは全然なくって。俺としちゃあ、後で何かあった時、渡瀬《わたせ》班長に怒鳴られるのが嫌なんスよ。検視官だったら、渡瀬班長のことご存じでしょう。未だに部下の指導は叱責《しっせき》と鉄拳に限るってザ・昭和の人ですよ」

不思議なことに渡瀬という名を聞いた途端、国木田の顔に戸惑《とまど》いが生じたようだった。

「班長の方針は少しでも現場に納得がいかなかったら洩れなく司法解剖に回せ、ですから。ナマ言いますけど、班長の階級は警部だから俺も逆らえないんです」

「しかし、わたしには逆らえるということか」

「だから違いますって」

「取り込み中のようだが」

そう言って光崎が二人の間に割り込んだ。

「話を聞く限りでは正式な解剖要請ではないらしいな」

古手川が慌てた様子で弁解に走る。

「確かに電話入れたのは俺ですし、俺ごときが要請するんですから正式じゃないのも分かってるんですけど、一度光崎先生に見て欲しくって」

「馬鹿かお前は。司法解剖を腹痛か何かと一緒にするつもりか」

「いや、困った時は光崎先生に頼めとウチの上司が」

「この部下にしてあの上司ありか。全くお前らは法医学者を何だと心得ておる。警察の便利屋ではないぞ」

「でも、折角ここまでご足労いただいたんだから死体を見るだけでも」

「そんな義理はない」

「その通り。先生のお手を煩《わずら》わせる必要はない。当該案件は事故として処理すればいいんだ」

　三人の男が入り乱れて口々に言い合う。

　何が起きているのか困惑していると、キャシーが肩を突いてきた。

「説明が必要？」

　頷いてみせると、キャシーは真琴の腕を取って男たちから離れた場所に移動した。

「まず、あのエキサイトしている国木田検視官の説明ね」

　つまりこういうことだった。

　検視官というのは刑事訴訟法二百二十九条によって定められた役職で、本来は検察官が変死体、あるいは変死の疑いのある死体の検視を行うのだが、同条二項によって司法警察員が代行していることが多い。

　検視官に指定されるのは刑事部に所属する警視階級の警察官なのだが、体制の確保にやむを得ない事情がある時には警部補階級であってもよいことになっている。ただしその場合には、強行犯捜査を四年以上、検視および死体の調査、または鑑識に関わる捜査実務の経験を有する者に限られる。

「国木田さんはこの九月に検視官に任命されたばかりの警部補。以前はずっと鑑識課に在籍していた。これで概要は認識できると思うけれど」

キャシーの説明を聞いた上で、口角泡を飛ばす国木田を見ると腑《ふ》に落ちた。何のことはない、取るに足らない自尊心の問題なのだ。

四年以上、鑑識の仕事を務め上げた実績を買われて検視官に抜擢《ばってき》、溢《あふ》れ出さんばかりの誇りと職業意識が頑《かたく》なな態度に反映してしまう——おそらく、そういうことなのだろう。

「それでも光崎教授の蓄積したノウハウに比べたら四年の実績なんて子供騙《だま》し。本人もそれが分かっているから、余計に教授の手を借りたくない。言ってみれば幼児退行ね」

日本語のボキャブラリーが不足しているのか、それとも根がとことん辛辣《しんらつ》なのか、キャシーの人物評価は情け容赦《ようしゃ》ない。

「渡瀬という名前に、とても敏感に反応してましたよね」

「渡瀬警部はね、ええっと、警察内ヤクザみたいなものね」

「ヤ、ヤクザですか」

「好き勝手な捜査して、署長命令も平気で無視することもあるんだって。それでも検挙率はトップだから誰も文句が言えない。下手に絡むと十倍返しされるから、周りは怖がって近寄ろうともしない。それで、あの古手川くんはヤクザの舎弟といったところかな。大体、いつも渡瀬さんとコンビを組んでいる」

「何だ。虎の威《い》を借る狐ってヤツですか」

「オウ。真琴、難しい言葉を知っているのね。でも少しニュアンスが違うかも。キツネがただ威張《いば》っているんじゃなくて、ゆっくり虎に近づいているという印象ね」

あれが虎なのか、と真琴は改めて古手川を眺める。

「大体だな、県警にあとどれだけの予算が残っているか考えたことがあるのか。司法解剖に回せる件数は、もうわずかしか許されてないんだぞ」

国木田が悲鳴のような声を上げると、たちまち古手川は渋い顔をした。どうやら金銭面での指摘が一番応《こた》える様子だ。

「臨場した段階で司法解剖の対象であるかどうかを判断し、死因が判明しているのならそのように報告するのがわたしの務めだ。いいか、何度も言うがこれは単純な事故死だ。司法解剖も行政解剖も必要ない。酔っ払って河川敷に眠り込み、寒空の下で凍死した。現状、どう見てもそうとしか思えんだろう」

「いや、それがたとえば光崎先生の目にはどう映るのか知りたくて」

「まだ言うか！」

国木田が激昂《げっこう》しかけた時、光崎がついと手を挙げた。

「少し、いいかね」

「はい？」

「検視官要綱の制定についての通達はわしも拝見したことがある。そのうち任務について定められておる七番目に〈死体取扱いについて、専門的知識を有する法医学者等の部外者との連絡調整を行うこと〉があったな」

「は、はい」

「それでは、あんたの言う事故死にしか思えない死体についてわしと現場で連絡調整する、ということでどうかね」

そう告げてから光崎は真琴を手招きする。訳が分からないまま真琴が駆け寄ると、光崎は真琴を指しながら言葉を継いだ。

「ちょうどここに、不明死体を一度も見たことがないというど素人がおる。こういう者に検視官の見立てが如何様《いかよう》であるかを教えてやるのも、先達《せんだつ》の務めだろう」

古手川は今にも手を叩《たた》きそうな、そして国木田は苦虫を嚙《か》み潰《つぶ》したような顔をした。頷いたのは二人同時だ。

「それでは連絡調整がてら、問題の死体を拝見するとしよう。いいかね、検視官」

「……どうぞ」

「さあ、お嬢ちゃん、特等席だ。わしの隣でじっくり観察するがいい」

「えっ」

古手川と国木田が横に移動すると、シートの上に盛り上がった物体が見えた。

「まず合掌《がっしょう》しろ」

命令に従い、光崎と共に合掌する。

「しゃがめ」

これも光崎に倣《なら》って腰を落とす。

まだ心の準備はできていない。しかし光崎は真琴に構うことなく、物体に被せられていたシーツを一気に引き剝《は》がした。

現れたのは裸の男性死体だった。

一糸纏《いっしまと》わぬ裸体。性器も露出しているが、淫靡《いんび》さよりも違和感が先に立つ。

外見は五十代中背。短く刈った頭髪にはうっすらと霜が降りている。やや肥満しており四肢や腹部に肉が弛《たる》んでいる。

全身が、白い。

地肌の白さや化粧の白さではない。皮膚の下に青さを隠した白で、決して清らかな色ではない。健康体の肌から一つ一つ色を剝ぎ取り、最後の残滓《ざんし》。見る者の怖気《おぞけ》を誘う病的な白。

二秒見て平衡感覚を失った。腰を下ろしていなければ卒倒したかも知れない。

献体とはまるで様子が違っていた。すっかり生気は消え失せているというのに、ついさっきまで生きていたような生々しさがまだ残っている。突けば、両目を開いて起き上がってきそうだ。キャシーが、献体は人形と一緒だと言った理由がようやく理解できる。あの土色の献体に生物感は皆無だった。だが、この死体は生物そのものだった。

「被害者は峰岸《みねぎし》透《とおる》五十四歳、住いはこの近辺。見ての通り、体表面に刺創・銃創、および擦過傷の類は認められない」

真琴の頭上から国木田が所見を口にする。

「従って、暴行による死亡である可能性は低い。下部に現れている死斑《しはん》は鮮紅色で酸素ヘモグロビン濃度が高いことを示している。直腸内温度は十度。特異的な所見は少ないが、状況から死体が低環境温下にあったことが確認できる」

国木田は河川敷から舗道に続くコンクリートの法面《のりめん》を指した。

「あの下に焼酎のボトルが転がっているのを鑑識が発見した。本人の指紋がくっきり残っている。口腔《こうくう》内にはアルコール臭も残存している。導き出されるのは、昨夜、ここを通りかかった本人が酔い潰れ、そのまま寝入ってしまったという推論だ」

泥酔した上での凍死。医学生の頃、真琴も何度か聞いたことのある事例だった。アルコールを摂取すると血管が開き、それだけ余分に多くの熱が奪われる。

「昨夜は一時的に小雨が降った。それが被害者には一層の不運だった。着衣が濡れたことでますます身体が冷やされたからだ。普通、人間は体温が三十二度を下回る頃から自律神経系の機能が低下し、意識障害と感覚鈍麻の症状が現れる。三十度以下で意識は喪失し心房細動などの不整脈が出現、二十六度で生命臨界点を迎える。おそらく本人は一度も目覚めることなく、静かに息を引き取ったに違いない」

「ある程度、近所の訊き込みもしてるんです」

　古手川が口を差し挟む。

「本人が昨夜、行きつけのバーで友人と呑《の》んでいたという証言も店のマスターから得ています。店を出る時にはしたたか酔っていて、雨が降り始めたから帰ろうと、傘も差さずに出たらしい」

「そうだ。状況はいずれも事故死であることを示している。それなのに何故、わたしの見立てを疑うんだ」

「見立てを疑ってなんかいませんよ。俺は法医学についちゃあ素人同然ですしね。検視官みたいに鑑識の経験を積んだ訳でもない」

「だったらどうして」

「それこそ渡瀬班長直伝の着眼点で……」

「渡瀬警部の？」

「所謂、勘というヤツです」

「ふざけるなっ」

「勘と言うのが気に入らないんだったら、違和感とでも言い直しましょうか。国木田検視官、ガイ者の裸は見ても、着ている物を見ていなかったでしょう」

「着衣だと」

古手川はブルーシートの隅まで行き、そこに重ねてあった黒の革ジャンとシャツ、そしてズボンと靴を持って来た。

「シャツは赤いストライプ、靴はコーデュロイ。行きつけのバーというのもこ洒落《じゃれ》た造りで、ガイ者も結構洒落めかしていたみたいスね」

「それがどうかしたのか」

「ところが死の直前まで握っていたとされる焼酎のボトル。これが７２２㏄で五百八十円の安物。何か変だと思いませんか」

「呑む酒の種類が違うということか」

「それもありますけどね。たかが呑みに行くのにお洒落するような中年男が、道すがら安物の酒瓶をラッパ呑みするかって話ですよ」

「したたかに酔ってしまえば格好なんか気にしないだろう。アルコールなら何だってよくなる」

「それはそうかも知れませんが」

「くだらん」

国木田は吐き捨てるように言った。

「検視は科学捜査の一端だが、どうやらそれを重視していないようだな。君も、君を教えた上司も」

国木田は嫌悪感を露《あら》わにしていた。

「勘や見込みだけで捜査するから道を誤って冤罪《えんざい》を作る。昭和チックな刑事の典型的なパターンだ」

「それ、班長に直接言ってくれませんかねえ」

古手川は頭を掻《か》きながら、とぼけた口調で言う。

「でも、科学捜査ってそんなに万能なんですか。DNA鑑定が一致したとかどうとか、科学捜査を過信したために作られた冤罪も多いって俺は聞きましたよ。モノだけじゃなく、人を観る目が大事なんだって」

「それは当てつけかっ」

「違いますって」

いよいよ国木田が癇癪《かんしゃく》を起こしかけると、タイミングを計ったように光崎が立ち上がった。

「検視官」

「は、はい」

「黙って聞いておれば、この若いのは科学捜査に不遜《ふそん》なまでに不信感を抱いておるようだ」

「そのようですね」

「こんな刑事が犯罪捜査に当たっておっては犯人の検挙どころか特定も覚束《おぼつか》ない」

「仰《おつしや》る通りです」

「検視官の見立てが正しいことを証明してやる必要があると思わんかね」

「……はい？」

「この遺体を司法解剖に回してくれ」

「そ、それは」

「別に疑っておる訳ではない。わしがあんたの正当性を証明してやろうというんだ。まあ、答え合わせのようなものだと考えればよろしい」

「しかし」

「あんたの検視の確かさを立証する。この若造に科学捜査の何たるかを知らしめる。本事案について精緻《せいち》を極める報告書を作成する。何と一石三鳥ではないか。それともわしの剖検では信用がならんかね」

光崎が畳《たた》み掛けるように言うと、国木田は沈黙してしまった。

老獪《ろうかい》というのは、きっとこういう老人のことをいうのだろう——真琴はそう思った。古手川はと見ると、してやったりと顔に書いてある。こちらは老獪と言うよりも驕慢《きようまん》、国木田に至っては狷介《けんかい》と言うべきだろう。

つまり、自分は老獪と驕慢と狷介のやり取りを見せられたことになる。道理で気分が悪いはずだ。

ブルーシートの衝立《ついたて》から出る際、光崎は古手川を睨んでこう命じた。

「どうせ後からやって来るんだろう。それまでにホトケの仕事内容、生活環境、通院歴、食事の嗜好《しこう》、諸々全部調べておけ」

「うへえ」

古手川は顔を顰《しか》めた。

「そんな短時間にマジっスか。下手したらウチの班長より人遣いが荒いや」

「あんな粗暴な人間と一緒にするな。お前の希望を叶えてやったんだ。それくらいの情報は揃《そろ》えておけ」

「了解しました」

その時、一人の警官が古手川たちの前に進み出た。見ればその後方に二人の男を従えている。

「失礼します。現場付近におりましたので質問したところ、被害者と最後に会ったのは自分たちではないかと言いましたので」

二人とも中肉中背。神妙な面持ちでいるのが瀬川林蔵《せがわりんぞう》、おどおどと落ち着かない素振りをしている方が宇都宮俊夫《うつのみやとしお》と名乗った。古手川は二人を睨《ね》め回すように見る。

「お二人とも、被害者との間柄は？」

「元々は同級生でしてね」

答えたのは瀬川だった。

「三人とも近所なので、今では何というか呑み仲間ですよ」

聞けば、瀬川は同じ町内で農業を営み、宇都宮は峰岸の部下であると言う。

「さ、昨夜も三人で呑んでたんです。九時頃に別れたんですけど、今朝、透に電話しても連絡つかないので林蔵と心配していたんです。そうしたら河川敷で透らしい男が見つかったと聞いて……」

「それじゃあ、詳しい話をお聞きしましょうか」

真琴たちはクルマに乗り込み、元来た道を引き返す。医大に到着して準備を整えた頃に、さっきの遺体も届けられる手筈《てはず》だった。

クルマが走り出してしばらくもしないうちに、キャシーが口を開いた。

「教授、よろしいですか」

「何だ」

「さっきの一石三鳥の話はどこまでが本当なのですか」

「全部出まかせだ」

光崎は恬《てん》として恥じるところがなかった。

「半可通の検視官を立てる義理などない。あの若造に科学捜査の概念を教え込もうなどと考える方が間違っておる。剖検は精緻なものを書いてやるが、あの検視官が報告を纏《まと》める時点で整合性はなくなるだろう」

「それでは何故、司法解剖を引き受けたのですか。ワタシも遺体を観察しましたが、所見は検視官の言った通りでした。体表面の状態、死斑の位置と色、それから検視官は言及しませんでしたけれど、膝蓋《しつがい》部にも鮮紅色斑があったのは血流の鬱滞《うったい》によるもので、そのどれもが死因は凍死であることを示しています」

「一点、気になる箇所があった」

「それはいったい何ですか」

「開腹すれば分かる」

光崎はそれきり黙り込んでしまった。

車中に重い空気が流れる。いや、重く感じているのはもしかしたら自分だけなのかも知れない。

真琴は至極当たり前のことにようやく気づいていた。さっきの遺体が法医学教室に運ばれると、すぐに解剖が始められる。つまり、その解剖には自分も立ち会うことになるのだ。

先刻の病的に白い死体が脳裏に浮かぶ。今から数時間後にあの胸をY字切開し、中の一部始終を観察することを考えると、急に胃の辺りが重くなってきた。

3

解剖着に着替えるのに数分を要した。

使い古しのセーターの上に白衣、更にその上にビニールエプロンを掛ける。そして腕カバー、長靴、ゴム手袋にマスクと帽子。これだけ装着すると、肌が露出している部分はごくわずかになる。完全武装には理由がある。遺体の中では既に毒性の強い細菌が繁殖《はんしょく》を始めており、解剖中に飛沫《ひまつ》や組織に触れても感染しないための配慮だ。

現場からは既に遺体が運び込まれている。真琴はキャシーと共に解剖室に向かう。光崎が執刀するまでに用意を整えておくのが二人の役目だった。

解剖室に続く廊下に窓はない。直射日光を避け、室温の上昇を防ぐためだがそうなると光源は天井にある蛍光灯だけとなり、ここを遺体が通る様を想像するとやはり薄気味悪さが先に立つ。

その廊下に古手川が立っていた。見れば真琴たちと同様に解剖着を着込んでいる。

思わず訊いた。

「どうして刑事さんがそんなもの着ているんですか」

「先生に訊きたいことがあるから」

意味が分からなかった。

「光崎先生は検案書に記載すること以外の所見も教えてくれるんだよ。こちらが訊きさえすれば」

「だからって、どうして刑事さんが解剖室に同席しなきゃならないんですか」

「お前は馬鹿で無教養だから実物を見ながらでないと理解できん、と言われた」

不機嫌そうに答えたが、よくそんなことをほとんど初対面の人間に告げられたものだと思った。自分の欠点や不評を明け透けにできる人間に本当の馬鹿はいない。最悪だった印象がほんの少しだけ薄らいだ。

「俺のことよりあんたの方は大丈夫なのか」

「何が」

「顔色、真っ青だぞ」

「えっ」

反射的に手が顔にいった。

「嘘だよ。でも半端なく緊張して見えるのは本当」

古手川は真琴の顔を覗《のぞ》き込む。

「あんた、ひょっとして解剖初めてじゃないのか」

前言撤回。やはり印象は最悪だ。キャシーは横で含み笑いをしている。

先に解剖室に入った途端に違和感を覚えた。

解剖実習が行われた教室は広く、そして天井も高かった。室温は低いものの光量があり、教室の隅々まで明るかった。ところがこの解剖室ときたら広さは十五畳程度、光量も乏《とぼ》しく部屋の隅は薄暗い。

解剖台の上には先刻の死体が載せられている。シーツが蛍光灯の光を浴びて白く浮かび上がる。

鼻を衝く臭いはホルマリンではなくフェノールのものだ。遺体を消毒するための薬剤だが、希釈《きしやく》していても刺激臭には違いない。マスクをしていても繊維の間から悪臭が侵入してくる。あまりひどい臭いなので涙目になっていると、横からキャシーが話し掛けてきた。

「真琴、クリーム塗ってないの？」

「え。あ、はい。わたし大抵はナチュラルメイクなので」

「解剖の直前でいいから何か塗っておいた方がいいね。肌、カサカサになるから。フェノールもそうだけど、この中は薬品の臭いが充満しているのよ。あ、髪もできるだけカバーしておかないとバサバサになります」

そういうことは入室する前に言って欲しい。

キャシーと二人で手術用具を揃え終わる頃、それを見計らったようなタイミングで光崎が姿を現した。後ろからは古手川もついて来ている。

　解剖着を着た光崎は現場をのろのろと歩いていた時とはまるで別人だった。歩く姿は颯《さっ》爽《そう》としており、心なしか動きも敏捷《びんしょう》に見える。

　プレートの上に器具が整然と並べられているのを一瞥すると、光崎は死体の横に立った。

「では、始める。遺体は五十代男性。体表面に目立った刺切創および擦過傷の類は見られない。死斑は背中に集中しており、膝蓋部には鮮紅色斑が見られる。おい、若造」

「何スか」

「ここに来て遺体の片方を持ち上げてみろ」

　古手川は逆らうことなく遺体の下に手を入れるが、その顔が不快さを我慢しているのを真琴は見逃さなかった。いい気味だ。

「背中の死斑も鮮紅色になっている。分かるか」

「それはもう、この距離だったら」

「何故、鮮紅色かといえば、低温下でヘモグロビンと酸素の結合が強く、また酸素消費が減少しているために酸素へモグロビン濃度が高いからだ。死斑の位置がずれていないことから、凍死したまま動かされることはなかった事実を示している。ここまではあの検視官の見立てと符合する」

「よおっく分かりました。だけど先生。解体ショーに俺を飛び入り参加させる理由は何なんですか」

「お前の上司に頼まれた。耳から入った情報は十分の一も残らん。記憶力が不自由なお前は更にその十分の一だ。だから視覚と嗅覚も総動員させて死体の何たるかをたっぷり教えてやってくれとな。お蔭でこっちはいい迷惑だ」

「……そいつはどうも」

「切開するぞ」

光崎はキャシーからメスを受け取り、まず左右の鎖骨下からY字型に皮膚を切開する。歩くのはゆっくりだが、メスの動きは素早くそして正確だった。正中線に沿って下腹部まで描かれたY字の軌跡は、見事な直線だ。

Y字の上からぷつぷつと血の玉が出てくる。切ってすぐに出てこないのは皮下が凝固しかけているからだ。

胸部を開いた途端、切開部から鮮血が溢《あふ》れた。

真琴はその赤さに驚愕した。解剖実習の献体とはまるで色が違う。献体を開腹した時はこれほど血が噴出せず、色も褐色《かつしょく》がかっていた。だがこの肉体から溢れ出した血は鮮明な赤色で、生命の色を保っている。

最前まで生きていた人間。

そう意識すると背筋がざわついた。

「血液は凝固せず、流動性を保っている」

真横から古手川が話し掛ける。

「それってどういうことですか」

「急死の特徴だ。凍死したにせよ何にせよ、短時間で死に至ったのだろう」

話しながら光崎は腹部まで開く。

途端に腐敗臭が拡がり、真琴の鼻腔にも飛び込んできた。

何だ、この臭いは。

フェノールの刺激臭とも、解剖実習で悩まされた死臭とも違う。甘く饐《す》えており、生の臭いと死の臭いが渾然一体となっている。

これが腐敗臭だった。今まで生きていたものが静物に変わる過程で醸《かも》し出す臭気。ホルマリン漬けの死体では抑えられている臭気。

その効果は覿面《てきめん》だった。満腹にした覚えがないのに、たちまち胃の中身が逆流しそうになる。もし人目がなければ盛大に嘔吐している。

これこそが生きている死体だった。

「肋骨剪刀《ろっこつせんとう》」

「はい」

肋骨剪刀はその名の通り、肋骨を切断する用具だ。形は工具のプライヤーに似ているが、先端が鳥の嘴《くちばし》のように湾曲《わんきょく》している。光崎は肋骨と肋軟骨の結合部を割き、肋骨を部分切除していく。光崎の指は肋骨切断においても速くて正確だ。まるで針金を切断するように淡々と作業を進めていく。脂が付着して切れ味は次第に鈍っていくはずなのに、剪刀の刃は澱《よど》みなく骨を断つ。助手のキャシーは見惚《みと》れるようにその指の動きに注視している。

やがて肋骨を取り除くと腐敗臭が一気に拡がった。

真琴は思わず息を止めた。先刻キャシーから受けた忠告が甦る。この猛烈な臭気に襲われたら、肌や髪が荒れるのも至極当然に思えた。臭気自体に傷められるのはもちろん、それを洗い流そうとして闇雲に洗剤を使用すれば二重に傷める結果となる。

「おい、お嬢ちゃん。どこを見ている」

光崎が振り返りもせずに言い放つので驚いた。確かに一瞬、死体から目を逸らしていたのだ。

「その自慢の視力でよく見ていろ」

光崎の握るメスが心臓に入る。再び粘度の低い血液がごぼりと音を立てて溢れ出す。

「心臓は硬直している。硬直具合から十時間以上が経過していると思われる。心臓血は流動性だが、室温に触れた部分から凝固している。これも凍死の特徴だ」

壁を開くと左右の心室が露わになる。わずかに褐色がかった赤色。まだ生き物の色を失っていない。今にも脈動しそうな色だ。

「二つの心室を比較して違いが分かるか」

これは真琴に対しての問い掛けだった。吐き気とおぞましさを堪《こら》えて、顔を遺体に近づける。

「さ、左心室と右心室の色が少し違うような……気がします」

「気がする、とは何事だ。憶測や不確かな観察で簡単にモノを言うな。ほら」

光崎は真琴の後頭部を摑《つか》み、ぐいと心臓の間近に押した。

眼前にぱっくりと口を開いた心臓が迫る。胃の内容物が喉元まで逆流するが、ここで嘔吐すれば負けだと思い、懸命に観察を続行した。

「……やっぱり左右の色が違います」

「よし。それでは確認だ。肺動脈と大動脈から採血してサンプルを比較。ほれ、お嬢ちゃん、採血だ。できるか」

慌ててプレートの上から注射筒を二本取り上げる。するとキャシーが横から一本を取り、「大動脈の方はワタシが採るから」と言ってくれた。

注射針を肺動脈に近づける時、右手の指先が小刻みに震えた。それを見逃す光崎ではない。

「何だ、まさか君は採血もしたことがないのか」

「い、いえっ。できますっ、ちゃんとやれますっ」

震える右手を左手で押さえ、何とか採血を終える。キャシーが採った大動脈の血と比較すると違いは歴然としていた。左心室から出た大動脈のものは鮮紅色、対して右心室から出たそれは暗赤色を呈している。

「左心室の血液は肺の中で低温の空気に触れるため、酸素とヘモグロビンの結合力が強まり鮮やかな赤色となる。つまり、これも死因が凍死であることの証左の一つだ」

「じゃあ、ますます国木田さんの見立て通りじゃないですか」

「まだだ。次に胃の切開を行う」

光崎のメスは胃壁を裂き、中身を露出させる。その間、三十秒足らず。

メスが動く度に粘度の低い血液が溢れ出る。心臓が停止しているので噴出するような勢いはないが、それでもぬらりとした血を見ると自分の呼吸が浅くなっていくのを感じる。

「胃粘膜に多発性の出血斑あり。凍死所見と一致」

胃の内容物が至近距離で見える。青菜、ニンジン、米などがまだ未消化のまま残っている。半消化と胃酸が絡み合って酸っぱい臭いが、真琴のいる場所にも漂ってくる。

「内容物、採取」

「……え」

「聞こえなかったか。お嬢ちゃん、内容物の採取だ。消化具合から死亡推定時刻を割り出す」

「あ、あたしがやるんですか」

「お嬢ちゃんと呼べるような者が君以外に誰かいるのか」

内容物の臭いが腐敗臭と混じり、とんでもない臭気を醸し出す。息を止めていても臭気が目に刺さるようだ。それでも何とか内容物を搔《か》き出し、金属製バットに移しかえる。

すると光崎はそのバットに自分の鼻を近づけた。

「ふん、やはりそうか」

古手川が覗き込む。

「何がそうなんですか」

「知りたいか。では、お前も嗅いでみろ」

「げえっ」

困惑顔をしているが、この部屋の中で光崎に逆らえる者はいない。古手川は渋々といった体でバットに鼻を寄せる。

「ひどく……酸っぱいっス」

「それだけか」

「それだけって」

「アルコールの臭いはせんか」

「アルコール？　ああ、そう言われてみれば」

「キャシー先生、内容物も分析してくれ」

「はい」

「光崎先生。だけどガイ者がバーで酒を呑んだことは証明済みなんですよ。それを今更」

古手川は半ば涙目になりながら光崎に取り縋《すが》る。いい気味だと思うものの、真琴も涙目になっているのは同じだ。

「量が問題なんだ。おい、お嬢ちゃん。今度は遺体の目蓋《まぶた》を開いてみろ」

「が、眼球ですか」

「早く」

場所を移動して死体の顔を見る。生気を失くしているとはいえ、人形とも言い切れない生々しさにまた怖気を震う。

死後硬直で皮膚が硬くなっていたが、それでも目蓋を開くと白濁しかけた眼球が現れた。

「網膜」

命じられるままに観察すると、網膜に鮮黄色の斑点が認められた。現場で死体を見た際、光崎が一点、気になる箇所があると言ったのはこのことだったのか。

「先生、これは」

「内科でしばらく研修を受けたんだろう。網膜に鮮黄色斑ができるのは、何の徴候だ」

「腎機能不全……」

「では腎機能不全の症状は」

「腹痛、悪心《おしん》および嘔吐……です」

「よし。では腎臓を見てみる」

光崎の手はまるで精密機械のように動く。怯懦《きようだ》も畏怖《いふ》もなく、切開し、抉《えぐ》り、切除するためだけに動く。日頃から医療器具を扱っている真琴には、その動きがいかに常人離れしているのかがよく分かる。医療器具はどれもが繊細な造りをしており扱いには十全の注意を要求されるのだが、ひとたび光崎の手に握られると最小の動きで最大限の働きをする。慣れだけではなく、光崎に先天的な特性があるとしか思えない。事実、腎臓切除は目にも止まらぬ速さだった。

「何か特異点はないか」

光崎は手に取った腎臓を真琴の鼻先に突き出す。途端に腐敗臭がむわっと鼻腔に襲い掛かる。あまりの刺激につい目を閉じてしまう。

「あ、あの」

「自分で持ってみろ」

自分の手なのに思うように動かない。そこにキャシーが手を添えてきた。

「何事も経験ね、真琴。触って覚えたことはなかなか忘れないから有効ですよ」

言われるまま片手に腎臓を受け取る。ずっしりと重い。表面も斑《まだら》状にどす黒く変色している。

「変色しているのは血液がまともに流れていないせいだ。腎梗塞と見て間違いない。ただし本人に自覚症状があったのかどうかは不明だ。おい、若造。この遺体の通院歴はちゃんと調べたか」

「はいはい。仰《おお》せの通りに」

溜息まじりに古手川は手帳を取り出す。

「ガイ者峰岸透は二年前、膀胱炎を患《わずら》ってしばらく入院しています。入院先はここ、浦和医大でした。退院後の通院歴はありませんでした」

「つまり既往症は膀胱炎だけだったことになる。腎梗塞が進行しておっても切迫した状態にはなっていなかったんだろう。しかし腎臓の変色具合を見た限りでは悪心や嘔吐はあっただろう。そこでアルコール摂取に話が戻る。この男は普段から酒を呑んでいたのか」

「いえ。家族の話では晩酌もなかったようです」

「若造、酒は好きか」

「まあ、付き合う程度っス」

「腹痛、悪心、嘔吐の自覚症状があるのに酒を呑みたいと思うか。それも寒空に酔い潰れてしまうほど、安い焼酎をボトルで空けるほど呑みたくなるものか」

「あ……」

「仕事は何をしておったんだ」

「建築会社の社長です。自分でも建機やらトラックを運転していて、意識的に飲酒は避けていたようです」

「採取した血液と内容物を分析せんと断定はできんが、現段階で事故死と判断するには少々無理がある」

「しかしバーでの飲酒には目撃者がいますよ」

「だから量が問題だと言ったではないか。バーテンなり何なりにもっと詳しい話を訊いてみろ。その場に同行者がいたのなら、それこそ付き合い程度に杯《さかずき》を満たした可能性だってある。それに昨夜は寒かった。小雨も降っていた。仮にこの男がしたたかに酔っていたとしても、河川敷で寝るようなことが果たしてあるかどうか」

「まさか睡眠薬、ですか」

「分析結果を待ってろ」

二人の会話を聞いていると、峰岸透という男の死にむくむくと疑問が湧き起こってくる。

腎機能不全となり、腹痛や嘔吐に悩まされる者が大酒を食らうというのはやはり考え難《にく》い。睡眠薬を単独で、あるいはアルコールに混ぜて飲ませ、意識を失わせる――もし現実に行われたのなら、それは事故ではなく完全に事件だ。

「これが事件となると、早速容疑者と目される人間が二人もいます。ガイ者の呑み仲間なんですが、二人とも結構な額をガイ者から借りてるんです。一人は同じ町内で農業を営んでいる男で、もう一人は部下。ああ、それからこれと類似の事件が先月にも」

「少し黙っとれ」

「は。いや、だけどこれは犯人を特定するために重要な情報かも知れないし」

「容疑者がどうとか犯人がどうとか知ったことか。わしには何の関係もない」

「関係ないって、そんな」

「この遺体がいつどんな状況下で、どんな風に死に至ったのか。直接の死因は何なのか、自殺なのか、他殺なのか。わしの知りたいのはそれだけだ。それ以外は警察の仕事だろう。要らん先入観をこの場に持ち込むな」

乱暴な物言いだが、よくよく聞けば真っ当な話なので真琴も納得する。

「でも先生は検案書に書き切れないこともよく教えてくれるじゃないですか」

「あれはお前の上司が昭和の時代から進歩を忘れた、鉄面皮《てつめんぴ》で、傲慢で、傍若無人《ぼうじやくぶじん》な男だからだ。まさかあの男を見習おうというのではあるまいな」

「見習おうたって見習えるもんですかね、ああいうのは」

「お前があのふてぶてしさまで到達するには百年早い。とにかく黙って見ておれ」

古手川が押し黙ったので、解剖室の中は光崎のメスが走る音と用具がステンレスと触れ合う音だけとなった。

慣れてきたのかそれとも嗅覚が麻痺してきたのか、次第に腐敗臭を嗅いでも嘔吐を催《もよお》さなくなった。

解剖室に静謐《せいひつ》な時間が流れる。

真琴は不意に敬虔《けいけん》な気持ちになる。

今、老教授が物言わぬ死者と対話をしている。メスとそして己の五感を総動員して、外部には窺《うかが》い知れないコミュニケーションを図っている。それはおそらく同じ道を進んでいるキャシーにさえ完全に理解できるものではないのだろう。古手川や自分には更に不可解だろう。

芸術家という言葉が頭に浮かぶ。どんな職業であれ、その道を究めた者の技術は時として神の御業と見紛《みまご》うことがある。人の命を救うために、ほんのわずかなミスも許されない医師であれば、尚更その色合いは濃くなる。解剖医という立場にあっても、光崎の技術というのはそういう種類のものなのかも知れない。

光崎のメスは肝臓、大腸、小腸と下部に向かい、遂に膀胱に達する。

「膀胱炎の所見は見当たらない。入院治療で完治したものと思われる。だが……」

言葉が途切れる。

「だが、何です」

古手川が不審そうに口を出すが、光崎はそれに答えずメスを動かし続ける。

そして気管を切開した時だった。

「ふむ」

光崎は露わになった気管内部をしばらく凝視してから言った。

「お嬢ちゃん、ちょっとこれを見てみろ」

言われて気管に顔を寄せる。気管内部はさほど腐敗が進行しておらず、まだピンク色を保っている。

光崎が指し示したのは喉頭から三センチほど下がった部位だった。

「じっと目を凝《こ》らせ。何か異物が見えるか」

これは試験だ、と思った。最初に目と鼻で認識できるのか。法医学に携わる者として初歩的な能力を試されているのだ。

命令通りに目を凝らす。接近すればするほど刺激臭が目に刺さるが、この際文句は言っていられない。

舐《な》めるように凝視していると、やがて気管表面に極小の微粒を発見した。二センチ四方に点在している粒子で、目視で数えられるのは数粒しかない。それでも確認できたのは青い色をしていたからだ。

「これ湿疹……じゃないですよね」

「ふん、見えるか。だったら確認してみろ」

真琴はキャシーからピンセットを受け取り、その先端で粒子の一つに触れてみる。粒子は先端にくっつき、簡単に剝離《はくり》した。

「何かの粉末でしょうか」

「一部をプレパラートに採取」

「は、はい」

慎重にピンセットの先端をプレパラートの上に置く。するとキャシーがいそいそとプレパラートを顕微鏡にセットする。

「どれ」

光崎はしばらく顕微鏡を覗き込んだまま無言でいた。そして何やら納得したように頷くと、また解剖台に戻って来た。興味を抑えきれない様子の古手川が纏わりつく。

「先生、今のは何だったんですか」

「分析が全て終わってから教えてやる」

「捜査には迅速さも求められていまして」

「そんなに急ぎたけりゃ自分で調べたらどうだ」

元より粘っても無駄と悟っているのか、古手川もそれ以上は食い下がらなかった。

光崎はキャシーに指示を与えた後、遺体に向き直った。

「閉腹する」

各器官からは既にサンプルを採取している。てっきり閉腹くらいは真琴たちに任せるものだとばかり思っていたが、光崎は切開した部分を丁寧に縫合し、切除箇所も繫結《けいけつ》する。

その作業も驚くべき速さだった。

その動きをキャシーはまたも憧憬《しょうけい》の目で見つめる。傍目《はため》からすれば悪趣味と思われるかも知れないが、それは名画を愛《め》でる美術愛好家の目そのものだった。

縫合を終えた遺体は死体保管庫の中に収められる。火葬許可証を得た遺族に返却するまでの一時預かりであるため、オゾン発生器と殺菌灯が標準装備されている程度で長期間保存できる仕様ではない。

遺体が保管庫に収まるのを見届けてから、光崎は解剖室を後にした。その足取りは河川敷を歩いていた時に戻っていた。

「キャシー先生。いったい光崎先生から何を指示されたんですか」

古手川は手術用具を片付けにかかるキャシーを捉《とら》えて訊いた。

「どうして、それを訊くのですか」

「いや、何となく秘密めいていたもので」

それは真琴も同感だったので聞き耳を立てた。

「オウ。古手川刑事もなかなか観察力があるのですね。でも、先生がワタシに指示したのはそんなに不思議なことではありませんよ。腎臓皮質のサンプルを残しておくように言われただけです」

腎臓皮質。

真琴は微かに違和感を覚えた。胃の内容物や各臓器の一部を採取するのは理解できるが、今回については何故その部位なのだろうか。

気になってキャシーに訊ねてみたが、彼女も肩を竦《すく》めるだけで明確な回答をしてくれなかった。

4

「分析結果、出たんですって」

翌日、報《しら》せを聞いて古手川が駆けつけて来たが、生憎《あいにく》法医学教室には真琴しか残っていなかった。

「あれ、光崎先生とキャシー先生は？」

「光崎教授は法医学の講義、キャシー准教授はすぐ戻られます」

「あ、そう。じゃあ少し待たせてもらおっかな」

古手川は手近にあった椅子を引き寄せると、返事も待たずに腰を下ろした。それが真琴の座る正面であることにはお構いなしだった。

どこまでも無礼な男だと思った。こんな男と口を利けば利くほど腹が立つのは分かっているので無視するに限る。

ところが向こうから話し掛けてきた。

「あの後、大丈夫だった?」

「何がですか」

「ほら。光崎先生が執刀《しっとう》している時、今にも吐きそうだったじゃない。先生から指示受けてもテンパってたみたいだし」

「あの時は緊張していただけです。吐いたりなんかしません。これでも研修医ですから、解剖なんて慣れっこです」

「へえ、それはそれは」

無視するよりも、背中を蹴り飛ばしたくなった。

「刑事さんこそ盛大に顔を顰めてましたよね」

「あのさ、それやめてくれないか」

「え」

「ここにしょっちゅう顔出ししてるのは俺と班長くらいのもんだ。古手川って名前があるんだからそう呼んでくれ」

「じゃあ古手川さん、あなたこそ捜査一課の刑事の癖に、死体に免疫なさそうなんですね」

「それは当たってるな。少なくとも光崎先生やキャシー先生みたく、死体かっ捌《さば》いてまじまじ観察できるような神経は持ち合わせてないな。知ってるか。光崎先生って死体の真横で肉うどん食うんだぞ」

その光景を想像するだけで食欲が後退する。

「刑事になりたての頃から、ひどい死体ばかり見てきた。本当なら慣れてなきゃいけないんだろうな」

「ひどいって、その、何カ所も刺された死体とか？」

「百幾つかにバラバラにされたのとか、廃車プレスで潰されたのとか、車椅子ごと燃やされたのとか……ああ、臓器を丸ごと抜き取られた死体なんてのもあったな」

食欲が更に減退した。

「こいつは上司からの受け売りなんだけど、埼玉県は凶悪事件がメチャクチャ多い。何故かというと都内で殺した死体をわざわざ県境を跨《また》いで捨てに来るヤツらがいるからだ」

「ど、どうしてそんなことを」

「検挙率が警視庁は高いのに、埼玉県警は低い。だったら埼玉の事件にした方が捕まり難いという計算が働くらしい。で、凶悪事件が埼玉に集中すれば、当然惨殺死体の件数も増えるという寸法」

淡々と喋っているが、この男の潜ってきたのは修羅場そのものではないか。真琴は古手川に対する評価を微修正せざるを得ない。

「けど……最近は別に慣れる必要もないんじゃないかって思い始めた」

「何故です」

「世の中には慣れちゃいけないものがあるような気がする」

「あ。それって、ひょっとして教授や准教授に対する当てつけですか」

「あの二人は慣れとかいうんじゃない。いつでもどんな死体でも興味津々、好奇心剝《む》き出しで作業に当たってる」

それは真琴も同感だった。そして二人とも決して死体への敬意を忘れていない。

「俺たち刑事やあんたたち法医学の人間が目にする死体は、大抵が成仏できない死体だ。慣れちゃいけないってのは、成仏できないガイ者の恨《うら》み辛《つら》みを忘れちゃいけないって意味でさ」

あら、なかなか真っ当なことを言うじゃないの——そう見直しかけた時、カウンターを食らった。

「ところであんたは何で法医学者なんて目指してるんだ」

「えっ」

「見た限りじゃ両先生みたく死体が好きってタイプじゃない。キャシー先生に聞いたら、法医学教室は不人気で年々志望者が減っているのが現状らしいけど、どうしてわざわざそんなところに志願したのかねえ」

返事に窮していると、ちょうどいいところにキャシーが現れてくれた。

「オウ。お待たせしました、古手川刑事。それにしても到着が早いですね。連絡したのはつい先ほどでしたよ。まるでシェパードが駆けて来たような早さです」

「まあ、犬は警察の代名詞みたいなもんスっから」

「あなたが言うと嫌味に聞こえないから不思議ですね。それでは内容物、及び血液の分析結果ですが、結論から言えばビンゴ！です。内容物と血液からはそれぞれ高純度エタノールが検出されました」

「高純度エタノールというと、やっぱり焼酎でしたか」

「その通りです。しかもそのエタノールに混じってフルニトラゼパムも検出されました」

「フルニトラゼパム。何ですか、それは」

「ベンゾジアゼピン系の睡眠薬です。中間作用型に分類され、服用してから三十分程度で効果が表れ、二十四時間作用します」

「酔い潰して放置させておくにはうってつけのクスリですね」

「被害者が最近、睡眠薬を常用していた事実はないのですか」

「ええ。ここしばらくは通院歴もありませんし、自宅から処方箋《しょほうせん》や薬局の袋の類も見つかりませんでしたから」

「重要なのは教授が指摘していた通り、アルコールの量です。内容物の消化具合から死亡推定時刻は一昨日の夜十一時から翌日の午前一時までの間と推定できましたが、未消化の内容物に多量のエタノールが混じっています。いいですか。アルコールは胃及び小腸の上部で吸収されますが、そのスピードは大変速く、飲酒後二時間もすればほぼ消化管内から吸収されてしまいます。それがまだ内容物と共に多量に残存していた事実は、いかに大量に摂取したかを証明しています。被害者がバーでどれだけ呑んだのか、もう証言は得られたのですか」

「ええ。バーテンダーがきっちり見ていました。スコッチの水割りを二杯。ガイ者は元々、酔うよりは店の雰囲気を愉《たの》しむタイプで、一杯で真っ赤になったらしいです」

「スコッチなら原料は大麦類、焼酎の原料は糖蜜類。残存していたエタノールは糖蜜類がベースになっていました。だから店を出てから睡眠薬と共に焼酎を大量に摂取した。その疑いは濃厚ですね」

「そうなると、やっぱりあの二人が怪しくなるのか」

古手川がそう呟《つぶや》くのをキャシーは聞き逃さなかった。

「古手川刑事、その二人の容疑者について詳しく教えてくれませんか。解剖の時、教授に話しかけていましたよね」

「まだ捜査中の事項で……」

「被害者の解剖を執刀した我々は既に部外者では有り得ません。それに法医学者の立場から何か助言できるかも知れません」

キャシーの目は知的好奇心に輝いている。無理もない、と真琴は思う。アメリカに戻ったら捜査権限を持つ検死官になろうという人間だ。犯罪捜査に人一倍興味を持つのも当然だった。その点が同じ法医学者でありながら光崎と大きく異なる。

古手川は真琴を一瞥すると、不承不承に語り出した。

「当日の夜、峰岸透と呑んでいたのは宇都宮俊夫と瀬川林蔵。これは店のマスターの証言通りでした」

「二人とも被害者に借金をしていたということでしたね」

「ええ。それほどの金額ではないんですが。宇都宮が百万円、瀬川が五十万円」

確かに大した金額ではない。真琴の生活もさほど裕福とは言えないが、それでも命を奪うに値するような金額とは思えない。

「宇都宮は峰岸の部下です。宇都宮自身も昔は工場を経営していたんですが倒産して一家離散してしまい、同級生だった峰岸に拾われたという格好ですね。別れた長男の進学資金にカネを借りています」

「以前の同級生に雇われるというのも、本人にしてみればストレスの蓄積する話なのでしょうね」

「瀬川は親の跡を継いで農業をやっていますが、こちらも生活が苦しくてカネを借りたようです。もっともあの辺の農家はどこも零細で、経営は厳しいって話なんですけどね」

「二人のアリバイは？」

「似たようなものです。バーを出て三人が別れたのが午後九時。宇都宮はそのままアパートに帰ったと証言していますが、一人暮らしですからそれを証明する者は誰もいません。瀬川の方は家族同居、いったんは戻っていますが破れたビニールハウスの補修作業をしたとかで、実際に家人と顔を合わせたのは十二時少し前でした」

つまり二人とも完全にアリバイが成立している訳ではない。

「そう言えば、先月にも似たような事件が起こったと口走っていましたね」

「ああ、それはこういうことです。先月、あの河川敷でホームレスの男性がやっぱり凍死していましてね。安酒を呑んだまま寝入ってしまったそうなんですが、今回の事件とひどく似ていて……そっちは何せ死んだのがホームレスという事情もあって事故死で片づけられて、どうも国木田さんもその一件と同様だったので事故死と判断したみたいなんです」

「そのホームレスの死体は解剖されたのですか」

「いいえ。外表で事故死と判断されてそれっきりでした」

臨場した検視官が解剖の必要なしと判断すれば、その死体は解剖されることなく茶毘《だび》に付《ふ》される。監察医制度のある都市では事情も多少異なってくるが、監察医の存在しない地域では検視官の見識によって犯罪が見逃されてしまう可能性が捨て切れない。

「峰岸の会社はこの不況にも拘《かかわ》らず堅調で、家庭の不和もなし。他所《よそ》に女を作ったなんて話もない。仮にこれが殺人であった場合、動機を持っているのはこの二人に絞られちまうんですよ」

百万や五十万の借金が殺人の動機になり得るのかはともかく、被害者と最後までいたということなら、確かに容疑者と目されてもおかしくはない。そのくらいは素人の真琴にも理解できる。

古手川が言葉を継ごうとしたその時、のそりと光崎が現れた。

「何だ、もう来ておったのか」

何が気に食わないのか、講義から戻って来た光崎は大抵苦虫を嚙み潰したような顔をしている。これは学生が不出来なのか、それとも光崎の人間性が不出来なのか。

「どうせまた捜査について、ああでもないこうでもないと生臭いことを喋っておったのだろう。そういうのは他所でやれ。ここは学問の府だぞ」

「でも、教授だってウチの班長とそんな話をしてるじゃないですか」

「あんなのが二人もおっては、こちらの仕事に支障を来たす。分析結果はキャシー先生から説明を受けただろう。用が済んだのなら、さっさと帰れ」

「いや、まだ全部聞いた訳じゃ」

「ああ、そうでした、教授。まだワタシも気管内から採取した粉末について結果を教えてもらっていません」

するると光崎は自分の机の上にあったファイルをキャシーに投げて寄越した。

「特殊といえば特殊な粉末だ。これで遺体の状況がずいぶん特定できるんじゃないのか」

ファイルに見入るキャシーの顔が驚きに変わっていく。つられて古手川と真琴も覗き込んだ。


「だから、どうしてわたしが古手川さんに同行しなきゃならないんですか」

「何事も経験よ、真琴。見るは一時の恥、見ぬは一生の恥というではありませんか」

文句を言い続ける真琴をキャシーが怪しげな諺《ことわざ》で宥《なだ》めるが、半ば楽しんでいる風でもあり素直には頷けない。

「正直、俺とキャシー先生だけで充分だと思いますけどね」

ハンドルを握る古手川がぼそりと呟く。色々と癪に障る男だが、この点については同意できる。

「駄目です、古手川刑事。法医学がどれだけ犯罪捜査に有用なのか、真琴に知ってもらうまたとないチャンスなのです」

「しかし」

「あなたは浦和医大の法医学チームを味方にしたいのですか。それとも敵に回したいのですか」

そのひと言で古手川は押し黙った。

三人を乗せたクルマはやがて浦和区皇山町に到着した。新興住宅地と古い集落が並ぶ風景は、相変わらずちぐはぐな印象をもたらす。

「ここは、言ってみれば二極化のモデル地区みたいなものなんだよな」

真琴は思わずその意味を訊いた。

「元々、ここは田畑だったらしい。そこにベッドタウン化による開発の波が押し寄せて、人口が増え新興住宅地となった。分譲地だから新しく入ってくる住人は大抵が高所得者。ところが以前からの住人は一次産業の従事者ばかりで所得も低い。見てみなよ。停めてあるクルマだって片や流行のハイブリッド車やセダンが多いけど、もう一方は軽や軽トラがほとんどだろ」

言われてみれば確かにそうだった。ちぐはぐな印象を受ける要因はここにもある。建物のグレード以外に、生活水準の差異が透けて見えるのだ。

「裕福な人間は無自覚なんだよ」

「え」

「これも上司の受け売りなんだけどさ。裕福な人間は普通に服を着て外出するだけで、自分たちの生活が満ち足りていることを無意識に見せつけているのさ。家のグレード、着るもの、乗っているクルマ、外食の回数。見せつけられる方は堪《たま》ったものじゃない。同じ場所に暮らしているのに、どうしてこんな違いがあるんだこの野郎ってなもんでさ。本当に憎むべき対象は他にあるのに、どうしても隣の芝生を憎んじまう。そんな風にして本人たちの知らないところで逆恨みされていく」

古手川の言葉が重い澱《おり》となって胸の底に沈んでいく。

「で、因《ちな》みに被害者の家はあれ」

指差した方向に三階建ての瀟洒な邸宅が見えた。ここからでも相当立派な家屋であることが分かる。なるほど、あんな豪奢《ごうしゃ》な芝生なら憎まれても仕方がない。

古い集落の裏手に回ると数棟のビニールハウスが見えた。

三人はクルマから降りると、中で人影が動く一棟に入って行く。

中に入って真琴は少し驚いた。ビニールハウスというからトマトやイチゴの実が並ぶ光景を想像していたのだが、敷地の半分ほどは色とりどりの花弁が咲き誇っている。

「お邪魔します」

「何だ、刑事さんか」

迷惑そうにこちらを振り向いた作業着姿の男が瀬川だった。

瀬川は首に巻いたタオルで汗を拭いながら歩いて来る。その顔には、はっきり〈迷惑だから早く出て行け〉と書いてある。

「すいませんね。お仕事の最中に」

「何の用ですか。今日中に、ボロボロになった箇所を張り替えたいんで」

「すぐに済みます。えっと、あなたも宇都宮さんも峰岸さんの同級生だったんですよね」

「そうですよ。中学まではよく三人でつるんでました。峰岸が別の高校に行ったもんだから、その後は疎遠になっちまったけど」

「その時分、峰岸さんはどんな子供だったんですか。たとえばいじめっ子だったとか」

「逆だよ。あいつはいつも俺や宇都宮にいじめられていた。身体がちっちゃかったからね。当時はよくパシリとかさせてたよ」

「その話は宇都宮さんからも聞きました。パシリだけじゃなく、何度か殴る蹴るもあったとか」

「……そんなことも、あったかな」

「その峰岸さんは帰って来た。一代で建築会社を興した社長として」

「ええ、まあ」

「それからまた三人で呑むようにもなった。しかし、昔そんなことがあったというのにわだかまりとかなかったんですか」

「四十年近く前の話だよ。もう三人ともいい大人だ。多少の行き違いは、そりゃあ若気の至りってヤツでね。第一、向こうは大出世、こちらは地元で毎日ヒイヒイ言ってる身だ。何せいじめた相手に借金しているくらいだからな」

瀬川の唇が自嘲《じちょう》に歪《ゆが》む。

「失礼ですが、借金の用途は何だったんですか」

「本当に失礼な質問だな。これだよ、これ」

瀬川はハウスの屋根を指差した。

「塩化ビニールをポリオレフィンに替えたんだ。性能が全然違うからね。借りた五十万円はその費用の一部」

「野菜とか果物だけじゃなく、園芸も温室栽培なんですね」

「零細農家だからね。野菜と果物だけじゃやっていけないんだよ。高級鉢物ってのはまだ競争相手が少ないから、苦肉の策ってとこかな」

「ああ、あの花なんか特に綺麗だな」

古手川は瀬川の反応など意に介さず、ハウスの奥にずかずかと踏み込んで行く。

古手川が立ち止った場所に植えられていたのは桜に似た花で、株を覆い尽くすように咲いている。ただし、その花弁の色は見事な青紫だった。

「これ、何て花ですか」

「サイネリアだよ。和名はフキザクラ。ほら、葉はフキに、株を覆うように咲く感じが桜に似ているだろ。この中じゃ一番高価な鉢物だ。今時分は温室でないと育たない。ここらでこいつを栽培してるのはウチだけなんだよ」

さっきまで歪んでいた唇が、得意げに緩《ゆる》んでいた。

「もっと近くで見てもいいスか」

「ああ、どうぞ」

「ところで瀬川さん。峰岸さんとバーで呑んだ後、一人で帰ったんですよね」

「ああ。だけど小雨が降ってきただろ。ハウスの天井に裂け目ができてたのを思い出して、せっせと補修していた。だから家の中に入るのがずいぶん遅れちまった」

「バーを出てから峰岸さんと会ったりしませんでしたか」

「会わないよ。そのことは前にも証言したじゃないか」

「絶対に？」

「あんたね、ちょっとくどいよ。会ってないと言ったら会ってない！」

「そうですか、と……あ、しまった。指に花粉がついちまった」

指先を立てる古手川を見て、真琴は呆《あき》れ返る。何てわざとらしい。今、堂々と花弁の中心に指を突っ込んだじゃないか。

「じゃあお願いします」

古手川がこちらに戻って来たので、真琴は持っていたカバンの中から顕微鏡を取り出した。キーエンスのデジタルマイクロスコープ。持ち運び可能な小型顕微鏡だが、倍率変換アダプタレンズを装着させれば960倍まで拡大できる。

キャシーが古手川の指から採取した花粉をプレパラートに置き、上部のモニターに見入る。

「あ、あんたたち、いったい何の真似だ」

突然の成り行きに瀬川は驚き慌てるが、古手川とキャシーはどこ吹く風だった。

「どうスか、先生」

「ビンゴ。見事に一致しました」

「だから、何が一致したって言うんだ！」

「峰岸さんの気管に、これと同じ花粉が付着していたんですよ」

一瞬で瀬川の顔色が変わる。

「つまり、あの夜、峰岸さんはまだ生きた状態でこのビニールハウスの中にいたことになる。呼吸した際にこの花粉を吸い込んだんだよ。さっき、あんた自分で言ったよな。ここらでサイネリアを栽培しているのはウチくらいだって。ま、事前にそれは農協で確認済みなんだが」

「こ、このサイネリアの花粉に限った話じゃないだろ」

　この反論にはキャシーが応じた。

「ＤＮＡは何も動物だけではなく植物にもあります。遺体に残存していた花粉のＤＮＡと、この花弁のＤＮＡを比較すれば同じ株から育ったものかどうかをすぐに判定できます」

「じ、事件のあった日より前にあいつがここに来たんだ」

「それも有り得ない話です。気管の表面には防御機能として粘液の下に線毛上皮細胞がスタンバイされています。つまり粘液の下をとんでもないスピードで振動し、粘膜に付着したゴミを口の方に出してしまうのですね。従って気管内に花粉が残存しているのは、死亡するか気を失う直前に花粉を吸い込んでしまったことを証明します」

　古手川は瀬川の面前に進み出る。

「店を出た時、ガイ者は既にしたたか酔っていた。あんたは彼をここに拉致《らち》して睡眠薬入りの酒を無理やり呑ませた。そして意識を失わせると、そのまま河川敷に放置して家に戻ったんだ。雨に濡れた身体が夜半のうちに冷え切って凍死を招くことは、先月のホームレスの事件で学習済みだった。違うか」

真っ青になった瀬川に、古手川は追い打ちをかけた。

「場所が特定できれば更に新しい証拠が出てくる。ここにある土はほとんど腐葉土なんだろ？　ガイ者の着衣から採取された泥の中に紛れていたらどうだ。それから、この場所から睡眠薬混じりの焼酎の飛沫が検出できるかもな」

するとと瀬川は力なくその場にくずおれた。


「瀬川は完全に自白しましたよ」

翌日、早速古手川が報告にやって来た。法医学教室にはキャシーと真琴しかいないために、ずいぶんと気楽な様子だった。おそらく光崎の姿があればそそくさと退散するだろうと思えた。

「キャシー先生のＤＮＡの話が効きました。取り調べではすっかり観念してましたからね」

「先月のホームレスの事件との関連はどうだったのですか。古手川刑事は瀬川の関与を疑っていたようですが」

「ホームレスの凍死はあくまでも事故で、自分は参考にしただけと供述しています。まあ、検案で事故死と処理して火葬しちゃってますから、今更蒸《む》し返すのは難しいんですけどね」

「でも、よく彼が睡眠導入剤を用意できましたね。市販薬であんなに強力なクスリがあるのですか」

「あれはですね、農業経営が上手くいかなくて、瀬川が軽い鬱《うつ》病に罹《かか》ったことがあったんです。その時医者から処方されたクスリが残っていたようです」

折角なので、真琴はまだ解決していない疑問をぶつけてみた。

「あの、まだわたし納得できないんですが、たった五十万円の借金で友人を殺そうなんて思っちゃったんですか」

するると、古手川は急に不快な顔をした。

「あの五十万円は単なる呼び水でしかなかったんだよ」

「呼び水って？」

「瀬川が殺意を抱いたのは事件の前日だった。いつものようにバーで呑んだ帰り、峰岸が借金をチャラにしようかと持ちかけたらしい」

「へえ。いい話。やっぱり親友だったからですか」

「いや……五十万ぽっちのカネなんてはした金だからくれてやる。その代わり、犬になれ」

「い、犬？」

「自分と会ったら、必ず三回回ってワンと言え。そして靴の裏を丹念に舐《な》めろ。瀬川はそれでキレた」

真琴は絶句した。

昔いじめた相手にカネを借りる情けなさ、その相手から屈辱を受けた悔しさはもちろんだが、それを傲然《ごうぜん》と言い放った峰岸の昏《くら》い情念に恐怖を覚える。

「親から継いだ農業経営は崖っぷち、片やかつてのパシリは人生の成功者。日頃の格差でいい加減鬱屈が溜まっているところにそれを言われた。導火線に火を点けたのは峰岸自身だったんだ」

今にして、あの新興住宅地と古い集落の並ぶ光景を思い出す。あれは格差社会の縮図であり、瀬川の心象風景そのものだったのかも知れない。

「とにかくお二人の協力のお蔭です」

「ノープロブレム。それに、あれは教授が花粉を発見したからです。真琴、これで法医学の有用性、少しは納得できましたか」

真琴は首肯せざるを得ない。あのまま司法解剖が行われなかったら、瀬川の犯罪も発覚しなかったのだから。

そこまで考えた時、まだ解決していない疑問があることに気づいた。

あの採取した腎臓皮質を、光崎は何に使うというのだろうか。

二　加害者と被害者

1

『あの、そこは解剖してくれるところですか？』

「えっ」

『ちゃんと、人間を解剖するんですよね』

「はあ？」

法医学教室の直通電話は公《おおやけ》にしていない。従って警察関係者など予《あらかじ》め番号を知っていない者からの着信は、まず代表が受けて回してくれることになっている。

咄嗟《とっさ》に受話器を取ったのは真琴だったが、電話の向こう側から聞こえたのは、まだ滑舌《かつぜつ》も拙《つたな》い女の子の声だった。

『そこに行けば解剖してくれますか』

「解剖って……あなた、いったい誰」

『シノダナギサ。凪《な》ぎにサンズイの少ないって書きます』

シノダは篠田でいいのだろうか。声の調子ではまだ小学校の低学年といったところだが——。

「凪沙ちゃん、今いくつなの?」

『凪沙? 九つ』

「あのね、凪沙ちゃん。ここは法医学教室というところでね。事故とかで亡くなった人の原因を調べる場所でね」

『うん。テレビで見たことあるから知ってる。警察みたいにソーサとかカンシキとかするんでしょ』

厳密には違うのだが、九歳児の認識ではそんなものなのだろう。

『だから解剖して欲しいの。事故で死んだ人がいるから』

「それは凪沙ちゃんの……ご家族とか知り合いの人なの」

『ううん、凪沙の知らない人。でも解剖して欲しいの』

「どうして知らない人を解剖したいの」

『解剖してくれないとね、パパとママが困ってるの。だからお願いします』

駄目だ、まるで訳が分からない。

「真琴。検案要請ですか」

横からキャシーが口を挟《はさ》むが、九歳児と外国人とではますます話が嚙《か》み合わなくなる可能性がある。

真琴は辛抱《しんぼう》強く会話を続け、凪沙の言わんとしていることをおおよそ理解した。

つまりこういうことだった。

凪沙の父親がクルマを運転中に女性を撥《は》ね、その女性は死んでしまった。しかし凪沙の父親は、慎重過ぎるほど慎重な運転を心掛けている人間であり、篠田の家族はその父親が人を撥ね殺したとはどうしても信じられないのだという。

「でも……轢《ひ》いちゃったんでしょ」

『パパ、そんな危ない運転しないもん』

「相手の人が死んでいるのに？」

『轢いてなんかいないよ』

これでは堂々巡りだ。困惑してキャシーに内容を説明すると、赤毛の准教授はにやにや笑いながら「それは真面目に対応するべきね」と答えた。

「子供は感受性が非常に豊かです。もし、ここで真琴が事務的な冷たい対応をすれば、彼女は将来に亘《わた》って法医学教室にはもちろん、大学ならびにその職員全員に不信感を抱くかも知れません。責任はとても重大です」

「そんな」

「検案要請はともかく、話を聞くだけなら経費は発生しませんよ。真琴、どうせ時間には余裕があるのでしょう？」

　つまりは電話を取ったのが運の尽きということか。

　真琴は諦めて嘆息した。

「凪沙ちゃん、おウチはどこ？」

『見沼《みぬま》区の大樹《たいき》町だけど……今は誰もいないよ。まだみんな警察にいるもの』

「事故はどこで起きたの」

『あのね、ええと……大宮《おおみや》のね、体育館の近く』


　大宮体育館付近ならば管轄は大宮東警察署のはずだ。電話で交通課に確認すると、確かに大宮体育館付近の交差点で人身事故が発生しているという。

　たかが子供の電話相談に付き合うのもどうかと思ったが、それ以上に凪沙の口調が真剣だったことが気になった。自己紹介の仕方もしっかりしていたので悪戯《いたずら》とも思えない。

　それに、何よりもキャシーが焚《た》きつけたことが大きい。

「解剖してくれないと加害者側が困る、というのは非常に興味深いケースです。交通事故ということですが、事件性を疑わせる証言です。こういう場合に法医学者が耳を傾けないでどうしますか」

　キャシーは本国での検死官を目指しているため、事件性が絡んでくると積極的になるフシがある。結局、凪沙とキャシーの二人に引き摺《ず》られる形で出張る形になったのだが、自主性に乏《とぼ》しいのがどうにも情けない。

キャシーは当然のように同行を申し出た。浦和医大法医学教室の名前を出せば、真琴単独でも管轄の警察署で門前払いにはされないはずだが、一人より二人の方が説得力があるからと妙な理屈を言い出す。要は捜査に首を突っ込みたいだけなのだろう。

二人で大宮東署の交通課を訪ねると、そこにいた男を見て驚いた。

県警の古手川だった。

「あれれ。何で法医学教室の二人がこんなところにいるんだ」

「それはこっちの台詞です。古手川さん、捜査一課なんでしょ。どうして交通課に顔出してるんですか」

「あのさ。課が違っても同じ警察だろ。そっちこそどうしたんだよ。大宮東署から検案要請出てるなんて聞いてないぞ」

「あ、あたしたちはちゃんと」

関係者からの依頼を受けて、と言いかけた口が続かなかった。依頼と言っても加害者の親族でしかも九歳の子供だ。遺族からの検案要請ならともかく、これではあまり正当性がない。

そこにキャシーが割って入った。

「それでも古手川さんがここにいるということは、何らかの事件性が疑われているということですね」

「それは、まあ……」

「ワタシたちは篠田凪沙という少女から通報を受けました。彼女はどこにいますか」

「え、あの子。さっき待合室にいたはずですけど……まさか二人とも、あんな子供の言うことを真に受けて」

「ヘイ、古手川さん。語るに落ちるというのはこういうことですね。あなた、通報者が加害者側であることより、子供であることに言及しました。それはつまり、加害者側が被害者の解剖を要求していることには疑問を持っていないという意味です」

古手川は唇をへの字に曲げて黙り込む。やはり言葉の応酬《おうしゅう》ではキャシーに一日の長がある。

「彼女に会わないと納得しないみたいですね。どうぞ、謹《つつし》んで案内いたしますよ」

古手川に案内されて待合室に行くと、刑事らしき男と母子《おやこ》が顔を突き合わせている最中だった。

男は迷惑そうな顔を古手川に向ける。

「今度は何ですか、古手川さん。最前も申し上げた通り、これは単なる人身事故で県警本部の手を煩《わずら》わせるような事件じゃ」

「このお二人は浦和医大の法医学教室の人です。それに俺じゃなく、呼んだのはどうやらそっちの女の子みたいですよ」

「あ。あたし」

悪びれた風もなく女の子が手を挙げた。驚いたのは横に座る母親だった。

「凪沙。あんたいつの間にそんなことを」

「だってパパもママもすごく困ってたから……スマホで〈さいたま　解剖〉って探したら浦和医大の電話番号が出てきたから、それで」

そのやり取りで大体の事情は摑《つか》めた。分からないのは人身事故の詳細だった。

「何だってこんな風になるんだよ。県警から一課さんが出張って来るわ、法医学教室は飛んで来るわ」

抗議を申し立てたのは大宮東署交通課の多田井《ただい》という刑事だった。それでもわざわざ大学から駆けつけた二人を邪険にすることもできず、多田井は渋々ながら事故の経緯を説明し始めた。

事故が発生したのは昨日の午前九時三十分、大宮体育館付近、大和田《おおわだ》公園入口だった。塾講師である篠田雄作《ゆうさく》が自家用車で三五号線を北に向かっていたところ、反対側から自転車で通行していた家事手伝い栗田益美《くりたますみ》に衝突したのだ。

既に実況見分は済み、調書もあらかた作成されていたので、真琴とキャシーはそれに目を通した。

実況見分調書

平成二十五年十一月十日

埼玉県警大宮東警察署

司法巡査多田井誠司《せいじ》

被疑者篠田雄作に対する自動車運転過失致死被疑事件につき、本職は下記の通り実況見分をした。

記一　実況見分の日時

平成二十五年十一月十日午前九時四十分から午前十一時まで

二　実況見分の場所、身体又は物

場所　さいたま市見沼区大和田町四四五—〇先路上及びその周辺

物　自家用普通乗用車大宮　300　せ　45-6×

三　実況見分の目的

本件交通事故の状況を明らかにし、証拠を保全するため

四　実況見分の立会人（住居・職業・氏名・年齢）

さいたま市見沼区大樹町三丁目二五—三

塾講師　篠田雄作　四十歳

五　実況見分の経過

別紙記載の通り

（中略）

七　立会人篠田雄作は南中野《なかの》方面から大和田方面に向かって直進中で、同人は「自宅から塾に出勤する途中でした」と説明の上、次の各地点

・相手を認めたのがア地点
・その時の私の運転席が①地点
・相手と接触したのが×地点
・その時の私の運転席が②地点
・私が止まった時の運転席がイ地点
・相手が転がっていたのが③地点

を示した。

八　路面痕跡の状況

現場路面を見分したところ、タイヤ痕の印象が認められた。

（交通事故現場見取図参照）——

「被疑者は、走行中いきなり自転車が車道に進入してきたのでハンドルで逃げる間もなかったと主張しております。ガードレールの敷設《ふせつ》されていない区域でお互いに進入が可能だったんですな」

調書を読んでいる最中に多田井が口を挟んできた。

「まあタイヤ痕も車道内に残っていますが、スピードの出し過ぎという可能性もあります。事故が発生した時間帯は人通りもあり、目撃者も数人いるのですが、自転車の方からぶつかっていったという情報はありませんね。加害者がどれだけスピードを出していたかに至っては証言もばらばらで。路面は昨夜半までの雨で濡れていたため、タイヤ痕から正確なスピードを割り出すのは困難です」

真琴は一番知りたかったことを訊く。

「あの、被害者は」

「まだ若いお嬢さんでしてね。すぐに救急隊が駆けつけましたが肋骨骨折と内臓破裂で即死でした」

「検視は」

「これも済んでいます。クルマのボディにいったん激突して撥ね飛ばされています。腹部の傷口がそれを明快に示していたので、警察医は事故死と断定しました」

「つまり司法解剖には付されていないんですね」

「それは死因が明らかですから。解剖する必要なんてないでしょう」

多田井はさも当然という口調で言う。確かに聞く限りでは不審死である可能性は低く、警察医の判断は妥当と思える。警察医の見立ては遺体の外表から五感に頼って判断するものだが、それだけで事故死と明確に判断される事案ならば司法解剖を申請しないのも無理はない。

埼玉県警だけではなく、全国の警察は解剖に消極的だ。しかしそれは決して現場の士気が低い訳ではなく、予算の都合という冷厳な事実にも起因している。

ここ数回ほど司法解剖を手伝わされて、遅まきながら真琴もその実態を知った。国は司法解剖の費用は検体謝金（死体検案に立ち会う医師への謝礼）として一体当たり数千円、死体解剖の謝金（司法解剖鑑定書作成料）として一体当たり七万円、そして死体解剖外部委託検査料（薬物検査などの委託）などで合計十六万円としている。しかし実際日本病理学会では一体当たりの解剖費用を約二十五万円と算出しており、ここにも現場との甚《はなは》だしい乖離《かいり》が生じている。

それに対して日本全体の司法解剖に充てられる年間予算はたったの十数億円でしかない。単純計算でも数千体解剖するのがやっとであり、警察も官公庁である限り予算内での執行は必須なので、勢いよほどの変死体でなければ検視官も解剖に消極的にならざるを得ない。死因究明という崇高《すうこう》な使命の前に立ちはだかるのはカネという矮小《わいしょう》な現実なのだ。

改めてその実状を突きつけられたようで気まずい思いをしていると、凪沙が沈黙を破った。

「でも、パパは人を轢いたりしないよ」

「凪沙！」

母親が叱《しか》るが、その声もどこか頼りない。

「パパ、いつも制限速度守ってたもの。急ブレーキも急カーブもしないし、バスより安全だったもの。そんな運転していて事故なんて起こすはずないもの！」

母親もそれ以上は叱責《しっせき》しようとせず、ただ顔を覆《おお》って肩を震わせ始めた。凪沙の言うことは本当なのだろう。

「奥さんもご主人の過失だとは思っていないのですか」

古手川が訊くと母親——真紀《まき》は項垂《うなだ》れたまま口を開いた。

「はい……わたしも主人がそんな運転をするとは、とても思えないんです。本人も、目の前に自転車が飛び込んで来たから慌ててブレーキを踏んだ、だから向こうが停止したクルマにぶつかってきたんだって……」

「だからね。何で停まっているクルマに突っ込んでくる人がいるのさ」

多田井は煩《うるさ》そうに頭を掻《か》く。単純な人身事故として処理したい気持ちが露骨に表れていた。

「被害者の栗田さんはね、つい先ごろ婚約したばかりで幸せの絶頂だった。およそ自殺するような動機なんてないんだから」

「もう少し調べていただけませんでしょうか」

「これ以上、何を調べるって言うんですか。現場の状況、目撃証言、遺体の外傷、どれを取っても事故死であるのは間違いないんですよ」

「で、でもこのままだと主人は罪に問われてしまうんでしょう」

「当たり前でしょ。ひと一人殺してるんだから。危険運転は適用されないにしても、最低自動車運転過失致死は免《まぬか》れないと思いますよ」

「……それは、ずいぶんと重い罪なのでしょうか」

「七年以下の懲役若《も》しくは禁錮又は百万円以下の罰金。ただし、それは刑事のみの話です」

「刑事のみって……」

「民事で賠償金を請求されたらそんな程度じゃ済まないでしょうね。被害者遺族もかなり落胆されていますから」

失意・落胆の深さが時間を経過するに従って賠償金額の増加に転化するという構造だ。婚約間もない若い女性ともなれば、両親の悲憤も相当なものと想像できる。

「そんなことになったら……」

真紀はおろおろと落ち着かない。その母親を見上げる凪沙は今にも泣き出しそうな顔になった。

この母子をこれ以上、ここに置いてはおけない——そう思った瞬間、自分の真横にいた古手川が先に動いた。

「多田井さん。済みませんけど、ちょっと席を外してもらえませんか」

「何故」

「子供が怖がってます」

真琴は思わず噴き出しそうになった。つっけんどんな物言いは失礼だが、古手川には相応《ふさわ》しい。それに、いち早く凪沙を気遣ったのは意外でもあった。

多田井は尚も何か言いたげだったが、古手川と凪沙を交互に見比べた後、鼻を鳴らして席を立った。

「さてと」

古手川は真紀と凪沙の正面に移動して二人を見据えた。心なしか、最初に彼女たちを見た時よりも視線が和《やわ》らいだ印象だった。

「では改めて。俺は県警本部でしかも交通課じゃないんで、ここの署と利害関係は全くありません。ついでに言うと捜査協力の依頼も受けてないんで、気楽に答えて欲しいです」

「はあ……」

「あまり他人に気遣いできる性格じゃないんで単刀直入に訊きます。怖いのはご主人の罪状ですか。それとも賠償金の金額ですか」

真紀はしばらく逡巡《しゅんじゅん》している様子だったが、ちらちらと古手川を盗み見るようにしながらおずおずと口を開いた。

「正直、おカネの問題は小さくないです」

「でしょうね」

「主人は塾の講師をしておりまして……世間がどういう見方をしているかは存じませんが、塾の講師と言ってもテレビでよく見かけるようなカリスマ講師はともかく、普通は公立学校の教職員並みの収入しかありません。いえ、公務員の福利厚生や給与体系を考えたらもっと厳しいかも知れません。最近は少子化で生徒も減少傾向と聞いていますし」

それは真琴も耳にしたことがある。少子化で打撃を食らうのは学校だけではない。一時の受験ブームで膨張《ぼうちょう》した教育ビジネスもその煽《あお》りを受け、教室の一部閉鎖や講師の削減を余儀なくされているという。

「以前は生徒数も多くて、もっと楽だったんです。その時分に家を買って……まだローンが残っています」

子供の誕生を機にマイホームを購入する層も多いと聞く。篠田家がその例に洩《も》れないとすれば凪沙の年齢から計算して、ローンはまだかなり残っていそうだった。

「今の刑事さんは執行猶予はつくかもしれないけれど懲役三年だと言ってました。わたしはパート勤めをしていますけど、それでももし三年も主人がいないとなると生活していけません。その上、もし民事裁判を起こされたら、もっとおカネが必要になるのでしょう？　い、遺族の方には本当に本当に申し訳ないんですけど、そんなおカネとても払えません。まだローンの残っている家なんておいそれと売却もできないでしょうし……」

真紀の声が次第に落ちていく。

真琴はやるせない気持ちに襲われる。交通事故に限らず、被害者が生まれた時点で加害者側もまた不幸を背負い込む。負債を全てカネに換算できる場合はまだいい。厄介《やっかい》なのは恨み辛みが生じることだ。感情はカネで換算できない。だから、いつまで経ってもしこりは残る。たとえ篠田家が賠償金を全額支払ったとしても双方の傷がすっかり平癒《へいゆ》する訳ではないのだ。

「でも、おカネよりもずっと大きな問題があります」

真紀はきっと顔を上げた。

「やっぱり主人は人を撥ねるような運転はしません。初めて助手席に座った人は誰でも驚くほどでした。塾の先生たちも主人の運転を〈石橋を叩いて渡らない〉なんて言ってたくらいで……これはきっと何かの間違いです」

「しかし、どんな人だって集中力が緩《ゆる》むということはあるでしょう」

「主人に限ってそれはありません。あ、あの人が乱暴な運転をするはずはないんです」

「……何か特別な事情があるんですか」

「以前、主人には年の離れた妹がいました。生きていれば、そう、ちょうど亡くなった益美さんと同じくらいの妹さんでした」

「それが何か」

「その妹は十年ほど前、酒気帯び運転のクルマに撥ねられて死んでしまいました。主人の運転が慎重にも慎重を重ねるようになったのはそれからのことなんです」

古手川は一瞬、言い淀《よど》んだ。

確かに安全運転にならざるを得ない理由と思えた。

「事情はよく分かりました。つまり奥さんは、被害者が故意にクルマにぶつかってきたと考えているんですね」

「きっと自殺だったんだと思います。亡くなられたお嬢さんには申し訳ありませんが」

「解剖をしたら、それが分かると？」

「不治の病に冒《おか》されていたとか、きっと何かあるはずです。調べてください」

真紀の言葉を聞きながら、真琴は暗澹《あんたん》たる気分に襲われる。

夫が交通事故を起こしたという事実を受け入れたくないがために、無理な理屈をつけようとしている。百歩譲《ゆず》って仮に被害者が自殺を企《くわだ》てたとして、それを司法解剖で暴くなどおよそ不可能というものだ。

　真紀の懐疑にしたところで根拠は薄弱極まりない。ただその懸命な姿を見るに忍びず、凪沙は法医学教室に助けを求めたのだろう。

　だがそうは思っても、真紀にしがみつくようにしている凪沙を見ていると、一蹴《いっしゅう》することもできなかった。

　母子を宥《なだ》めすかして退出させると、キャシーが唇を尖《とが》らせた。

「言っても仕方のないことだけど、もっともっと司法解剖の数も設備も医師も増やさないと、こういう問題はなくなりませんね」

　つい質問したくなった。

「あの、こういう普通の交通事故も全件、という意味ですか」

「オフコース。自然死、事故死、いかなる死についても死因は究明されなくてはいけません。解剖が無理というのなら最低でも画像診断くらいはするべきです。そうすれば、さっきの母子のようなケースも減るはずです」

「でも、外傷だけで分かる場合は省略しても」

　キャシーの主張はもっともだが、予算や設備があまりにも貧弱な現状を知っているので、どうしても真琴は消極的になる。

「いいえ。たとえ単純なケースであったとしても解剖し、データとして蓄積するべきです。それは将来の犯罪捜査において必ず有益になるものですから」

「単純な人身事故でも、ですか？」

「単純でも貴重なデータになります。アメリカのボディ・ファームという研究施設では遺体を使った腐敗実験や銃創実験は当たり前に行われています」

「銃創実験？」

「やはり遺体を使うのですが、色んな種類、様々な口径の銃をどの角度で、そしてどれだけの距離で撃ったらどんな銃創ができるのか。そういうことを全てデータ化し、実際の犯罪捜査に活用しています。解剖というのはそれだけ有意義なのです」

聞けば聞くほどかの国と日本の相違に気づかされる。キャシーの主張は合理的だと頭で理解できても、感情がついていけない。

死んでしまえば、残ったボディは材料として扱われ、それが常識になっている。もちろん日本にも献体を解剖実習に使うことはあるが、それでも作業前と作業後にそれなりの敬意を示す。呼吸を止め、息をしなくなっても、〈人〉として扱う土壌が残っているからだ。

するとと古手川が横から口を出した。

「キャシー先生。その理屈、もう少し加工して呑み込み易《やす》くできませんかね。えっと、そうそう、オブラートに包むってヤツで」

「ホワイ？」

「何とか被害者遺族を説得できないかと思って」

意外な申し出にキャシーは青い目を丸くした。驚いたのは真琴も同じだった。

「あの母子の依頼を受けるというのですか」

「あまり時間がないんですよ」

古手川の口調に微《かす》かな焦りが感じられた。

「古手川刑事はこのケースに執着しているのですか」

「いや、執着とかそういうんじゃなくて」

古手川はゆるゆると首を振る。

「事件が山積《さんせき》するのを嫌って、ここの署長は早急に死体見分調書を作成させる。調書が作成されれば遺族はすぐ遺体を焼いてしまおうとする。そうなったらもう手遅れになる」

言うなり、古手川は踵《きびす》を返す。

「どこに行くのですか、古手川刑事」

「遺族宅へ」

すると当たり前のようにキャシーがその後を追う。

一人残る訳にもいかず、真琴はまたも他人に引き摺られる形で二人に同行する羽目となった。

2

「どうして今更、益美の身体を切り刻まなければいけないんですか！」

母親の栗田洋子《ようこ》は感情を剝《む》き出しにして叫んだ。玄関に立ったまま三人は一方的に罵倒《ばとう》される。

「た、た、ただでさえ事故で傷ついている身体を、どうしてこれ以上」

「お母さん。解剖すれば、単なる内臓破裂ではなく、どの器官がどう破損されたのかが正確に分かるのですよ」

真琴は聞こえないように嘆息した。キャシーの物言いはあまりに即物的で、何ら感情に訴えるものがない。これでは逆効果だ。

「そんなこと知りたくもありません。知ったところで益美が帰って来る訳ないじゃないですか」

「オウ、それは当然です。既に死んでしまったのですから。解剖して生き返らせるというのは法医学ではなくて妖術です」

横にいると、思わず頭を抱えそうになる。死体には慎重な態度で、かつ愛情一杯に接するキャシーが、生きた人間相手ではどうしてこう無頓着《むとんちゃく》になるのか。この辺りは光崎とまるでそっくりだ。

「しかし解剖によって、お嬢さんの死は貴重なデータとして生き続けることができるのです」

「帰ってください！」

洋子が再び喚《わめ》く。すると廊下の奥から初老の男が姿を現した。

「やめないか、母さん。騒々しい」

「だって」

これが父親の修平《しゅうへい》らしい。

「とにかく玄関先ではご近所に筒抜けだ。奥に上がってもらいなさい」

三人はその言葉に従って居間へと誘われる。三人は夫婦と向かい合わせに座る形となった。

改めて修平を正面に見据えると、真琴はその顔を正視するのが辛くなった。洋子を宥めたことで自制心の強い男かと思ったが、とんでもない話だった。修平も同様に打ちひしがれている。洋子はそれを声に出していたが、修平は顔に出していた。

ボードの写真立てには娘を挟んだ二人が収まっている。一人娘だったのだ。

「あなた方は」

修平は静かに口を開いた。見かけの齢よりも十は老いたような声だった。

「益美を解剖したいと仰《おつしや》るが、それはどういう理由ですか。さっき、ちらと聞いた限りでは、どの器官がどう破損されているのか詳細を調べてデータとして生かしたいとか」

「イエス。本来、人の死因は全てが明確にならなければなりません」

「益美はもう死んでしまった。しかし、まだデータとしての価値はある。そういうご主旨ですか」

これ以上、キャシーに喋らせたらまずい。

真琴は咄嗟に口を開いた。

「いえ。データ云々以前に、何故娘さんが亡くなられたのか、その経緯を明らかにしなければ」

「明らかにしなければ何だというのですか。あの篠田という男の運転するクルマに撥ねられ、益美は内臓を破裂させて死んだ。これ以上の真実はないでしょう」

「でも、それは現場で警察医が体表面だけで判断したことです」

「内臓破裂していようと頭蓋骨が陥没《かんぼつ》していようと、益美が殺されたという事実に変わりはない。いや、顔面にさほど外傷がなかったのはせめてもの救いだった。親が言うのも何だが目鼻立ちの整った娘だった。最後まで綺麗な顔のままで見送ってやりたい」

「でも」

「あなたたちは篠田から頼まれたんじゃないですか。あれは娘の自殺だった。解剖してそれを突き止めてくれ、と」

　修平はじろりと真琴を直視した。無念さの混じった昏《くら》い目だった。

「念を押すようですが、益美に自殺するような動機などは欠片《かけら》もありませんでした。以前、患《わずら》っていた病気も快方に向かい、来春には結婚を控えていた。相手は真面目な青年で身持ちも固い。花嫁修業だと言って女房と二人でいそいそと得意なメニューを増やしていた。毎日毎日楽しそうだった。そんな娘に自殺するような理由があると思いますか」

　真琴に言い返す言葉はない。

「自殺だって？　ふざけちゃいけない。そんなのは過失致死の罪から逃れたい一心で、向こうが言い張っているだけでしょう。それを聞いた時にははらわたが煮えくり返る思いでした。自分たちのしでかしたことを謝罪することもせず、娘のせいにしようとするなんて。言語道断じゃありませんか」

　修平は声を荒らげるようなことはせず、ただ淡々と言葉を継ぐ。それが却《かえ》って抑《おさ》えられた憤怒《ふんぬ》の大きさを窺《うかが》わせる。

　これには古手川が応答した。

「目撃証言では加害者のクルマがスピードを出し過ぎていたとは断定できません」

「警察は被害者よりも加害者の人権を尊重するというのは本当だったんですな。そうまでして篠田という男の肩を持ちたいのですか」

「そういう訳では……」

「まあいい。現場で娘を見た検視官は、確かにクルマと衝突したことによる交通事故死と判断してくれた。わたしたちは火葬許可証の発行を待って、益美を荼毘《だび》に付《ふ》してやればいい」

「待ってください。そんなことをすれば本当の死因が」

「はい」

「聞きましたよ。不審死ではない場合、遺体の解剖には親族の同意が必要なんですよね」

「しかもその費用は全額遺族負担だとか」

「……はい」

「解剖する施設までの運搬費も自腹で」

「……その通りです」

「そんな話にわたしたちが乗るとでも？　加害者側に都合のいい証拠を探すために、わざわざ被害者の遺族が決して安くはない費用を負担して、大事な家族を切り刻んでくれとお願いする訳ですか」

　これには古手川も反論できない。

「もう一つ。正直な話、二度も娘を殺されたくないのですよ」

「二度も？」

「最初はクルマに轢かれて殺され、二度目は解剖で切り刻まれて殺される。あの娘の身体をこれ以上傷つけないで欲しい」

修平の声が悲痛な響きを帯びる。そして修平が黙り込んだのを見計らうように、今度は洋子が口を開いた。

「益美が事故に遭《あ》ったと聞いて、わたしたちは取るものも取りあえず現場に駆けつけました。死体が益美だということを確認させられた後は証拠保存のために手を触れるな、と言われました。ふ、服は全部剝ぎ取られて素っ裸でした。こんな、こんな寒空の下で……ずっとずっとあの娘の傍《そば》にいてやりたかったのに、少しでも温めてあげたかったのに、わたしたちは益美から離されていました」

途中から嗚咽《おえつ》が混じり出した。

「やっと会えたのは霊安室でした。ま、まだ裸のままで。だから胸からお腹にかけて傷口がしっかり見えました。ひどい有様でした。顔もどどめ色になって髪の毛には泥がこびりついたままでした。変色して、身体の形も変わって……あの娘は色の白い子で、それが自慢だったのに……」

後は続かなかった。修平が見かねたように言葉を継ぐ。

「もうずいぶん昔の話になるが、これの従姉妹《いとこ》が通り魔に殺された事件がありました」

三人はぎょっとして修平に視線を移す。

「その時は当然、従姉妹の死体は司法解剖に回された。解剖が全て終わるまで、肉親は従姉妹の身体に触れることも叶わず失意と不安な日々を過ごした。やっと会えたと思ったら、遺体置場はゴミ置場の脇にあり、銀色のトレイに寝かされて汚いムシロを被せられていた。そう、解剖さえ終わればもう用済みとでもいうように、それこそゴミのような扱いだったらしい。わたしと女房はそれを聞いて、解剖というのはどんなに無慈悲なものか思い知らされた」

これもまた真琴がつい最近知ったことだった。全国の警察署はどこも手狭で遺体安置所のスペースを充分に確保できていない。遺族の待機できる場所は更に貧弱だ。司法解剖の数の少なさが輪をかけている面もあるが、警察の予算が被害者遺族について考慮されていないのが最大の原因と言えた。

「もう、お分かりいただけるでしょう。わたしたちは娘の身体をこれ以上傷つけてもらいたくない。そのための費用をわたしたちが捻出しなければならないなんて、考えることさえ不愉快です」

まるで取りつく島もない。古手川は押し黙り、さすがのキャシーも口を閉ざしている以外になかった。真琴と言えば、のこのこ遺族宅に押し掛けたことを猛烈に後悔していた。

ひりひりするような心痛がこちらまで伝わってくる。法医学教室に遺族が訪れることはないので今まで考えもしなかったが、当たり前のように遺体には親族が存在する。白濁した眼球、色を失った肌の後ろには遺族たちの悲憤が潜《ひそ》んでいるのだ。

「どうぞお帰りください」

修平はもう真琴たちの目を見てもいなかった。

「わたしがまだ礼儀正しさを保っているうちに、早く」

結局、体よく栗田家を追い出された三人は車中で一様に憮然《ぶぜん》としていた。

「これは文化の違いかも知れません」

キャシーが独り言のように呟《つぶや》く。横にいた真琴はその冷静な口ぶりに引っ掛かりを覚えた。

「文化の違い？　アメリカ人は家族の死を悼《いた》むことはないんですか」

「真琴、ワタシの言っているのは解剖に対する考え方の問題です。以前、本で知ったのですが、日本では『解体新書』以前に死体を解剖するというシステムがなかったのですよね」

「そうです」

「それどころか罪人の死体を晒《さら》すことは刑罰の一つでもあった。そうですよね」

所謂《いわゆる》、磔《はりつけ》獄門《ごくもん》、晒首《さらしくび》というものだ。何やらひどく時代がかっているが、事実上はその通りなので首肯《しゅこう》するしかない。

「一方、ヨーロッパ・アメリカでは早くから解剖はシステムとして機能していました。加えて、魂と身体を分別して考える傾向があるので、魂の抜けた肉体にメスを入れることにそれほど抵抗感はありません。この国の解剖率が低いのは、予算の問題以外に、そうしたセンチメンタリズムが大きく関係しているのかも知れません」

そう言えば、半ば強制的に行政解剖を行う監察医制度は終戦後、GHQの指導によって導入されたものだ。キャシーの言葉を借りるなら、解剖という制度は日本人のセンチメンタリズムをアメリカの合理主義が駆逐《くちく》したものだと言えなくもない。

「キャシー先生の論考は一聴に値するけど、目下の問題はそのセンチメンタルな日本人の夫婦をどうやって説得するか、なんだよな」

いくらキャシーが合理的精神を説いてみても、あの栗田夫婦にはますます逆効果だろう。それが分かっているからか、キャシーは物憂《ものう》げに黙り込む。

「それにしても、どうして古手川さんは解剖に拘《こだわ》るんですか」

まさか篠田一家に肩入れしているようには見えないので、真琴は訊いてみた。

「加害者の言い分が自己弁護になり易いのは当然なんだけど……どうもなあ」

おや、と思った。単純明快なこの男にしては嫌に歯切れが悪い。

「何か、腑に落ちないところでもあるんですか」

「栗田益美は車道で轢かれている。篠田のクルマが歩道に進入した訳じゃない」

「ええ」

「篠田は制限速度を守っていたと証言しているが、それは嘘で本当はかなりスピードを出していて、前方から来る自転車を避《よ》けきれなかったのかも知れない」

「ええ」

「だけどさ、もし目の前にクルマが迫っていたら、自転車に乗った人間は回避行動を取るはずだろ。ブレーキをかけるなり、歩道側にハンドルを切るなりしてさ。ところが現場に自転車が回避行動を取った痕跡は残っていなかった。そいつがどうも引っ掛かる」

「でも、猛スピードでクルマに突っ込まれたら咄嗟に動けなくなる、というのも有り得るでしょう」

「ああ、充分に有り得るさ」

それでも納得がいかないという口ぶりだった。

「あの、栗田さんご夫婦はこれ以上、益美さんの身体に傷をつけられるのが嫌だと仰っていましたよね」

「ああ」

「だったらA・iをお願いしてみるというのはどうですか。A・iなら遺体を傷つけることなく死因を探ることができます」

A・i、死亡時画像診断（Autopsy imaging）。CT（コンピュータ断層撮影）やMRI

（核磁気共鳴画像法）の死後画像によって病態の把握や死因究明を行う方法だ。設備の普及率も国際的平均値の六倍以上であり、決して希少なものではない。

「近くだったら千葉大学医学部附属病院にＡｉセンターがあります。費用だって解剖よりはずっと安価で済みます」

「グッドアイデアと言いたいところだけど、Ａｉっていうのは保険適用外で実費は警察や遺族が負担しなきゃならない。死体を晒すという点でも同じだから栗田夫婦の同意は得難い。その点は一緒だよ。それに、たとえ千葉大に画像診断を依頼したところで、遅かれ早かれその情報は洩れる」

「……洩れちゃいけないいんですか？」

「俺たちが無断で画像診断を依頼したことを知ったら、大宮東署が黙っちゃいない。それに第一……」

古手川は何かに気づいたように慌てて口を噤んだ。

「第一にどうしたんですか、古手川さん？」

「何でもない。とにかく都合が悪いんだ」

何でもないはずがない。

嘘を吐くことについては自分の方が上手いと真琴は思った。

法医学教室に戻ると光崎がいた。

「遅いぞ」

不機嫌を隠そうともしない光崎だったが、古手川は何ら恐縮する素振りを見せない。もはや、この愛想のなさに慣れてしまった感がある。

「遺族から解剖許可は取って来られたのか」

光崎の言葉を聞いて少し驚いた。県警捜査一課の古手川が所轄の交通事故に首を突っ込んでいたのは、どうやら光崎が絡んでいたかららしい。

「駄目でした」

「何が駄目だった」

「娘を切り刻まれるのは嫌だ。費用をこちら側が持つなんて有り得ない。とてもじゃないが承服できない、と言われました」

「それでおめおめと尻尾《しっぽ》を巻いて帰って来たのか」

「まあ……」

「だから、お前はいつまで経っても若造呼ばわりされるんだ。ちっとはあの上司の押しの強さを見習ったらどうだ」

「ああいう刑事がもう一人できたら、先生は嬉しいですか」

「ふん。鬱陶《うっとう》しくてならんが、無能な有象無象が幅を利かすよりは数段マシだ。それより被害者の記録はちゃんと持って来たのか」

「ええ。無能な有象無象にもこれくらいのことはできますからね」

古手川は持参したカバンの中からＡ４サイズのファイルを取り出した。道中に聞いた限りでは大宮東署と連携を取っている様子はなかったので、これは正式な手続きを踏んだ資料ではないと思えた。

だが光崎は一向に構う風もなく、ファイルのページを無造作に繰る。

それでやっと合点がいった。ただの交通事故に古手川が首を突っ込んでいるのは、光崎の指示だったのだ。

どうして光崎がそんなことを命じたのか。

真琴はしばらく考えてみたが、全く訳が分からなかった。

「何だ、警察医は郷田《ごうだ》か。あんなヤツに検視を任すとは大宮東署もよっぽど人手不足と見える。実況見分調書のコピーに死体見分調書のコピー。情けない。大口叩いた割に持って来られたのは、たったのこれだけか」

「勘弁してくださいよ、先生。これだけだって署員の目を盗んでコピー取るの大変だったんスから」

光崎は古手川の抗議など聞く気にもならないのか、ずっとファイルに目を落としたままでいる。

そして、あるページで釘づけになった。

「これは確かなのか」

ページの一点を指して、古手川に念を押す。

「既往症の記録。これは間違いないのだな」

「間違いないと思いますよ。大宮東署が取り寄せた最新情報で、治療した施設の記録とも照合済みです」

「そうか」

光崎はファイルをいったん閉じ、古手川に突き返す。

「それなら、是が非でも解剖したいな」

3

「じゃあ、早速被害者遺族を説得しないと。あ、俺が被害者宅まで運転しますよ」

「お前は何を言っておるのだ」

「へ?」

「被害者の死因を究明する。誠にもって正しい命題だ。その正しい命題を主張し、被害者遺族に勧告するのは警察官の務めではないのか」

「それって俺の役目ですか。管轄は大宮東署なんスけど」

「すると何か、若造。貴様は自分の足元に死体が転がっていても、それが自分の受け持ちでないというだけで知らん顔をするというのか。およそ公務員としては不見識極まりない、警察官としては風上にも置けないヤツだな」

面と向かって光崎にそう言われた古手川は、口を半開きにした。

「何だ、今わしの言ったことに異論があるなら聞いてやるぞ。ただし公僕として正しい論理の上に成り立った言葉でなければ到底聞く耳を持たんが」

「あの、俺だって自分の事件抱えてて結構忙しいんですけど」

「そうか。それは結構なことだな。お前のような分別のない若造は忙殺されるくらいでちょうどいい。小人閑居《しょうじんかんきょ》して不善《ふぜん》をなすというからな」

「……ひでえいいようだ」

「お前の上司ほどではあるまい。他からの検案要請が山積している時、あの男はこちらの都合を聞きもしないで死体を無理やり教室に運び込んでくる。あの強引さに比べれば、わしの無理など無理の内に入るものか」

つまり、自分の言っているのが無理であること自体は心得ているらしい。

真琴は少なからず古手川が気の毒に思えたが、ここで二人の間に入ってとばっちりを食うのも嫌なので黙っていた。キャシーはキャシーで、二人のやり取りをにやにやしながら観戦している。

「いつも班長の無理を聞いているから、今度は自分の無理を聞けってことですか」

「お前は耳が悪いのか、それともその齢で認知症を患っておるのか。わしの言うことなぞ無理の内に入らんと最前から言っているではないか」

「分かりました、分かりましたよ」

古手川は両手を前に出して大きな溜息を吐いた。言うまでもなく全面降伏の仕草だった。

「じゃあ、何とか説得してみます」

「何を勘違いしておる。してみる、のではない。するのだ」

そう言い捨てて、光崎は教室から出て行った。

「……参ったな」

光崎の後ろ姿を恨めしそうに見送った古手川は、もう一度大きな溜息を吐いてみせた。

「俺って、何であの年代に恵まれないんだろ」

「あの、やっぱり古手川さんが栗田さんのご遺族と折衝《せっしょう》するんですよね」

「そのようだ。どうやら光崎先生は俺に交渉力をお求めの様子らしいし」

「交渉力、ですか」

「前にも上司から同じことを言われたことがある。お前は若いから猪突猛進は仕方ないが、もう少し交渉力を身につけろって。けど絶対違うよな。無理難題を通すのは交渉って言わないぞ、普通」

するとキャシーが茶々を入れてきた。

「古手川刑事。これは教授からの好意的なアドバイスなのですよ」

「アドバイス？」

「艱難《かんなん》、汝《なんじ》を玉《たま》にす、という諺《ことわざ》があるではないですか」

「だから何でキャシー先生がそんな言葉、知ってるんですか。人が困ってるのに助け舟一つ出そうともせずに」

「情けは人のためならず、という諺もあるではありませんか」

「……その使い方は多分違うと思います」

愚痴をこぼしているが、言い換えれば意に沿わない仕事を実行するからこその愚痴だ。聞いている分には害もないので同情したように頷いてやると、古手川がじろりとこちらを睨《にら》んだ。

「同情してくれているのか。それともいい気味だと嗤《わら》っているのか」

「もちろん同情していますよ」

「よし、決まった」

「何が決まったんですか」

「被害者宅へのご同行。あんたも一緒に来てもらう」

「えっ」

こういうのを藪《やぶ》から棒と言うのだろう。いきなりの申し出に、反応が少し遅れた。

「どうして、そんなことを、わたしが」

「ヒラの、それも管轄違いの捜査一課の刑事が一人で説得するより、実際に解剖をする執刀医が同席した方が説得力がある。するとキャシー先生かあんたのうちどちらかということになるが、キャシー先生の空気読めなさ具合は、たっぷりと思い知らされた。消去法であんたが残る」

「オウ、それは残念です」

そう言いながらキャシーは全く残念そうな素振りを見せない。

「それでも交渉は言葉によるファイティングですから、ガイジンであるワタシに不利なことは否めません。どうぞ真琴、いってらっしゃい」

「いや、いってらっしゃいってその」

咄嗟に後ずさるが、古手川に腕を摑まれて強引に引っ張られる。

「散々、上から目線で同情されたんだ。ついて来てもらわなきゃ割に合わない」

「どういう理屈ですかっ」

「あんた、光崎先生の部下なんだろ。だったらあの人の下についた時点で、多少の冒険は覚悟しておけよな」

結局、真琴は半ば拉致《らち》されるように覆面パトカーの助手席に座らされた。

「警察を呼びますっ」

「よし。面白い冗談だ」

古手川は真琴の抗議も聞き流し、クルマを発車させる。何とも乱暴な成り行きになってしまったが、ここまで来れば抵抗しても空《むな》しいだけだ。真琴はしばらく考えてから徐《おもむろ》にシートベルトを締めた。

毒を食わされた。それならいっそ皿まで、というのは一般人の対応だ。少なくとも医療の分野に携《たずさ》わる者ならば、まず毒物の解析を行うべきだろう。

「……では同行を事後承諾します」

「それはどうも。あんたに同行していただいて光栄の極みだ」

「あの、その、あんたってのはやめてくれませんか。わたしにはちゃんと名前があります」

「じゃあ、何て呼ぼうか」

「そんなこと、自分で考えてください」

「教授や准教授、じゃないよな」

「一応、医師免許は取得してます」

「それじゃあ、真琴先生」

「……もっと尊敬の念とか込められませんか」

「キャシー先生と同じ呼び方だぞ」

大宮東署で篠田母子に見せた気遣いで、少し古手川を見直したがどうやら勘違いだったようだ。おそらくこの男の頭にデリカシーという概念は欠片もない。

「それでは同行者として情報の共有を求めます」

「情報？」

「さっき、教授に見せた栗田益美さんの記録です。彼女には既往症があったんですよね。病名は何だったんですか」

「彼女は昨年の春に敗血症を起こしている」

敗血症。体内で感染症を起こしている場所から血液中に病原体が侵入し、発熱や血圧低下をもたらす。臓器にまで累が及ぶと、呼吸不全や腎不全といった多臓器障害症候群を併発する。

「ただし、抗生物質の投与を続けているうちに完治して、昨年のうちに退院している」

「発見が早かったんですね」

「施設がよかったんじゃないのか。治療を受けていたのは浦和医大だった」

そう告げられてもあまり奇異な感じはしない。県内でも浦和医大はトップクラスの陣容と設備を誇っている。栗田益美が既往症で入院していたとしても何の不思議もない。

「言っておくけど、俺たちが栗田益美の件で動いているのは他言無用だからな」

「今度の件は光崎教授の指示なんですよね」

「ノーコメント」

「どうして」

「他言無用と言われて……」

話している最中に、しまったという顔をした。どうも、この男は語るに落ちることが多い。きっと根は単純なのだろう。

じろりと真琴を睨む。

「光崎教授には頭が上がらないみたいですね」

「あの先生に頭の上がる人間が、浦和医大に何人いるっていうんだ」

考えてみたが、そういう人物は津久場以外に思い当たらない。経歴や年齢もさることながら、日頃の言動が傍若無人《ぼうじやくぶじん》に近いので、教授連中からも煙たがられているというのが最大の理由だ。

「光崎教授に弱味でも握られているんですか」

「弱味というよりは負い目だな。光崎先生からは今までにもずいぶん助言やら何やら、死体検案書に書けないようなことを聞かせてもらってるし」

「死体検案書に書けないことって」

「死体検案書なり剖検には事実しか書けない。だけどあの先生は、聞けば独自の判断や推察を教えてくれる。特定できる凶器、検案書よりも範囲を絞った死亡推定時刻、予想される犯人像」

それではキャシーの言う、アメリカの検死官そのものではないか。

「もちろんただの推論だから、正式な文書に記載することはできない。でも、その助言が捜査に役立ったことも一度や二度じゃない。それでウチの班長は必ず先生の御託宣を聞くようにしている」

「それ、イレギュラーがレギュラーになっていませんか」

「たとえばこの間の事件で、解剖に立ち会わされただろ。死体を目の前に要点をずばずば指摘する。五感を刺激しながらの説明だから、嫌でも身につく。あのレベルで講習を続けられたら、そりゃあ現場には強くなるさ。下手なテキストを読むよりはずっと効率的だ」

「あのレベルでの講習、これからも続けて欲しいと本気で思ってますか」

尋ねられた古手川は眉間《みけん》に皺《しわ》を寄せる。

「正直、毎回毎回はきついな。慢性的な食欲不振に陥る」

声には出さないものの、その意見には同意だった。なるほど解剖や法医学の知識は身につくだろうが、あの独特の異臭もまた身に沁《し》みつく。実際、あの解剖の後、入浴二回、シャンプーに至っては三回目でやっと臭いが取れたほどだった。

「それにしても、いったい教授は何を考えているんですか。こんな秘密めいたことをして……古手川さん、知っているのなら教えてください」

「それは俺も知らない」

口調は至極自然で、嘘を吐いているようには聞こえなかった。これが演技としたら大したものだ。

「光崎先生に真意を訊いてみたけど教えてくれなかった。しつこく訊くのなら、今後県警からの検案要請は他に振る、と脅《おど》された」

監察医制度とは異なり、法医学教室が行う司法解剖は言わばボランティアの一環だ。多くの場合主導権は大学側にあり、多忙を理由に断られても文句の言える筋合いではない。検案要請の多さに対して執刀できる医師も設備も少なく、なおかつ不足気味の予算でやり繰りするために医師への謝金を減額してもらうことさえある。いくら死因究明が民主警察の正義とはいえ、死体は解剖しろカネは払えんでは、自《おの》ずと立場の上下が生じてくる。

「ウチの班長は光崎先生の解剖に全幅の信頼を置いていてね。言い換えれば、他の先生の執刀では満足しない。まあ、光崎先生には完璧に足元を見られているよな」

クルマが栗田家に到着すると、自然に緊張感が高まった。前回の訪問では被害者の両親からけんもほろろどころか、まるで娘の仇《かたき》のような扱いを受けている。身構えてしまうのは致し方ないことだった。

まだ玄関に忌中の張り紙もないというのに、周辺の空気は重く湿っている。その中を古手川は平然と歩いて行く。警察官だから当然と言えば当然なのだが、その職業意識はさすがだと思った。

「また、あんたたちか」

玄関に出てきたのは父親の修平だった。不機嫌さを隠そうともしない。古手川と真琴を奥の部屋に通そうともしない。

「今日はいったい何の御用ですか。大宮東署から、もう調書が作成済みなので益美の遺体を引き取って欲しいと連絡があった。わたしたちはこれから外出せにゃならん」

つまり、既に死亡診断書が作成されたということになる。この死亡診断書に死亡届を添えて役所に提出すれば、火葬許可証が発行される運びだ。

時間的な余裕はもうほとんどない。古手川はずいと修平の前に出る。

「それは少し待ってもらえませんか」

「待つ？」

「死亡届は死亡の事実を知ってから七日以内に届け出る決まりです。だからまだ……」

「あんたは一週間も益美の死体を放置しておけと言うのですか。あの暗くて、寂しい霊安室に」

「いや、そんなに長い期間じゃありません。あと一日だけ時間をいただければ」

「その一日で何が変わると言うんですか。いいか、あんたも刑事だったら知っているだろう。その一日で益美の肉体は更に朽《く》ちていく。肌は変色し、臭いもきつくなる。納棺師さんの手間もそれだけ増える。あんたは軽々しく言うが、益美をできるだけ綺麗な身体で葬《ほうむ》ってやりたい親の立場を少しでも考えてくれたことがあるのか」

古手川は言葉を詰まらせる。親の立場と言われれば返す言葉もないのだろうと、真琴は想像する。

「あんたが仕事熱心な刑事だということは認めてやる。死因の究明が重要だということももっともだろう。だが、それとわたしたち家族には何の関係もない。わたしは父親として、娘にしてやれる最後のことをしてやりたいだけだ」

修平はひどく疲れた様子で上がり框《かまち》に腰を落とした。

「二人とも若いな。まだ三十にもなっていないだろう。独身か」

古手川と真琴が頷くと、修平は少しだけ眩しそうな目をする。

「結婚していないのなら、当然子供を持った親の気持ちなど分からんだろう。ましてやたった一人の娘に先立たれた父親の気持ちなんてな」

瞬間、真琴の脳裏に自分の父親の顔が浮かんだ。口数の少ない、どこにでもいるような普通の父親だが、自分が死んだらこの修平のように取り乱すのだろうかと想像してみる。

「わたしは……特にこれといった才能もなければ度外れた夢を持っている男でもない。一般企業に就職し、自分には似合いだと思う女を娶《めと》って家庭を作った。定年間近になって、この後の侘《わび》しい年金生活も朧《おぼろ》げに見える普通の男だ。だが、そんな男にも楽しみというか希望のようなものはある。子供だよ。子供には未知の可能性がある。親には想像もつかないような未来がある。這《は》い這いの赤ん坊の頃から小学校、中学校、高校。卒業式を迎える度に心が躍った。益美が誰と結婚し、どんな子供を産み、どんな家庭を築くのか。それを考えるだけで生活に張りが生まれる。益美の成長だけがわたしの楽しみだった。そ、それを途中で強制的に寸断された気持ちが、あんたに分かるか」

「少なくとも益美さんが幸せだったというのだけは分かりますよ。親の気持ちなんていうのは金輪際《こんりんざい》分かりませんけどね」

「何だって」

「俺の親は二人とも揃《そろ》ってろくでなしでしてね、あなたのように自分の子供を大切に思う人間じゃなかった。それはもう絵に描いたような家庭崩壊で、長いこと親子三人で食卓を囲んだ記憶さえない。だから親の気持ちなんて分からないんですよ。申し訳ないんですけど」

これには修平も虚《きょ》を衝《つ》かれた様子で、まじまじと古手川を見上げている。

「それでも子供の気持ちは辛うじて分かります。こんな仕事をしているから被害者の無念さはもっと分かる」

「死んだ者の無念が分かるだと？　そんなものをどうやって、生きているあんたが理解できると言うんだ」

「死に顔もそうですけれどね、被害者の部屋に入ってみると、その人物がしようとしていたこと、楽しみにしていたことが形となって残っているんです。資格検定の本、好きだった人の写真、親しい者からのメール……そういうものにはね、栗田さん。被害者の叫びや訴えが詰まっている。俺はまだこんな若造ですけど、最近ようやくそういう声が聞こえるようになりました。思いを残した人間は、死んでもすぐには成仏できないんじゃないかと思います」

「何が言いたい」

「益美さんにもきっと心残りがあったんじゃありませんか」

「あ、当たり前だ。結婚を間近に控えていたんだ。心残りがないはずないだろう」

「そしてもう一つ、自分が死んだ理由を明らかにして欲しい」

古手川の視線は修平の顔を捉《とら》えて離さない。

「栗田さんは死んでしまえば同じだと言いますが、それはあくまで遺族の感傷ではないですか。死んだ本人は、何故自分が死に至ったかを明確にしたいと思うはずですよ」

「知ったような口を利くな」

「では栗田さん、死ぬとまではいかなくとも、突然身体に変調を来たしたら、やっぱり原因が知りたいとは思いませんか。治る治らない以前の問題として、その変調の理由を知りたいとは思いませんか」

真横で聞きながら、真琴はまた古手川のことを見直していた。およそ説得口調には程遠い武骨な物言いだが、真剣さは伝わる。決してマニュアル化された言葉でないことも聞き取れる。

改めて不思議な男だと思った。がさつではあるが母子の扱いには目配りが利き、軽薄なようでいて真摯《しんし》な部分もある。思いきり人を見下すかと思えば、次の瞬間には年長者に敬意を払うのを忘れない。まるで一人の肉体に二つの人格が同居しているようだ。

諭《さと》された形の修平は憮然とした表情で、古手川の顔を窺っていた。

「それで結論は何だ。結局は益美を解剖しろということなら断る。前にも言ったが、これ以上益美の身体を傷つけたくない。死因をはっきりさせるという目的だけのために、カネを出す気もない」

「Ａｉというものをご存じですか」

真琴は耳を疑った。

「Ａｉ？」

「死亡時画像診断と言いましてね、ＣＴとかＭＲＩとかの医療機器で解剖することなく体内を調べてしまう方式です。これなら益美さんの身体を傷つけることなく異状を発見できます」

「CTスキャンはえらく高くつくと聞いたが……」

「それくらいは捜査費用から捻出します。ただし、もし死因が明らかに内臓破裂など事故によるものではないと判明した場合には、改めて司法解剖に付されることになりますが」

「ちょっ、古手川さん」

慌てて真琴が口出ししようとするが、古手川の手で制される。

「Aiセンターというのが千葉県内にあります。おそらく運搬に一時間程度しかかかりません。そうですよね、先生」

「は、はい」

いきなり話を振られた。Aiセンターが千葉にあるのは事実なので、真琴も頷かざるを得ない。

「だからご遺体の納棺はそれ以後にしていただけませんか」

修平は腕組みをしてしばらく考え込んでいたが、やがて睨むように古手川を見上げた。

「本当に身体に傷はつかないんだな」

「死因に異常な点が見つからなければ」

「分かった。あんたの言うことを信用しよう」

「では、我々はこれから大宮東署に行きます。形の上では我々がご遺族の代理である旨を先方にお伝えしておいてください」

「いいだろう」

古手川は一礼すると、来た時と同じように真琴の腕を摑んで玄関を出た。

クルマが出る寸前、真琴はせめてもの抗議に古手川を睨みつけるが、本人はまるで無視してアクセルを踏む。

「Aｉは使わないはずじゃなかったんですか」

返事はない。

「それに捜査費用が出るなんて、わたしひと言も聞いていませんよ。方針転換するならするで事前に言ってくれないと」

「方針転換は、しない」

「えっ」

「大宮東署で遺体を引き取ったら、真直ぐ法医学教室に運ぶ」

「古手川さん、それじゃあAｉっていうのも」

「解剖して異状が発見できれば開腹した言い訳ができる。そうなれば画像診断しようがしまいが関係なくなる」

「呆れた！　じゃあ栗田さんに嘘八百を並べ立てたんですか。もし教授が解剖しても異状が見つからなかったら、どうするつもりなんですか」

束《つか》の間沈黙した後、古手川は呟くように言った。

「それは……考えていない」

真琴は今度こそ開いた口が塞《ふさ》がらなかった。

「俺が光崎先生に命じられたのは、とにかく遺体を浦和医大まで運んで来い、だった」

「それさえ成功すれば、後はどうでも構わないって言うんですか。何かトラブルが生じても教授が責任取ってくれるとでも思ったんですか」

責めるように畳み掛けると、古手川はちらりと恨めしそうな目を真琴に向けた。

「そう言うなよ。あの親父さんにうんと言わせるには、ああするより他になかったんだから」

こんな男を一瞬でも見直した自分が馬鹿だった——真琴は思わず頭を抱えたくなった。

「古手川さん、真剣に訊きますから真剣に答えてください。もし解剖して何の異常も発見できなかったら、いったいどうやって責任を取るつもりですか。いくら死体だからといって、遺族の許可なく傷つけたりしたら死体損壊罪に問われるかも知れないんですよ」

古手川はステアリングを握ったまま、唇をへの字にして正面を向いている。

「栗田さんを騙《だま》した古手川さんだけじゃなく、遺族の同意を得ないまま執刀する光崎教授も同罪です。あ、あんな乱暴な教授だけど、キャシー先生が仰るように海外から高い評価を受けている人です。それを刑事事件で告訴なんてされたら経歴に傷をつけることにもなりかねません。古手川さんはそれでも平気なんですか。それともそれを承知の上で、あんなことを言ったんですか」

返事をじっと待っていると、ようやく古手川が口を開いた。

「俺はね、真琴先生」

「はい?」

「上司に言わせると典型的な直情径行型で、とにかく慎重さが足らないらしい。慎重さが足らないから人を見る目も不充分で、しょっちゅう眼鏡違いをやらかす。眼鏡違いをやらかすと感情に走って、今度は視野狭窄《きょうさく》に陥る。頭の中身だけなら、およそ刑事には向いてない」

古手川は淡々と他人事《ひとごと》のように話す。聞いている限りではなるほどと膝を打ちたくなる箇所もあり、上司の評価は正当だと思える。だが、それを腐りもせず冷静に受け止める古手川も興味深かった。

「だからなのかな。信用していい人物だと思ったら、とことん信用しちまう癖がある。ちょうど光崎先生がそんな感じでさ」

「それがどうしたんです」

「法医学教室で栗田益美の記録に目を通した先生は、是が非でも解剖したいと言った。あの先生がそう言うからには、何らかの根拠があるんだよ」

「……たったそれだけのことで教授を全面的に信用したんですか」

「それだけで充分じゃないか。人が人を信用する理由なんて」

その言葉を、古手川は何気なく発したのかも知れない。

しかし真琴の胸には深く突き刺さった。

4

二人が大宮東署で栗田益美の遺体を受け取る際、応対した多田井はあれこれと詮索《せんさく》してきた。事前に修平から連絡が入っていたのでやむなくといった風だったが、それでも胡散《うさん》臭《くさ》さを感じたようだった。

疑われているのなら尚更長居は無用だ。古手川たちは多田井とのやり取りもそこそこにワンボックスの死体搬送車を借り受けると、遺体ともども浦和医大に直行した。

被害者遺族を騙し、大宮東署を騙した後ろめたさもあるが、それよりも追い詰められるような緊迫感がある。

成り行き上、共犯者となってしまった真琴は気が気ではなかった。ワンボックス・カーの助手席で、バックミラーに映る後方をしきりに確認する。

「真琴先生、何をさっきから後ろを気にしているのさ」

「誰か追っかけて来るんじゃないかと思って」

「警察車両を追いかけて来るようなヤツはちょっといないだろうな。そんなに心配かい」

「当たり前じゃないですか」

「だったら回転灯を回して走ろうか。ますます追って来るヤツなんていなくなるぞ」

「ふざけないでください！　後ろめたさとか疚《やま》しさとか、そういうの古手川さんにはないんですか」

「ないとは言わないけどさ。だからと言ってここで遺体搬送車停めたところでどうにもなりゃしないぞ」

視野狭窄の上に猪突猛進。確かにこの男は刑事には向いていないのかも知れない。

真琴がおろおろしている間に遺体搬送車は浦和医大に到着した。既にキャシーに連絡を入れていたので、益美の遺体はすぐ法医学教室に搬入される。

闖入者《ちんにゅうしゃ》が現れたのは、真琴たちが法医学教室に戻ったちょうどその時だった。

「県警本部の古手川刑事はこちらですか」

現れたその男は丁寧な物言いだったが、眉の辺りには不穏さが漂っていた。教室で解剖の準備を待っていた古手川が片手を挙げる。

「俺ですけど」

「大宮体育館付近の交通事故で検視を担当した郷田です」

これが、光崎にこき下ろされた郷田警察医か。

短髪の細面にやぶ睨み気味の目、そして薄い唇はいかにも神経質そうな性格を窺わせる。

「遺族が引き取るはずの遺体が法医学教室に持ち込まれているのは何故なのか、お答えいただきたい」

真琴は一瞬、心臓が止まるかと思った。

もう露見しているのか。

怯《おび》えた表情が目についたのか、郷田は真琴に歩み寄ってきた。

「遺体引き取りの際に同席した医大関係者というのはあなたか。いったいぜんたい、どうしてこんなことが起きる」

真琴が返事に窮していると、自分の前に影が立ちはだかった。

古手川だった。

「この人はまあ、傍観者みたいなもので……」

「それなら君が答えろ。既に火葬を待つばかりの遺体が何故ここにある」

「いやあ、交通事故として送検する前にとりあえず確認はしておいた方がいいかと思いまして」

「事故は大宮東署の管轄だ。それなのに、どうして本部が介入する」

「一応は本部ですからね。介入しちゃいけないってことはないでしょう」

「単なる事故死では不満なのか」

郷田はずいと古手川に詰め寄る。

「それともわたしの検視では不満なのか」

「いや、そんなことは……」

「一度検視を終えた遺体を、法医学教室に持ち込むのは嫌味か、何かの意趣返しか、それともわたしに対する不信感の表明か」

「ご冗談を。俺、同じ本部にいながら郷田さんとはこれが初対面だし、大体は光崎先生と」

古手川が言いかけて慌てて口を閉ざしたが、郷田は尚更表情を硬くした。

「光崎教授ほど知名度がなくて悪かったたな。しかしそういうことであれば、正式な文書をもって名前を知ってもらうこととしよう」

「文書でですか」

「君の上司に抗議する。所属部署はどこだ」

「捜査一課っス」

「捜一？　交通部じゃないのか。じゃあ上司は誰だ」

「渡瀬警部です」

そう告げられるなり、郷田は固まった。

「捜一の渡瀬……これは渡瀬警部の指示だと言うのか」

俄《にわか》に郷田の口調が緊迫の度合いを増す。

「渡瀬警部がわたしの検視報告に疑問を持っている。これはそういうことなのか。彼の突出した検挙率はわたしも知らない訳ではないが、いくら何でもこれはあまりにも警察医の職責を軽視した行為だ。彼に直接抗議する」

「あー、いえ。この件、警部は全然関知してないんで」

「何だと」

「警部どころか県警本部も関与してません」

「じゃあ君の独断専行ということなのか」

束の間、古手川は言葉に詰まったが、やがて意を決したような顔をした。

まさか自分一人で全てを背負い込むつもりなのか——真琴が口を差し挟むべきかどうか逡巡した時、ドアを開ける者がいた。

「その若造に独断専行するような甲斐性はないぞ。まあ、闇雲に突っ走る性癖はあるがな」

郷田の背後から声を掛けたのは光崎だった。

「光崎教授」

「悪いな、郷田くん。この遺体の搬入を指示したのはわしだよ」

「ど、どうして教授がそんなことを。大宮東署から検案要請があったのですか。それとも遺族から個別に解剖依頼が」

「そんなものは、ない」

光崎があまりにも平然と言い放つので、郷田は呆気に取られた様子だった。

「……教授。わたしの作成した死体見分調書をご覧になられましたか」

「見たよ」

「大宮東署交通課が、この案件を事故と判断したことは」

「知っとるよ」

「それなのに何故」

「言うまでもない」

「仰ってください!」

「では言おう。君の検視には不充分な点が散見される」

途端に郷田の顔色が変わった。辛うじて保っていた礼節もかなぐり捨てたようだった。

「侮辱《ぶじょく》だ」

「何を大袈裟な。これは侮辱などではない。単なる見解の相違に過ぎん。検視と解剖、外見だけで判断することと解剖して腹の中まで見ることには雲泥《うんでい》の差があるだろう」

「遺体には明らかに車両と衝突することによって生じた一次損傷として大腿部の表皮剝脱《はくだつ》及び二次損傷として腹部の皮下出血がありました」

どんな車種であっても車両の先端はバンパーになる。人体が衝突すると、まずそのバンパーによって損傷される。

「そしてまたその後、路面等に投げ出されることによって生じる転倒損傷である三次損傷も認められます。右肘と後頭部が擦過損傷により表皮剝脱しています」

「他に所見は」

「腹部膨満。これは内臓破裂を示す症状です。加害者の証言でも、被害者はクルマの正面に衝突したとされています。これは人身事故の特徴を全て備えていて、解剖するまでもありません」

「即死状態だったか」

「事故発生直後、慌ててクルマを降りた加害者が脈拍の停止を証言しています。三分後に駆けつけた救急隊員もその場で死亡を確認しています」

郷田は声を荒らげてまくし立てる。己の積み上げたキャリアとプライドを護ろうと必死になっているように見える。泰然と聞き入る光崎とはひどく対照的な姿だった。

「郷田くんよ、君は今まで何体検視した」

「二百体はくだりません。それが何か」

「二百体きりか」

「教授のキャリアと比べられたら困りますよ。あなたは生きた伝説みたいな存在ですからね」

「比べやせんよ。ただその数は中途半端だな」

「中途半端？」

「法医学者も警察医も同じだ。なりたての頃は緊張し、見落としも多いが神経を目一杯集中させて死体と向き合う。ところが慣れてくると知識と経験が蓄積される代わりに、注意力が散漫になりがちになる。経験則で注意力を補えると楽観する。だが、それは大きな間違いだぞ」

「経験の、何が間違いですか」

「人に個性があるように、死体にも個性があるということさ。ほれ」

光崎は衣類を放って寄越す。

郷田が広げてみると、それは解剖着だった。

「着替えろ」

「わたしが、ですか？」

「どうせ百万語を費やしても納得はするまい。だったら直に見た方が手っ取り早い」

　郷田は再び呆然とした。それも当然だろう。ミスを仕出かしたと指摘された上、それを目の前で披露《ひろう》してやると言われたのだ。

「あ、あなたはどこまでわたしを侮辱するつもりだ」

「何度言わせたら気が済む。これは侮辱ではない。れっきとした講義だ。もしや、わしからは何も学ぶものがないとでも言うつもりなのか？　今しがた君の言った経験則ということなら、わしは君が母親の乳を吸っておった時から死体を掻《か》っ捌《さば》いているぞ。それに警察医という立場になれば、おいそれと他人の執刀を見物する機会もなかろう」

　経験に言及されれば郷田に反論の余地はない。憤懣《ふんまん》やる方ない様子で立ち尽くしていると、光崎があっけらかんとこう言った。

「ものは考えようだぞ。解剖して警察医の見立てが正しければ、その時こそこの老いぼれを思うさま蔑《さげす》めばいいではないか」

　郷田が飛び入り参加の形となったため、解剖室には光崎、キャシー、真琴を含めた四人が入った。一人残された古手川は、光崎に命じられて解剖室の前で見張り番をしている。いいように使われてむくれているかと思ったが、古手川は解剖の立ち会いを逃れられて安《あん》堵《ど》したようだった。

　最前まで抗議を続けていた郷田も、さすがに解剖室の中では沈黙を守っている。

いや、違う。

解剖台に置かれた益美の遺体。そこから発散される死の臭いで口を閉じざるを得ないのだ。

光崎は最後にやって来た。その姿を見た郷田が驚いたような顔をして、道を開ける。解剖着を纏《まと》った光崎はやはり別人だった。堂々とした歩き方、颯爽《さっそう》とした身のこなしで二十は若返ったように見える。

「では、始める。死体は二十代女性、肥満傾向あり。体表面には数カ所の擦過傷と打撲傷あり。腹部には膨満が見られる。死因とされる内臓破裂を確認するため、まず開腹から行う」

光崎はY字切開の後、一瞬の躊躇《ためら》いもなく胸部を開く。

「肋骨剪刀《せんとう》」

手際よく次々に肋骨が切除され、やがて内臓が露出する。この間、わずかに一分足らず。郷田はその指の動きを、目を丸くして見ている。

「肋骨四本が折れている上、肝臓と脾臓《ひぞう》に外傷が見られる。これは皮膚にクルマのボンネット痕があったことから、激しい鈍的衝撃によって生じたものと思われる」

腹腔内には黒く変色しかけた血が溜まっている。この出血は臓器の外傷によって流れたものだろう。腹部膨満が内臓破裂の所見になっているのは、この出血が膨満の原因になっ

ている からだ。

「外見はまさしく内臓破裂による死。だが疑問も残る」

光崎は腹腔内の血溜まりを指差す。

「内臓破裂で即死するような症例では、出血はもっと夥《おびただ》しい量となる。もちろん個人差はあるが、器官の損傷具合に比較すると少ない印象だ」

「しかし教授。腹部膨満するほどの出血ですよ」

焦ったように郷田が口を差し挟む。

「それこそ個人差ではありませんか。この程度の腹腔内出血で死に至ったことも充分に有り得ます」

「有り得る、では心許ないな」

「はい？」

「可能性だけで片付けられては、死体も浮かばれまい」

「しかし腹部膨満の事実があります」

「資料から算出した検体のＢＭＩ（体格指数）は25で肥満度は２。だが四肢の肉のつき方から、肥満は腹部に集中していたと推察できる。つまり腹部の膨満は体型的な要因も含まれる。所謂、幼児体型だな。キャシー先生、開頭に移る」

キャシーと真琴は慌てて開頭の道具を用意する。

る」

「黙って見ていろ。この老犬が見当違いの場所を掘り返しているのかどうか、すぐに分か
「開頭？　何故、脳を」

通常の開頭手術はまず剃毛《ていもう》し、開頭部位を露わにした後にこれを行う。

だが光崎はいきなり頭皮にメスを入れた。

ぶれのない、真直ぐな線が耳の後ろから額を横断する。まるで定規で引いたかのような直線は単純に美しい。郷田はほれぼれとその切開線に見惚《みと》れている。

キャシーが切開した皮膚を頭皮クリップで挟むと、頭蓋骨が綺麗に露出した。つるりとした頭蓋の頂点から三本の筋が入っている。

「開窓する。ストライカー」

「はい」

キャシーが光崎に手渡したのは電動ノコギリだ。光崎は往復刃の先端を任意の部分に押し当ててスイッチを入れる。

ひゅいん、と風を切るような音を立てて往復刃が頭蓋骨に線を入れていく。相変わらず迷いのない動きに、真琴は思わず息を止める。本来、この作業は熟練した脳外科医で五分から十分を要するはずなのだが、それを光崎はたったの三分でやってのける。

見れば、郷田は身を乗り出して術式を凝視している。名工の技に見入る弟子のような目

だった。

真琴の解剖経験が浅いせいなのか、開頭手術は開腹よりも緊張の度合いが強いように感じる。倫理と感情、思考と記憶を司る部位。脳は人格・知能そのものだ。頭蓋を開くことはその精神内部を覗く行為にも思える。

皮膚・臓器・筋肉・脂肪・血管。人体のあらゆる部位はあらかた究明されているが、脳はまだまだ未知の領域を含んでいる。医学者が束《たば》になって挑んでも未だ侵入を許さない神の領域とも言える。

その神の領域に光崎のメスが入ろうとしている。

そしてとうとう頭蓋が切断されると、光崎はその端を摑んで骨弁を取り外した。手際がいいので、骨弁が外れる時も音はしなかった。

露《あら》わになったのは脳全体を覆っている硬膜だ。硬膜はその名の通り頑丈な膜で、これを切断しなければ脳髄に到達できない。ただし脳髄は極めて柔らかい組織であり、$200mmH_2O$程度の圧力が掛かっても破壊されてしまう。破壊してしまえば解剖の意味がない。

しかし光崎の指は精密機械のような正確さで硬膜を開いていく。強過ぎず、弱過ぎず頭骨の上を走っていく。その跡から血が溢《あふ》れないのは、ぎりぎり硬膜の下までメスが届いていない証拠だ。

そして硬膜を開くと、クモ膜と軟膜を被った脳の表面が現れた。

光崎の手が止まった。

「見ろ」

キャシーと真琴、そして郷田の視線がその一点に集中する。

郷田が、ああと声を洩らす。

頭蓋内は血溜まりになっていた。

「見ての通り、脳そのものに損傷は認められない。それにも拘わらずこれほど大量の出血があるのは何故だ、郷田くん」

「……クモ膜下出血、ですか？」

「そうだろうな。だから術前に脳脊髄液《せきずい》を採取しておいた」

腰椎穿刺《ようついせんし》は腰椎椎間腔《ついかんくう》から脊柱管に穿刺針を刺して、そこから脳脊髄液を採取する方法だ。この脳脊髄液の中に血液が混入していれば、それがクモ膜下出血の起こった証拠になる。

真琴はここに至って、どうして光崎がＡｉに頼ろうとしなかったのかを理解した。軽いクモ膜下出血の場合には、数日経過すると出血した血液が吸収されてしまいＣＴにも写らないことがある。

「だがクモ膜下出血だけが直接の原因ではない」

光崎は喋りながら慎重に軟膜を剝がしていく。次に現れたのは脳動脈だが、その一部が壊死《えし》して出血を起こしている。

脳梗塞になると血栓の詰まった部位が徐々に壊死していく。三、四時間も経てばそこに大量の血液が流れ込むので壊死した部位が出血するのだ。

「なるほど被害者は直進してくるクルマのバンパーで撥ね飛ばされ、内臓を破裂させたが、それは脳内で出血した後である可能性も否定できない。臓器の損傷度合に比較して出血の量は多くなかったのも、この可能性を補充する」

郷田は間違いを指摘された生徒のように縮こまっている。

「クルマに衝突する直前、被害者は既に意識を喪失していた。そしてそのまま車道に進入してしまった。従ってこれは事故死ではない。病死だ」

そう告げた後、光崎はキャシーと真琴に向き直る。

「では閉腹と頭蓋縫合」

すると矢庭《やにわ》に郷田が顔を上げた。

「教授……恐れ入りますが、検案書の作成はわたしにさせていただけませんか」

「断る。自分で開いた術式は自分で報告する。他人に尻を拭かせる趣味はない」

一刀両断にされると、今度こそ郷田は萎《しお》れた花のように頭を垂れた。

「……では、せめてわたしから鑑定依頼をしたことにさせてください。事後にはなりますが、それによって解剖費用は大宮東署から捻出できます」

「ああ、それは助かるな。では、お言葉に甘えるとしよう」

その後、光崎が縫合を終えるまで、郷田は解剖室から出て行こうとしなかった。肩を落としたまま、光崎の指に注視していた。

自分の職務に真摯な人間なのだろう、と真琴は思った。恥を掻き、己の到らなさを曝《さら》け出されても、次に繋《つな》げるために学習の機会を逃さない。そういう人間は必ず前に進める。いったんは立ち止ったとしても、すぐにまた正しい道を目指すことができる。

「解剖終了」

やがて縫合を終えると、光崎は疲れた様子も見せずに解剖台に背を向けた。そして郷田の前で立ち止まった。

「今まで検視したのは二百体はくだらないと言ったな」

「もう止してください、教授。これでもいい加減恥じているんですから」

「あと百体」

「えっ」

「あと百体も検視すれば、もうこんなケアレスミスは起こさんよ」

そう言って郷田の肩をぽん、と叩く。

「卑下するな。この老いぼれも若い時分には途方もない失敗をいくつもしでかした。まあそれが許されたのも、相手が不平不満を言わぬ死者だったからだがな」

悪ぶった物言いだったが、不思議に不遜《ふそん》な響きはない。

郷田は感極まった様子で深々と一礼してみせた。


「先生、どうもありがとう！」

凪沙にはそう礼を言われたものの、篠田を窮地から救ったのは自分ではないので、真琴はひたすら恐縮するしかなかった。

大宮東署交通課のフロアでは、多田井が渋い顔をしてそのやり取りを傍観している。

篠田の容疑は自動車運転過失致死のままだったが、解剖結果を踏まえて不起訴にされた。仮に起訴しても向こうから突っ込んできた時点で意識がなかったのであれば公判で引っ繰り返される可能性がある。雄作を勾留していた大宮東署はいい面の皮だろう。

「勝つ見込みが半々の案件なんて、怖ろしくて起訴できなかったんですよ」

古手川がそう告げると、凪沙の横にいた真紀は米つきバッタのように頭を下げ続けた。

「本当に、何とお礼を申し上げたらよいか」

「あー、それはご遺族の栗田さん夫婦に言ってあげてください。事後ですが司法解剖に承諾をいただいたんですから」

実際、真琴たちがＡｉではなくいきなり司法解剖に着手したと聞いた瞬間、修平は激怒した。それも当然だろう。古手川と真琴を信用して預けたというのに、返されてきた娘の身体には縫合痕があったのだから。

だがその修平も古手川から説明を受けると矛《ほこ》を収めた。益美はクルマと激突する前、既に意識を失くしていた——それがせめてもの救いだと言った。そして、誤った判断で篠田に罪を着せずに済んだと感謝の弁を口にしていた。

光崎の専横と古手川の暴走で一時はどうなることかと思ったが、終わってみれば結果オーライだった。

いや、それ以上に真琴自身の変化がある。

今まで法医学は死者のための学問、キャシーの立場で言えば犯罪捜査に寄与する学問と捉えていた。だから、いくらキャシーから〈ヒポクラテスの誓い〉を説かれても素直に肯《うべな》うことができなかった。

だが違った。

法医学は生きている者をも救うことができる。篠田一家も、栗田夫婦も、そして益美本人も。もし光崎が解剖に着手しなかったら、彼らは謂《いわ》れなき罪、謂れなき理由で苦しめられたに違いない。

その時、不意に疑問が浮かんだ。

「古手川さん」

「何」

「それにしても、どうして光崎教授は最初から益美さんの事件に関与してたんですか。大宮東署に古手川さんを寄越したのも、教授の差し金だったんでしょう」

「ああ……まあ、ね」

切れの悪い返事だった。

「だからどうして」

「俺だって、先生の目的を知ってる訳じゃないんだよ」

古手川は困惑した顔で弁明する。

「病死でも事故死でも殺人でも何でも構わない。管轄内で既往症のあるホトケが出たら逐《ちく》一《いち》教えろって言われたんだ」

「既往症のある遺体……いったい、どんな理由で」

「俺もそれは訊いた。で、すぐに答えが返ってきた」

「何て」

「お前は知らんでいい、だとさ」

三　監察医と法医学者

1

十一月三十日、東京都大田《おおた》区ボートレース平和島《へいわじま》。

この日は日本トータ一カップの初日だったが客の入りは悪く、観覧席の半分は空席だった。昨今女性客の取り込みに成功し入場者数を増加させた競馬に比べ、競艇の凋落《ちょうらく》ぶりは目を覆《おお》うばかりだが、それでも熱心なファンのお蔭《かげ》で場内には静かな緊張感が漂《ただよ》っている。

ボートレース平和島は平和島と大森《おおもり》海岸の間に横たわる運河から海水を引き込んでいるため、水面からは潮《しお》の香りが立ち上っている。東京湾からの波が直接入ってくることはないが、周辺をビルで囲まれているため、強風の日にはビル風と合わせてかなりの荒水面となる。だが今日はそうした風もなく、水面はひどく穏《おだ》やかだった。

発走合図で六艘のボートがピットを離れ、待機航走に入る。ここからルールに従って各艘のコース取りが始まる。新人はアウトラインを選択することが不文律になっている他、アウトコースからのダッシュを得意とする選手などは距離を稼ぐためにわざとスタートラインから離れたりする。

競艇ではフライングスタートが採用されており、スタート10秒ほど前から全艇がスタートラインに向けて加速していき、スタンド側中央の水面に立った大時計が0秒から1秒を指すまでの間にスタートラインを通過することになっている。

ボートは木製。船底にステップと呼ばれる段差がついており船体が浮き易くなっている。それはボートのスピードを上げるための工夫であり、選手も全体の重量を軽減するため日夜ダイエットに励む。とにかくより軽く、そしてより速くが競技用ボートに求められる全てだ。

従って保全部品となるヘルメットにも相応の安全性が求められる。六人の選手はそれぞれの艇旗と同色のヘルメットで顔を覆っているが、かつてはハーフタイプだったものが現在はフルフェイスになっており、視野を充分確保する目的でフェイス部分は広く取られている。軽量かつ硬質。ただしバイク用のヘルメットと同様、いったん罅《ひび》が入ってしまうと保全性は一気に失われる。

やがて六艘がスタートラインに正対し、各自のコースを決める。

『……6コース周りには6号艇の山本憲吾《やまもとけんご》。ここまではオール三連単をキープ、二走で7点。4対2と分かれました。第5レース位置から1番2番3番4番5番6番です』

そして六艘全艇が一斉にスタートラインを越えた。

『スタートしました。トップスタートはアウト5コースから5号艇の玉村勝広《たまむらかつひろ》。一周1マークへ向かって絞っていく5号艇の玉村。内側から突っ張る1号艇の笠原直也《かさはらなおや》、しかし5号艇の玉村勝広全速力でぶん回す。外を回って6号艇山本憲吾、内を捉《とら》えては3号艇4号艇旋回しますが、先頭は角からスキッと捲《まく》り待って5号艇玉村勝広、二番手からは1号艇笠原直也3号艇兼吉壮《かねよしそう》2号艇6号艇。インコース3号艇兼吉壮アウトコースは6号艇山本憲吾、真ん中通って2号艇の真山慎司《まやましんじ》、2マークから大きく旋回。スタートは正常』

スタートラインから一五〇メートル離れた競走水面上には赤と白の蛍光塗料が塗られた二つのターンマークが浮かび、各選手はターンマークの中心に近い位置を奪おうと抜きつ抜かれつを繰り返す。

競走中、ボートの速度は時速80キロ以上に達する。軽い船体と相俟《あいま》って疾走《しっそう》する艇は未舗装の道路をダンプカーで走り抜けるような衝撃を受ける。選手はその衝撃と、視界の左右が壁に見える恐怖と闘いながら艇を操る。

『3号艇が行った。外を回った1号艇2号艇共にやりあって大きく旋回』

その時だった。

競艇場の誰もが目を瞠《みは》った。

黒い艇旗の2号艇が外側に膨《ふく》らんだままコースを外れ、吸い寄せられるように防波堤に向かって行ったのだ。

『2号艇、おおっと危ない、危ない。激突、激突です！　2号艇真山慎司を乗せたままフェンスに激突しました！』

観客のどよめきよりも破砕《はさい》音の方が大きかった。

防波堤に激突した瞬間、黒いユニフォームの選手が投げ出され、頭からコンクリートに突っ込んだ。それと同時にボートの先端が軽やかな音を立てて破砕される。

そして選手は水面に落ちた。

観客席の至るところから悲鳴が上がり、場内は騒然となった。

『アクシデントです。アクシデントが起こりました。2号艇大破。2号艇大破しました！』

水面に浮かんだ選手はぴくりとも動かない。

やがてその頭部周辺の水が赤く染まり始めた。

＊

「失礼しまあっす……あれ」

法医学教室に入って来た古手川は真琴とキャシーを見て、当てが外れたような顔をした。

「光崎先生は？」

手入れの行き届いていない赤毛を撥《は》ね上げて、慣れた様子でキャシーが受ける。

「教授はまだ講義の最中ですね。あと十五分ほどで終了する予定です」

「十五分ですか」

「聴講生の質が悪ければ更に五分延長になります」

「勘弁してくれないかな。取るものも取りあえずすっ飛んで来いと言ったのは先生なんだぜ」

「取りあえずすっ飛んで来たようだからＯＫではありませんか。その事実だけで教授から叱責《しっせき》を受けることはありません」

事情を知らぬ者が聞けば何を上から目線でと思うだろうが、事情を知る者が聞けばああなるほどなと納得するに違いない。とにかくこの法医学教室の主は天上天下唯我独尊《てんじょうてんげゆいがどくそん》が白衣を着ているような人物で、およそ自分の下した命令には全ての人間が従うものと思い込んでいるフシがある。

「……てことは、ここで待ってなきゃいけないんですかね。俺だっていい加減忙しいんだけど」

「そうした方がクレバーだと思います」

真琴は短く嘆息する古手川が少しだけ気の毒になった。

「古手川さん、どんな用件で呼ばれたんですか」

「例の如《ごと》く、既往症のあるホトケさんの報告。気管支炎だった。ただし今回は管轄外だけど」

管轄内で既往症のある遺体が出たら逐一報告を入れろ——光崎にそう命じられたと古手川から告げられたのは二週間前のことだった。

「管轄外？」

「ホトケの住所は川口《かわぐち》市なんだけどね。事故の起きたのは都内だったから」

「何の事故だったんですか」

「あれだよ。昨日のニュースでやっていただろ。ボートレース平和島で起きた選手の衝突事故」

それだけで件《くだん》のニュース映像が脳裏に甦《よみがえ》った。

真琴が見たのは編集済みのニュース画像だったのだが、問題のレースはテレビで生中継されており、その視聴者たちは競艇選手がコンクリートの防波堤に激突する瞬間を目撃したのだという。

この時、テレビカメラマンの習性が災《わざわ》いした。ターンマークを回ってからコースを外れる2号艇に焦点を合わせ、激突する瞬間にはズームまでしてしまったのだ。

真山慎司選手の身体が放り出され、そのままコンクリートの壁に突き刺さる。有り得ない方向に身体が捻《ね》じ曲がり、同時に飛散したボートの破片とともに水面に落下する――。

中継がちょうど食事時であったことから、口の中に入れたものを吐き出した視聴者が続出したらしい。人身事故の瞬間を捉えることさえ稀《まれ》なのだから、このショットは歴史的なハプニング映像と言えたが、もちろん再度放送できるものではない。もっともネット上では早くもこのシーンの抜粋部分を投稿する不届き者が現れ、アクセスする者もまた後を絶たなかった。

「ワタシもニュースで見ました」

キャシーが好奇心剝《む》き出しの顔で話す。どうもこの外国人准教授はこと死体損壊の話となると不謹慎になる傾向がある。

「見事に木端微塵《こっぱみじん》でしたね」

「ええ。俺も初めて知ったんですけどね。あのボートって木製なんですよ。重さは75キロ程度。モーターは400ccの直列二気筒、最大出力は毎分6600回転で32馬力。そんなのが時速80キロでコンクリートに激突するんだから、そりゃあ粉々にもなりますよ」

「いいえ、ワタシの言っているのはボートではなく、乗っていた選手の方です。あの角度ではおそらく脳挫傷《のうざしょう》だったのではないですか」

古手川はうっと呻《うめ》いてからしばらく固まっていた。

「どうかしましたか、古手川刑事」

「いえ……そうです。先生の言う通り脳挫傷で即死状態だったようです。救急車が現場に駆けつけた時には既に死亡が確認されていましたから」

「レース中の事故というのは多いのですか」

「死亡に至らなくてもボート同士の接触事故は多いみたいです。接触というか、後ろについていたボートが前のボートを乗り越えた際に選手が怪我をする、なんてのも聞きました。まあ全身を晒《さら》してデッドヒートを繰り返すんだから、怪我して当然みたいなところはあると思いますよ」

「事故以外の可能性はないのですか。たとえばボートにアンフェアな工作がしてあったとか」

「所轄の大森署が目下捜査中ですが、なにぶんボートがあの状態でしたからね。水底に沈んだ破片を回収するのにも時間を要しているようです。ただモーター部分に細工が施してある形跡はなかったみたいですね。競技用のボートはモーターが外付けになっていて、このモーターは各競艇場に常備されている同一規格のものです。外から持ち込まれるものじゃないし、整備不良も認められなかった」

　つまりボート自体には何の問題もなかったということだ。

「それにその、死んだ真山には殺される理由も、それから自殺しなきゃならない理由も見当たらないんですよ」

ここに来る前にひと通りの下調べをしたらしく、古手川の説明には澱《よど》みがなかった。

真琴はその答えに興味を覚えた。

「古手川さん、それってつまり他人からも恨まれず悩みもなく順風満帆だったってことですか」

「いや、違う。他人から恨まれるほどの収入はなく、自殺しなきゃならないような底辺の生活をしていた訳でもないって意味」

「収入の多寡《たか》が人の死ぬ理由、ですか」

「痴情の縺《もつ》れなんてのもあるけど、やっぱり多いのはカネ絡みだよ。言い換えたらトラブルの原因なんて大抵はカネ絡みだ。もっと言っちまえば、大抵の愛憎もカネの多寡で収まったり燻《くすぶ》ったり燃え上がったりするし」

何とも即物的な物言いだが、年がら年中凶悪犯を追っていればこうなるのだろうと思った。

「これは競艇に詳しい先輩に聞いたんだけど……スポーツ選手は高給取りというイメージある？」

テレビに顔を出すスポーツ選手は押しなべて裕福そうだし、体調管理やベストコンディションを保つために資金が必要だということは理解できる。真琴は素直に頷《うなず》いてみせた。

「それでさ、公営ギャンブルに関わるスポーツ選手は特に収入が多いらしいんだな。下は一千万円から上は一億円で平均千七百万円。成績評価の引退制度もないから選手寿命も長い。もちろん誰も彼もがなれる職業じゃないが、平均すればまあサラリーマンよりはずっと条件いいだろうな。競艇選手にはクラス分けがあって、死んだ真山は上から三つ目のB1というクラスなんだけど、それでも年収二千万円を超えていたらしい。だから業界内で憎まれるような立場でもなかったし、自殺しなきゃならないほど困窮《こんきゅう》していた訳でもない」

年収二千万円と聞いて、真琴は思わず自分と比較してしまった。

「これは聞けば聞くほど羨《うらや》ましくなるんだけどさ」と、古手川も自身の気持ちを隠さない。

「競艇選手は獲得賞金以外の収入があって、まずレースの着順に拘わらず一律に出走手当が出る。一定期間選手として続けていれば退職金も年金も支給される。その金額も俺たち地方公務員にしてみれば、はるか高みの数字だよ」

賞金を稼ぐようなスポーツ選手はそれこそ全競技人口のひと握りに過ぎず、そのひと握りにしても日々の過酷なトレーニングを考えれば比較しても仕方ないのだろうが、それでも住んでいる世界の違いを実感せざるを得ない。

「でも勝負事の世界だったら、順位とか獲得賞金の優劣で妬《ねた》んだり妬まれたりとか、あるんじゃないですか」

「まあ、そのテの妬みやらやっかみやらが全くない訳じゃないんだろうが、現時点ではそれが表に出てきてない。所轄だってその辺りのことはイの一番に調べるだろうから」

事故発生から一日経過して、まだ恨みを抱くような人間が捜査線上に浮かんでこないということは、やはりそういう相手が希少だったと考えるべきだろう。

「夫婦関係が上手くいってなかったとか」

「結婚六年目の三十八歳。本人は十歳違いの奥さんと今年五つになる息子を溺愛《できあい》していたらしい。もちろん浮いた話ひとつない。大森署で本人の亡骸《なきがら》に対面した奥さんの取り乱しぶりはとてもじゃないけど見ちゃいられなかったそうだ」

「つまり古手川刑事。金銭トラブルも人間関係のトラブルもなし。映像を見ても事故としか思えない。そういうことなのですね」

「そうですよ」

「遺体は既に解剖されたのですか」

「都内で発生した事故ですからね。東京都監察医務院の医師が解剖しています」

東京都には監察医制度があるため、犯罪性のない死体であっても死因の明らかでないものについては検案、または解剖業務を行うことになっている。その予算は全て国から出ており、年間約十一億円という。常勤非常勤を合わせてもまだ人員不足という声は耳にするが、それでも予算面では地方に比べてずいぶん恵まれている。限られた予算の中から解剖費用を捻出している地方警察にしてみれば羨ましい限りだろう。

「事件性がなく、しかも監察医が解剖を終えた案件なのに、教授が興味を示したんですか」

真琴が素朴な疑問を発すると、古手川は途端に不機嫌な顔をした。

「俺に訊かずに光崎先生に訊いてくれよ。俺だって全部分かってやってる訳じゃないんだ」

それでも命令に従っているのは光崎の唯我独尊に起因するものなのか、それとも古手川の従順さによるものなのか。

するとドアを開けて噂《うわさ》の人物がお出ましになった。

「聞き慣れた声だと思えばやはりお前か。ここをどこだと思っている。神聖なる教室だぞ。ぎゃあぎゃあ喚《わめ》くな」

光崎はぎろりと古手川を睨《にら》みつける。

古手川にしてみれば、主人の言いつけを守って獲物を咥《くわ》えてやって来たのに叱《しか》りつけられたようなものだ。その理不尽さには憤懣《ふんまん》やる方ない思いを抱いているのではないかと想像するが、古手川は唇を尖《とが》らせて耐えてみせた。

「喚いてどうも申し訳ありませんでしたね、先生。このお二人から根掘り葉掘り質問されるものですから、つい相手をしておりまして」

「当てつけも皮肉もまるで形になっておらんぞ、この未熟者。お前にその物言いは二十年早い」

光崎は相手にするのも馬鹿らしいといった風に軽くいなす。

「あのですね、先生。俺にも他に抱えている事件があって」

「その口説はもう何度目だ。ウチの出来損ないの学生でも、もう少しバリエーションに富んだ言い訳を考えるぞ。お前は出来損ないの学生以下か」

詰《なじ》られようもここまでひどければ言い返すこともできないらしく、古手川は諦めた様子で肩を落とす。何度も似たような光景を目にした真琴だったが、やはり少し気の毒になった。

「もう行政解剖は済んだのだな」

「ええ、昨日のうちに手早く」

「頼んだものは」

「……持って来ましたよ、捜査資料。まだ初動の段階なのでひと通りのものしかありませんが」

そう言って光崎に書類の束を渡す。光崎は礼を言うこともなく、早速机の上に書類を広げ始めた。

「何だ。単なる社交辞令かと思ったら本当にひと通りのものしかないな」

「異状死体といっても事故原因も発生時の状況も明白ですからね。自然、捜査する内容も殺人事件よりは少なくなります」

「そういう理屈で警察はどんどん犯罪を見逃していく。過去、事故として処理されかけた事件がどれだけあったと思う。発覚したのが数件だとしたら、実際にはその十倍百倍が事件と認識されないまま闇に葬られたことになる」

光崎は書類に目を通しながら小言を続ける。いったい、この口から人を褒《ほ》めたり尊《とうと》んだりする言葉が出るものなのか疑問に思えてくる。

古手川は反応を示さない老教授に向かい、事故発生の模様をつらつらと説明する。傍目《はため》にはまるで聞いている風には見えないが、実際にはひと言も聞き洩《も》らしていないのだから恐れ入る。目と耳を別々に働かせる能力は、携帯オーディオを聴きながらゲームに興じる若者にも決して引けを取らない。

「なので、真山選手には殺される理由がなく、状況が状況ですから、大森署は早々と事件性がないと判断して」

「所轄の刑事が何をどう判断しようが興味はない。事件だろうが事故だろうが、そんなもの知ったことか」

光崎は一刀両断に切り捨てる。古手川はいつもの通り、やれやれと嘆息するだけだったが、この場に所轄の担当者がいたらいったいどんな顔をすることか。

「ふむ。現場が平和島だから監察医か」

「正直、予算と人材が潤沢な警視庁が羨ましいですよ」

「潤沢だと。寝言を言うな。カネも人も足りやせんわ」

「でも先生」

「都内で一日に発生する異状死体が何体あると思っている。去年の検案数はおよそ一万四千体。うち解剖しているのはわずか二千三百体、全体の二割にも満たないのだぞ。その数字のどこが潤沢だ。人材だと？　そんなものが存在するか。頭数は揃《そろ》っているかも知れんが、そのうち本当に役に立つ医者が、さて何人いることか」

蔑《さげす》みの言葉とともに投げ出したのは死体検案調書と解剖報告書のコピーだった。

監察医の作成した解剖報告書は初めてだったので、真琴は手に取った。すると、すぐにキャシーが背後から覗《のぞ》き込んだ。

監察医の剣持達見《けんもちたつみ》という名前に聞き覚えはなかった。

「非常にアバンギャルドな筆跡ですね」

キャシーが屈託《くったく》のない口調で評する。

「用紙が違えばローティーンの字にも見えます」

真琴も同感だった。不思議なことに医師が認める診断書や報告書の類は悪筆が多い。当初は患者本人が目にした時判読不能にするためかと思ったが、どうやらそうではなさそうだった。公共機関に提出する書類さえもが判読不能の字で書かれている。

だが、剣持の字はその中でも更に悪筆だった。とても字面から知性を読み取ることができない。いや、読解されることを拒否しているような字にすら受け取れる。

「稚拙《ちせつ》なのは文字だけではない。内容もだ」

光崎の言葉を受けて、真琴は記載内容も吟味《ぎんみ》してみる。しかし、こちらの方は不足も誤謬《ごびゅう》らしきものも見つけることはできない。事故の状況と照らし合わせてみても事実が単純明快に記されている。

「教授、この内容のどこが稚拙なんでしょうか」

だが、光崎は真琴の質問を無視して古手川に向き直る。

「死体は今どこにある」

「解剖が終わったのが昨夜遅くだから、もう遺族の許《もと》に戻されていると思いますけど」

「検分して来い」

「えっ」

「死体の状況が、本当に死体検案調書通りなのか確認して来い」

「きゅ、急にそんなことを言われても」

「急に思いついたから急に言っておるのだ。それが道理じゃないか」

第1号様式（第4条関係）

死体検案調書

死亡者の住所	[illegible]
氏名	[illegible]
職業・性別・生年月日	[illegible]
国籍	日本
検案日時	[illegible]
検案場所	[illegible]
死亡の場所	同上
死亡の日時	[illegible]
死亡の原因	[illegible]
死因の種類	[illegible]

検案所見

1　全身所見 [illegible]

[illegible]

2　特に異常を有する所見並びに損傷に起因するときは、その部位及び程度

解剖の要否	否

以上のとおり検案します。

平成 [illegible] 年 [illegible] 月 [illegible] 日　　東京都監察医　氏名 [illegible] 印

（日本工業規格A列4番）

第4号様式（第6条関係）

解剖報告書

住所	[illegible]			
氏名	[illegible]	1男 2女	生年月日	昭和 [illegible] 年 [illegible] 月 [illegible] 日（生まれてから30日以内に死亡したときは、生まれた時刻　午前・午後　時　分）
死亡したとき	平成 [illegible] 年 [illegible] 月 [illegible] 日　午前・午後 [illegible] 時 [illegible] 分			
死亡したところ及びその種別	死亡したところの種別	1病院　2診療所　3老人保健施設　4助産所　5老人ホーム　6自宅　7その他		
	死亡したところ	東京都 [illegible]　区　丁目　番地 番　号		
	死亡したところの種別施設の名称	[illegible]		
死亡の原因	I （ア）直接死因	[illegible]	発病（発症）又は受傷から死亡までの期間	不詳
	（イ）（ア）の原因	[illegible]		
	（ウ）（イ）の原因	[illegible]		
	（エ）（ウ）の原因			
	II 直接には死因に関係しないがI欄の傷病経過に影響を及ぼした傷病名等			
	手術	1無　2有	手術年月日	年　月　日
	解剖（主要所見）	[illegible]		
死亡の種類	1病死及び自然死 外因死　不慮の外因死 {2交通事故　3転倒・転落　4溺《でき》水　5煙、火災及び火焔による傷害　6窒息　7中毒　8その他} その他及び不詳の外因死 {9自殺　10他殺　11その他及び不詳の外因} 12不詳の死			
外因死の追加事項	傷害が発生したとき	年　月　日　午前・午後　時　分	傷害が発生したところ	都道府県　市 区　郡 町村
	傷害が発生したところの種別	1住居　2工場及び建築現場　3道路　4その他（　）		
	手段及び状況			
生後1年未満で病死した場合の追加事項	出生時体重　グラム	単胎・多胎の別　1単胎　2多胎（　子中第　子）	妊娠週数　満　週	
	妊娠・分娩《べん》時における母体の病態又は異状　1無　2有［　］　3不詳	母の生年月日　年　月　日	前回までの妊娠の結果　出生児　人　死産児　胎（妊娠満22週以後に限る。）	
その他特に付言すべき事柄				

上記のとおり報告します。

検案年月日 平成 [illegible] 年 [illegible] 月 [illegible] 日

本書発行（死因決定）年月日 平成 [illegible] 年 [illegible] 月 [illegible] 日

（住所）[illegible]

（氏名）[illegible]　印

福祉保健局長　殿

（日本工業規格A列4番）

「俺が検視官の真似事なんてできる訳ないじゃないスか」

「誰がお前一人で検分して来いなどと言った。ちゃんと、そこに法医学に手を染めた者が二人いるではないか」

その言葉にキャシーは顔を輝かせ、逆に真琴はげんなりとした。またいつもの展開だ。

一応、真琴は訊いてみた。

「死体の何を検分しろと仰《おつしや》るんですか。まさか遺族の見ている前で開腹しろなんて言いませんよね」

「おそらくは開腹するまでもない。もし異状が見つけられたら、遺族に司法解剖に付すよう説得しろ」

「光崎先生、せめて理由とか根拠くらいは教えてくださいよ。俺だって痩《や》せても枯れても刑事なんですよ」

「お前はその齢でもう枯れておるのか。馬鹿も休み休み言え」

「いや、それは言葉のアヤで。とにかく明確な理由もないのに管轄違いの、しかも監察医が解剖を済ませた遺体を再度見て来いってのは、理不尽を通して越権行為じゃないっスか」

「では、はっきり言ってやろう。この剣持とかいう監察医は誠にもって救い難い男だ。同じ解剖に携わる者としては怒りを通り越して情けなくなるほどだ。当然、この監察医の関与した捜査は正確さを失い、とんでもない方向に迷走する可能性が大きい」

そして古手川を睨みつけた。

「管轄であろうがなかろうが、そうした可能性を内包する事案をお前は放置しておくと言うのか。そんなに職業意識の希薄な輩《やから》には、今後一切協力などせんぞ」

古手川に抗弁権はなかった。

2

真山慎司の自宅に向かう車中、後部座席のキャシーは始終表情を緩《ゆる》めていた。遺体を改めて検分する口上を考えて呻吟《しんぎん》していた真琴とは正反対の反応だった。

バックミラーでその様子を窺《うかが》っていた古手川が、不思議そうに口を開く。

「キャシー先生は何がそんなに楽しそうなんですか」

「それは楽しいですよ。教授の個人的な命令で動くのですから」

真琴には訳が分からなかった。

「それのどこが楽しいんですか」

「組織の命令よりもボスの命令で動く方が、行動原理が明快ではありませんか」

「それは上司が人間的にも尊敬できて、かつ判断に間違いがない場合です」

「教授の判断が間違いだったことが今までにありましたか、真琴？　少なくともあなたが法医学教室に来てからはなかったのではないですか」

「……頑迷《がんめい》で他人の意見を聞こうとしませんけど」

「ボスというのは多少アグレッシヴなくらいでベストだと思います」

真琴の観察する限り、キャシーの言語感覚は微妙に歪《ゆが》んでいるので、発言の全部を首肯《しゅこう》する気にはなれない。あれが「多少アグレッシヴ」だというのなら、欧州のフーリガンたちは「ちょっとやんちゃなファン」になってしまう。

「教授の指示はいつも一貫しています。しかもそれが確固たる信念に基づいています。だからワタシは躊躇《ちゅうちょ》なく、指示に従うことができるのです。これがたとえば組織だったとしたらどうでしょう。たとえば古手川刑事？」

「はい」

「あなたの所属する組織は絶対に間違いを犯さない組織ですか」

バックミラーに映った古手川の顔が苦しげに歪む。

「……正直、県警ぐるみの不正やら冤罪《えんざい》事件が発覚しているから、間違いを犯さないとは断言できませんね。でも、それは上司だって同じでしょう。俺が知らないだけで過去に間違ったことがあるかも知れないし、将来間違うかも知れない」

「でも、あなたの上司はミスをしたら放置し、隠蔽《いんぺい》するタイプですか」

「いや……それはないな」

古手川は皮肉に笑ってみせた。

「畜生、間違えたーって激怒しながら、力ずくで修正しちまうタイプだな、あれは」

「でも、多くの組織は自らのミスを認めようとせず、自分以外に責任を転嫁しようとします。そして自らは決して責任を取ろうとしない。だから組織の命令に従うことに、ワタシはいつも恐怖を抱いています。もし命令そのものが間違っていたら、いったい誰が責任を取ってくれるのか。ミスによって引き起こした損害を誰が補償してくれるのかが、全く見えないからです。その点、教授の命令に従うことには安心感があります。教授は私欲に走るタイプではありませんしね」

どうして光崎にそれほど全幅の信頼が置けるのか、真琴は不思議に思った。

「どうして私欲に走らないなんて断言できるんですか。どんな人にでもエゴイスティックなところはあるでしょう」

「教授の下で働くようになってからもう二年経ちましたが、もちろん教授にもエゴイスティックな部分は存在します。ただし、それはアカデミックな事象に限定されます。あの人はいつも真実しか要求しません。きっと嘘や誤魔化《ごまか》しが嫌で嫌で仕方ないのですね。だから肩書だけでスペックを誇るような人間や、自分のポテンシャルを悪意で詐称《さしょう》する人間を目の敵にしているのだと思います」

キャシーは徹頭徹尾論理的な思考回路の持主だ。だからこそ、およそ死体というものに情緒や恐怖を感じずにいられる。その論理性が光崎の主義に呼応するのだろう。

「ワタシがコロンビア医大から留学してきた時のことです。見知らぬ外国人が突然、その世界の有名人に会いに行くのだから、ワタシはコロンビア医大教授の紹介状を用意してきました。ところが光崎教授はその紹介状を一度も開封することなく、ただワタシの適性を口頭で確認しただけで採用を決定しました。結局、散々苦労して書いてもらった紹介状はそのままゴミ箱行きになりましたが、損をした気には全然なりませんでした」

「本当に、教授のことを信用してるんですね」

「真琴はどうなんですか」

「えっ」

「真琴は教授のことを信用できないのですか」

しばらく考えてから真琴は答えた。

「信用は、できると思います」

法医学教室に来た当時、光崎はただただ偏屈で偏狭な人物にしか思えなかった。だが、その法医学の知識と人となりを間近で見るにつれ、真琴の中で人物評は大きく変わりつつある。しかし自分と光崎の間に横たわる価値観の違いが、今一歩光崎への接近を阻《はば》んでいる。

「それにしてもキャシー先生。さっきの死体検案調書なんですけど、いったい光崎先生はどこが気に食わなかったんですか」

真琴は古手川の質問に耳を傾《かたむ》ける。それは自分も知りたいと思っていた。光崎は真琴の疑問に答えようとしなかったが、背後から調書を覗き込んでいたキャシーは何やら意味ありげな顔をしていたのだ。

「教授の作成した死体検案調書を見慣れているせいかも知れないのですが、あの調書はひどくチープな印象があります」

「チープ？」

「緻密《ちみつ》ではないと言うか、本来埋《う》まるべき箇所の空白が目立ちます。必ずしも記入を義務付けられた箇所ではありませんが、そこが抜け落ちているためにチープな印象を与えています」

そう言えば、字の汚さはともかく記載内容が少ないことが気になった。死因が単純だから記載事項が少なくなるなどということはない。つまり本来なら埋まっている記載部分に空白が目立つのだ。

「具体的には第1号様式、検案所見の欄に違和感を覚えます。教授が作成したのならこの欄は、全身所見と特に異常を有する所見について詳しく説明され、その理由を以《も》って下の欄の解剖の要否が結論付けられるはずです」

「しかし、死因は脳挫傷でしょう。それなら異常を有する部位というのは頭だけじゃないですか」

「考えてみてください。時速80キロで疾走する乗り物から投げ出された身体が、頭部を先頭に衝突したのです。もちろん頭部が最も損傷を受けますが、その他の部分が全く無傷でいられるものなのかどうか。身体が投げ出された時点で相当な遠心力が加わっているはずです。衝突時の衝撃は各部位に伝わります。表皮はともかく臓器その他に何らかの影響があって当然とは思えませんか」

「それって、要は監察医が手抜きをしたってことですか」

「記載するべきことを記載しなかったのか。それとも元々記載するべきことに気づかなかったのか。とにかく回答は死体が知っています。だからこそ教授はワタシたちに直接検分して来るようにと命じたのです」


真山の自宅は南浦和、円正寺《えんしょう》の近くにあった。この辺りは寺を中心に居住用マンションが立ち並び、静けさと賑《にぎ》やかさが同居している。

だが真山宅を支配しているのは死の静寂さだけだった。

玄関で古手川が来意を告げると、妻の公美《くみ》は訝《いぶか》しげな顔をした。公美の足元では、長男の圭太《けいた》が隠れるようにして来訪者を見ている。

「どうして埼玉県警の刑事さんが……それもお医者さまを連れて」

「医者には違いありませんが、彼女たちは浦和医大法医学教室の方々です」

「法医学教室？　どうして、そんな」

「ともかく中でお話を伺《うかが》えませんか」

古手川がぐいと身体を前に出すと、公美は諦めたように三人を招き入れた。

「前回と同様、キャシー先生はデリケートな話には割って入らないでくださいね」

古手川は小声でそう注意するのを忘れない。キャシーは気を悪くした風もなく、「アイサ」と応えた。

公美が真琴たちを案内する間も、圭太は母親のスカートの裾《すそ》を摑《つか》んで傍《そば》を離れようとしない。

「真山の事故を知らされてから、ずっとこうなんです。何か赤ちゃん返りしたみたいで」

自分は別室で圭太の相手でもしていようか――真琴は圭太に手を伸ばしたが、気配を察した圭太はすぐまた母親の後ろに隠れてしまった。

居間に通されると、中央には白木の棺《ひつぎ》が鎮座していた。

「奥さん。もしよければ息子さんは他の部屋で待っていてもらえませんか。その、事故に関しての話なので」

古手川が提案すると、公美は無言で頷いて圭太を別室に連れて行った。

居間に真琴たち三人が残される。じっと座っていると白木の棺から異様な圧力が掛かってくる。

あの中に頭部の潰《つぶ》れた死体が眠っている。

そう考えると尚更違和感が付き纏《まと》った。もう死体など見慣れているはずなのに、生活空間の中に死体がある風景はやはり異質だった。

きっと自分が法医学に携わる者として未熟なせいだろう、と思った。キャシーを窺い見ても平常心を保っている様子であり、もしこの場に光崎がいれば平気な顔をして棺の蓋を開けることだろう。光崎やキャシーは死体のある風景が日常となっているのだ。

ふと壁のコルクボードを見ると、所狭しと家族写真が貼ってあった。いずれも圭太を中心としたスナップで、親子の仲睦《なかむつ》まじい様子が伝わってくる。

しばらくしてから公美が戻って来た。

「すみませんでした。なかなか一人になりたがらないものでして……」

公美は頭を垂れて床に視線を落とす。意気消沈というのはこういう姿をいうのだろう。まるで生気が感じられず、支えがなければ倒れてしまいそうな風情だ。

「息子さんはお父さん子だったんですね」

古手川が切り出すと、公美ははい、と消え入りそうな声で答える。

「圭太にとって主人はヒーローでした。土日はレースの中継があるんですが、テレビの前で一生懸命応援していましたから」

それを聞いて、真琴はぞっとした。

では、事故があったレースも圭太はテレビ観戦していたのだろうか。もしそうなら、圭太は父親が事故死する瞬間をリアルタイムで目撃したことになる。

「わたしもテレビの前に座っていて……でも、咄嗟《とっさ》にテレビを消すことも圭太の目を塞《ふさ》ぐこともできませんでした……ええ。圭太はしっかりその場面を見てしまったんです。それから感情の起伏があまりなくなって、片時もわたしから離れようとしません。主人の葬儀が終わり次第、お医者さまに診てもらおうと思っています」

真琴は真っ先にＰＴＳＤ（心的外傷後ストレス障害）を疑った。何といってもまだ五歳児だ。父親の身体が防波堤に激突する光景を見せられて、平静を保っていられるはずがない。

「競艇の選手が家の中でどう過ごすかご存じですか」

「いえ」

「レースの期間中は八百長《やおちょう》行為とかを防ぐ名目で、緊急時以外は競艇場から一歩も外に出られないんです。電話とか外部との接触もできません。だからレースのない期間だけ家に帰って来るんですけど、その間も体力は落としちゃいけないし体重もキープしなきゃいけないしで、あまり主人が家で寛《くつろ》いでいるところを見たことがないんです」

「体重のキープというと、つまり絶食ですか」

「それに近いです。プロテインとか野菜サラダとか、低カロリーのものとか……それでも体力を落としちゃいけないから、食事はいつも別メニューでした。見ていてやっぱり辛かったんです。自分はダイエットしているのに、圭太やわたしには精のつくものをお腹一杯食べるように言いますもの。練習の合間にはジムで筋トレして、それ以外は次のレースの開催地まで出掛けて、モーターの整備」

「選手がモーター整備までやるんですか」

「競艇場に備えつけてあるモーターが抽選で割り当てられるんです。エンジンによって性能が違うので、分解して部品を交換したりギアの嚙《か》み合わせを調整したりします。もちろん試運転も怠《おこた》りません。だから本当に休日らしい休日がない生活でした」

年収二千万円。真琴は我が身と比べて華《はな》やかな職業と想像していた自分が少し恥ずかしくなった。高給なのは彼らが選ばれた人間だからではない。それに見合った苦労と研鑽《けんさん》を重ねているからなのだ。

「いくら筋トレを毎日していても、ある程度の齢《とし》になると自然に太ってしまう場合がありますよね。主人の場合は三十五を過ぎてからでした。どんなに食事制限しても体重が落ちません。ボートレースでは肥満が最大の敵です。無理に体重を落とそうとしてサウナにも通いました。それでいて満足には食べられないんですよ？　げっそり頰《ほお》の肉が落ちて、ふらふらする身体でジムとサウナを往復して……ボクシング選手の絶食はよく聞く話ですけど、競艇選手も同じようなものです」

話を聞きながら見えてくるのは、加齢という敵に怯《おび》え、それでも闘うことをやめようとしなかったプロスポーツ選手の姿だった。

「主人はB1の選手でしたが、Aクラスへの昇格をずっと目標にしていました。Aクラスになれば大きな大会にも出場できるし、ひと月に働く日数も多くなるからです。競艇選手は選手寿命が長いと言われますけど、それでも三十八歳にもなれば衰《おとろ》えもやってきます。でも、闘う自分の姿を圭太が見てるからって、主人は必死でした。俺にはボートしかない、ボートに乗っている時だけが生き甲斐《がい》を感じるんだと、いつも口癖のように言ってたんです。それを、あんな操作ミスでコースを外れるだなんて……」

突然、公美は顔を覆《おお》った。

「わ、わたしは主人があんなミスを犯すなんてとても思えません。きっと何か間違いがあったんです！」

真琴たちの前では取り乱すまいと堪《こら》えていて、もう限界だったのだろう。公美は恥も外聞もなく泣き出した。

思わず真琴が近寄ろうとしたが、古手川に制止された。

放っておけ――と目で合図をされた。ここは泣くだけ泣いて落ち着いてもらおうということか。真琴は指示に従うことにした。

公美は尚も泣き続ける。すると奥の部屋から圭太が飛んで来て、母親の背中に覆い被さった。

「ママ、ママ」

とても見ていられなかった。真琴は居たたまれなさを我慢しながら、公美が泣き止むのを待ち続ける。

やがて公美の嗚咽《おえつ》が収まってきた。

「申し訳ありません……この子の前では泣かないようにと心掛けていたんですが……」

「いえ」

「でも、本当に納得がいかないんです。主人は二十年近くもボートを操っていたベテランです。あんな新人みたいな操作ミスをするはずがないんです。ボートを、エンジンを調べてください。必ず誰かが細工をしたに決まってます」

古手川は返事に窮《きゅう》している様子だった。それはそうだろう。調べたくても証拠物件は全て大森署が握っている。埼玉県警本部の管轄ならいざ知らず、警視庁管内では手も足も出ない。

「誰かが細工をした。じゃあご主人を恨んでいた人物に心当たりがあるんですね」

「そ、それは……ないんです」

咄嗟に身を乗り出した古手川はあからさまに落胆した顔を見せた。

「レースの結果に不満はあっても、競走相手の悪口を言うような人間ではありませんでした。何度かレース仲間の方々とお会いする機会もありましたけど、主人は誰とでも上手く付き合っていたようです」

「失礼ですが、ご主人の生命保険などは？」

公美はわずかに古手川を睨む。

「死亡保険金の受取人はわたしになっています。まさか私を疑ってるんですか」

「形式的な質問です。受取人が家族以外の場合もありますから」

「危険が伴う仕事なので、主人が自分から言い出して入りました。死亡時には五千万円下りることになっています。でも、契約したのは圭太が生まれた頃ですよ」

つまり五年前に契約を締結したことになる。保険金の額面も常識の範囲内だ。この事実だけで夫殺害の動機とするのは早計だろう。

真琴は自分なりに推理してみる。もしも公美の言う通り何者かがボートに細工をしたとすれば、ボート本体もエンジンも競艇場から持ち出すことはできないので犯人はレース関係者に限定される――。

そこまで考えて、我ながら呆《あき》れた。

何ということか。古手川やキャシーと一緒に行動し始めてから、犯人捜しに頭がいくようになってしまった。

古手川は刑事だから犯人捜しが仕事だ。キャシーも母国での検死官を目指しているので捜査に興味を持つのも当然だ。

しかし自分は医師を目指している人間だ。素人探偵よろしく犯罪捜査に首を突っ込んで、何か益があるのか。

気まずい思いをしていると、古手川の言葉で機嫌を損《そこ》ねた様子の公美が恨み言を吐き始めた。

「警察というのは遺された家族のことを少しも考えてくれないんですね」

古手川は、はあとしか答えない。

「事故が起きたのは昼の一時半。だけど大森署から連絡を受けたのは夕方六時を過ぎてからでした。真山本人かどうかを確認して欲しいって。霊安室っていうんですか、やたら暗い部屋に通されて主人と対面させられました。そ、それも事故直後の怪我を修復しないままの姿でした」

その光景を思い出したのか、公美はまた嗚咽を堪えるように黙り込む。

「……圭太を人に預けておいて本当によかったと思いました。いくら父親でも、あんな有様を見せたら一生心の傷になります。刑事さんの応対は事務的でした。書類を何枚か書かされて、遺体の引き取りと埋葬について説明を受けましたが、この書類はあそこで受け取れ、この申請はあの役所でしろと、通り一遍でした」

警察にしてみれば遺体の処置はルーチンワークだ。殊に警視庁管内では行き倒れや急病人などを含めれば、一日だけで複数の死体を扱うことになる。ルーチンワークになってしまえば遺族の思いを慮《おもんぱか》る余地もなくなる。

「もっとひどいと思ったのは、今朝方解剖が済んだからと遺体が送られてきた時です。警察で確認させられた時はまだ捜査中だから仕方ないという事情がありましたけど、戻された遺体にはほとんど何の修復もされてなかったんです」

公美は洟《はな》を啜《すす》り上げた。

「血が拭き取られている程度で、頭の傷には包帯が巻かれているだけでした。あんな勢いで壁にぶつかったんですから、顔全体が歪《いびつ》になっています。生前の面影は少し残っている程度でした。費用くらいは払うから、せめてそのくらいは修復して欲しかったです」

遺体修復。即《すなわ》ちエンバーミングは欧米では習慣化されているが、日本ではまだ一般的ではない。公費負担で修復される場合もあるが、ここ埼玉県と北海道以外では行われておらず、司法解剖を受けた遺体に限定されている。しかも修復といっても遺体清拭《せいしき》と化粧の範囲に留まり、とても欧米のように生前の状態まで復元させるような内容ではない。もしも遺族が安らかな死に顔を望むのなら、葬儀社を通じて納棺師を手配するより他に術《すべ》はない。

ここからが本題だ。古手川はずいと身体を前に出した。

「真山さん、今日はそのことでお伺いしました。もう一度、遺体を拝見したいんです」

「え」

「大森署は事故と断定しているようですが、わたしはそう思っていません。だから法医学教室から二人の先生を連れて来たんです」

ものは言いようだと思った。事故説を否定している公美に再捜査と持ちかければ、拒否する理由がない。

果たして公美は古手川の申し入れを受け入れた。力なく立ち上がると棺までの道を空ける。

「先生方、出番ですよ」

古手川に促《うなが》されて真琴とキャシーもゴム手袋を装着して棺に歩み寄る。

蓋を開けると早速防腐剤と、それよりも強烈な腐敗臭が鼻腔を衝《つ》いた。真琴とキャシーは合掌してから検分を開始した。

遺体は公美の言った通り、頭部が包帯で覆われていた。二人は遺体に余分なダメージが加わらないよう、細心の注意を払って包帯を解き始める。

やがて露出した頭部は無残な状態だった。

頭頂部が完膚なきまでに破砕され、原形を留めていない。頭皮は夥《おびただ》しい血に固まり、その隙間《すきま》から裂傷が覗く。ぱっくり開いた傷からは脳漿《のうしょう》が溢《あふ》れ、中には変形した脳髄が見える。挫傷と呼ぶのも控えめな表現で、頭蓋骨の一部がそのまま欠損している形だ。

仔細に見ていくうちに、真琴は妙なことに気がついた。

頭部には切開の痕も縫合の痕もなかったのだ。

そんな馬鹿な。

慌ててもう一度破砕部分から後頭部まで探ってみるが、やはりそれらしきものに辿《たど》り着かない。

キャシーと顔が合う。彼女もまた怪訝《けげん》そうに首を横に振る。背後から覗き込んだ古手川も、やはり同様の反応を示す。

真琴は思わず公美の方を振り向いた。

「これは確かにご主人の遺体なんですよね？」

「ええ。間違いありません」

途端に疑念が湧き起こる。

「真琴。次は腹部を確認してみましょう」

公美の了解を得て、二人は遺体から着衣を剝《は》ぎ取る。上半身が露《あら》わになり、こちらには無数の擦過傷と打撲傷が認められるが、いずれも出血するまでには至っていない。

疑念は更に深まった。上半身にもメスを入れた痕跡は見当たらなかったのだ。

疑念と不審で真琴の頭は混乱する。解剖をしたのに、その縫合痕すら残っていないとは。

よほど縫合技術に長《た》けた執刀医だったとしても、死体には自己治癒能力がないから傷口が塞がることは有り得ない。そしてまた、大森署が引き渡す遺体を取り違えた訳でもない。

だとすれば導き出される結論は一つだけだ。

監察医は解剖を行っていない。

古手川もキャシーも同じ結論に達したのだろう。二人の顔には驚愕と懐疑が見て取れた。

しかし、まさか、そんな。

動揺の中、いち早く動いたのは古手川だった。

「真山さん。ご主人の遺体を俺たちに預からせてもらえませんか」

「えっ」

「浦和医大の法医学教室で、もう一度調べさせて欲しいんです」

「でも……」

「大森署の捜査では満足されていないんですよね。このまま放っておけばご主人の死は事故死として処理されてしまいますよ。それでもいいんですか」

公美は束《つか》の間躊躇《ちゅうちょ》を見せたが、古手川の言葉に押される形で遺体の搬送を承諾した。

「それからもう一つお願いがあります。もし大森署から何か問い合わせがあっても、このことは黙っておいてくれませんか」

「構いませんけど……何かそちらのご都合が悪いんですか」

「いいえ。都合が悪いのは先方さんなんですけどね」

やがて古手川の手配で遺体搬送車がやって来た。真琴たちは真山の遺体を棺から移し出し、搬送車に収めた。

「棺は残しておきますから、万が一他の関係者が来たら中に遺体が入っているふりをしてください」

古手川は公美にそう言い残し、搬送車に飛び乗った。

法医学教室に向かう遺体搬送車の中で、三人は三人とも眉間に皺を寄せていた。

光崎の引くカードは今まで悉《ことごと》くエースだった。だが、今度引き当てたカードはエースどころかジョーカーに匹敵《ひってき》する。

相手は東京都監察医務院なのだ。

3

「ひでえ話だ」

誰に言うともなく古手川が呟く。

「解剖なんてやってもいないのに解剖報告書を出しやがって。いったいどういう了見だ」

古手川がこれほど怒りを露わにするのは初めてだったので、真琴は興味深くその横顔を眺めていた。

「な、何だよ」

「ちょっと新鮮だと思って。古手川さんもそんな風に怒るんだ」

「そりゃあ怒る時には怒るさ。いったいどんな風に俺を見てたんだ」

「えっと、いつもへらーとしてるから警察内部の不正とかにも、あまり反応しないんじゃないかって」

「おい」

すると後部座席のキャシーが割って入った。

「はい。二人とも痴話《ちわ》喧嘩はそのくらいにして」

「こういうのは痴話喧嘩と言いませんっ」

二人同時に否定したので、キャシーは少なからず面食らったようだった。

「ソーリー。ただ古手川刑事の怒りはもっともだと思います。いくら何でもあれは職務のサボタージュと指摘されても仕方ありません」

真琴は最前に調べた真山の遺体を思い返す。擦過傷と打撲傷の目立つ身体だったが、メスを入れた形跡は一切なかった。

「でも、どうして解剖してもいない遺体の報告書なんて作成したんだろ」

「多分、一番単純な理由だ」

「一番単純な理由？」

「きっと面倒臭かったんだろう」

「そんな馬鹿な」

「前に聞いたことがある。監察医務院に勤めているのは常勤ばかりじゃない。中には開業医が請け負っている場合もある。開業医にしてみたら、本業が忙しくなりゃあ、そっちの方は負担になるのかもしれないな。それに今回の事案は死因が一目瞭然だ。フェンスに激突して頭蓋骨陥没。頭からは脳味噌がはみ出している。別に解剖するまでもないからな」

「……そんな理由で？」

「腹が立つ話ってのは大概そういう理由だよ。だからこそ腹が立つんだが」

不意に光崎の言葉が甦った。

『人材だと？　そんなものが存在するか。頭数は揃っているかも知れんが、そのうち本当に役に立つ医者が、さて何人いることか』

『この剣持とかいう監察医は誠にもって救い難い男だ。同じ解剖に携わる者としては怒りを通り越して情けなくなるほどだ』

それでは光崎は、解剖報告書を一瞥《いちべつ》しただけで不適切な処理を見破ったというのか。だとしたら、やはりあの老教授の経験値と知見は相当なものだ。

「でも、これからウチの法医学教室が解剖すると、その剣持という監察医は立場がなくなりますよね」

「立場どころか背任行為だよ。今までどんな実績を積んだか知らないが、この一発で信用は崩壊する」

「浦和医大は確実に恨まれますね」

「それこそ逆恨みってヤツだ。構うこっちゃない」

「そりゃあ、古手川さんはそれでいいんでしょうけど、恨まれる方は堪ったものじゃないです」

正当であろうが見当外れであろうが、恨まれて気持ちのいいはずがない。しかも相手は監察医ときている。つまり解剖医という括《くく》りでいえば自分たちの同業者になる。

医学の世界は広いようで狭い。法医学会という世界に限定すれば尚更だ。狭い世界だからどこで鉢合わせするかも分からない。同じ世界の住人を辱《はずかし》めると、いつ何時逆襲されることやら——。

そこまで考えて、真琴はあっと思った。

何ということだ。いつの間にか自分は法医学の世界の住人のつもりでいる。ほんの少し前まで、自分は臨床医だと念じ続けていたというのに。

「光崎先生が怒る訳だよな」

古手川は真琴の動揺も知らずに言葉を続ける。

「剣持監察医を情けないと思うのも当然だ」

「どういう意味ですか」

「ほら、あの先生は生きている人間も死んでいる人間も同じ扱いするだろ」

と言うよりは死んだ人間の方が扱い易いというのが持論なのだが。

「つまり光崎先生の規範の中じゃあ、剣持監察医のしたことというのは手術が必要な患者なのに放置しておいたのと一緒だ。だからあんなに怒ってたんだよ」

なるほど、あの老教授ならそんな風に思ってもおかしくない。真琴は少しだけ古手川の洞察力を見直した。

「古手川さん、よく光崎教授なんかを理解できますね」

「まあ、それなりに付き合い長いからな」

「なのに、どうしていつも怒られてるんですか」

「知らねえよっ」

「まあまあ。古手川刑事に対するあれは、教授にとってはほんのレクリエーションなのですから」

「俺は光崎先生のオモチャっスか」

「それに真琴。あなたも剣持監察医の処遇について、そんなに心配しなくてもいいのですよ」

「どうしてですか。監察医のしたことは完全に背任行為で、その責任は到底……」

「それは今に分かりますから。それより今はもっと緊急の問題が控えています」

「解剖、ですよね?」

「いいえ、さっきから何度も試しているのですが、光崎教授と連絡がつかないのです」

「えっ」

真琴が驚いて振り向くと、キャシーは自分の携帯電話をぷらぷらと振ってみせた。

「もう、ずうっと圏外なのですよ」

「そ、それじゃあ」

「はい。法医学教室に到着しても、しばらくは光崎教授を待たなければなりません。しかも教授には解剖の必要があることを説明していませんから、ワタシや真琴が代行する手続きを取ることもできません」

「そいつはマズいな」

　古手川は眉間《みけん》に皺《しわ》を寄せた。

「どうかしましたか、古手川刑事」

「いや、杞憂《きゆう》だったらいいんですが、解剖する前に大森署に踏み込まれたら、ちょっと厄《やっ》介《かい》かなと」

「何故でしょうか」

「何故って！　あのですね、キャシー先生。自分で言ってて嫌になりますけど、警察の縄張り意識ってのは相当に根深いんです。平和島の事件に埼玉県警の俺が首突っ込んだ上、遺体を法医学教室に搬送してるなんて分かったら、早晩警視庁から大目玉食らっちまいますよ」

「古手川刑事はそれが怖いのですか」

「こう見えても公務員です」

「それは意外ですね。ワタシは古手川刑事はアウトローな捜査員だと考えていたのですが。度々噂に聞くあなたの上司も非常にグレイトなアウトローなのでしょう？」

「あんなのと一緒にしないでくれませんか。ああっ、それにしても光崎先生も光崎先生だ。俺たちに厄介事《やっかいごと》押しつけて、自分はどっか行っちまうなんて」

「それはもう仕方のないことですね」

キャシーは古手川を諭《さと》すように言う。

「古手川刑事が考えている以上に教授は重要人物なのですから。本当に重要な人物ほど忙しいものです」

「じゃあ、俺だって重要人物だ」

「そうでしょうか。ワタシには、あなたがただ駆け回っているだけのように見えるのですが」


浦和医大に到着した真琴たちは、大急ぎで遺体搬送車から真山の遺体を下ろし、法医学教室に運んだ。その間、キャシーは光崎を呼び出し続けたが、一向に連絡は取れなかった。

「ずっと留守番電話になっていますね」

「大学の構内にいるのなら、すぐここに駆けつけるはずでしょうが」

「スケジュールを確認したのですが、この先、教授の予定は特にありません」

「じゃあ光崎先生は」

「多分、学外に出たのではないかと推測されます。おそらく誰かと会っているのではないでしょうか。人と会って話をする時、教授はいつも電話に出ませんから」

「どこまで俺様なんだよ、全く」

古手川は自棄《やけ》気味に洩らすが、死体があっても執刀医がいなければどうすることもできない。自分たちにできるのは、ただ光崎を待つことだけだった。

そこで真琴は最前から抱いていた疑問をぶつけてみることにした。

「古手川さん。真山さんが解剖されてないと分かった時、すぐ奥さんに再調査を申し出ましたよね」

「ああ。していないものなら、しておかなきゃならないだろ」

古手川は至極当然のことのように言う。

「それだけ？　真山さんの死に何か推論とか仮説みたいなものがあったから、解剖を思い立ったんじゃないんですか。しかも事故死とは違った仮説で」

「そりゃあ、仮説くらいはあるさ。ただ、それも解剖してみなきゃ分からないし」

「どんな仮説なんですか」

「真山慎司は二十年近く競艇選手で活躍していた。それが本番中だっていうのに、あんなコースアウトをするなんて普通じゃない。だったらあの瞬間、本人の肉体なり精神に何らかの変調が生じたと考えるのが妥当だ」

「変調……たとえば？」

「即座に思いつくのは睡眠薬、あるいはダウナー系の麻薬。まあアヘンとかヘロイン」

「レースの前に吸引していたってことですか」

「これから危険なレースに参加しようって選手が自らそんな真似をするとも思えない。第三者による謀殺だよ。誰かがレース中の事故を装《よそお》ったんだ。ただ……」

「ただ？」

「それでも動機が弱い。当該のレースは日本トーターカップの初日なんだけど、まず一着賞金は二十万円だ。たかが二十万円の賞金欲しさに人を殺すというのは考え辛い。レースだから当然、賭けなんだが真山選手が本命だった訳でもないから、賭け絡みの謀殺も可能性は低い」

困ったように頭を掻《か》く古手川を見て、真琴は呆《あき》れてしまった。

「そんな薄弱な根拠で、わたしたちに解剖させようとしたんですか！　わたし、もっと鉄壁な推理があっての上で言い出したんだとばかり」

「あのね、真琴先生。たったこれだけの材料で事件の全貌を推理しろって、そっちの方が無理だ。大体この話のきっかけは、光崎先生が管轄内で既往症のあるホトケを全部知らせろと言ってきたことに起因するんだぜ。そう言う真琴先生は、その辺りの事情を知らないのか」

「知りませんよ！　第一その話、わたしが法医学教室に来る前からの話だったんじゃないんですか」

「じゃあ、それ以前からここにいた人となると……」

古手川はキャシーに視線を移すが、当のキャシーは我関せずといった風で両肩を竦《すく》めてみせる。

「ソーリー。それはワタシも知りません」

そして小一時間ほど経った時だった。

法医学教室のドアを開けて、二人の男が姿を現した。

角刈りと長髪の男。両方ともひどく険しい顔をしており、少なくとも親善目的で訪問したのではないことが分かる。

真琴が素姓を確かめる前に、角刈りの方が警察手帳を提示してきた。

「大森署刑事課の堀内《ほりうち》です。こちらは監察医の剣持先生」

紹介された長髪の男は頭を下げることもしない。

この男が解剖報告書に名前のあった剣持なのか――真琴は改めて目の前の男を観察した。

こざっぱりとしているがそれほど好印象を与えないのは、目つきがよくないせいだ。初対面だというのにこちらを見下し、横柄《おうへい》さを隠そうともしない。もっとも自分の不正を暴こうとしている者たちに愛想を振り撒《ま》くことも難しいだろうが。

「埼玉県警の古手川さんというのはあんたか」

へえい、と古手川は不承不承に手を上げた。

「ついさっき、被害者宅に行って来た」

「それはまたどうしてですか。遺体を遺族の許に返してしまえば、もう用はないでしょうに。そちらも今回の一件は事故として処理したと聞いているんですけどね」

「ロッカーにあった私物を預かっていたから、それを返しに行ったんだ。まあ礼儀だから一応遺体に手を合わせとこうと思ったんだが……横にいた奥さんが妙にそわそわし出してね」

ああ、と真琴は心中で嘆息する。やはり公美には警察官を前にしらを切り続けることなど不可能だったのだ。

「こっちは人の嘘を見破るのが商売だからな。すぐに棺の中が空っぽなのに気づいた。それで夫人を問い詰めたら、埼玉県警のあんたの名前が出てきた。さて古手川さん、こいつはいったい何の真似だ」

堀内は古手川の前に進み出た。言葉もそうだが、振る舞いは完全に喧嘩腰だった。

「管轄違いの事故で、しかも遺体を地元の医大に持ち込むのはどういう理由だ。県警の管轄で何か関連事件が発生したのか。いや、仮にそうだったとしても大森署にひと言の断りもないのはルール違反じゃないのか」

言葉だけ聞いていればまるでヤクザのような物言いだった。さっき古手川が口にした警察の縄張り意識というのは、つまりヤクザと同様ということなのだろう。

だが、そんな言葉で怯《ひる》む古手川ではなかった。

「大森署のお怒りはごもっともですけどね。その抗議に、どうして監察医が同行してるんですか」

「それはもちろん、わたしにも抗議する権利があるからね」

剣持は至極当然のように言い放つ。

「東京都監察医務院が解剖に付した遺体を再度、医大の法医学教室に回す。それが何を意味する行為なのか理解しているのかね。これは監察医務院に対するあからさまな侮辱だよ」

剣持は視線をゆっくり、古手川から真琴とキャシーに移す。

「誰の指図かは知らないが、監察医の仕事の粗探しをして何を画策している」

「か、解剖の許可はちゃんと夫人からいただいています」

思わず真琴は即答したが、剣持は意に介する風もない。

「遺族の承諾を得ていようといまいと、この行為が監察医務院に対する暴挙という事実は変わらない。浦和医大が監察医務院の職域に土足で踏み込むつもりか。いったい今回、これを命じたのは誰だ」

問い詰められて真琴は言葉を失う。死体を検分しろと言ったのは光崎だが、彼は解剖にまで言及した訳ではない。解剖を決断したのはここにいる三人だ。

そこまで考えてぞっとした。

現場で咄嗟に判断したことが、いつの間にか浦和医大と東京都監察医務院の対立構造を生んでしまっている。しかもその三人には何の決定権限もないというのに。

このまま話が紛糾すれば真琴たちのせいで浦和医大が窮地に立たされることも充分に有り得る。

どうしよう――。

すると古手川が、ついと真琴の前に進み出た。

「被害者の解剖を提案したのは俺っスよ。この二人は巻き添えみたいなもんです」

「あんたが？　県警や直属上司の命令ではなく？」

「独断ですよ」

「ほう。見たところまだ若いようだが、あんたの階級は？」

「ヒラの刑事ですよ」

「ということはただの巡査部長か。よくそれで管轄違いの案件に首を突っ込もうなんて思いついたな」

剣持は薄笑いを浮かべる。

権威主義と尊大さ。こんな男が光崎と同じ解剖医であることが信じられなかった。

元より真琴は暴力というものが大嫌いで、未だかつて他人に手を上げたことは一度もない。だが、この時ばかりは剣持の顔面に正拳突きを食らわせてやりたい気分だった。古手川も同じ気分だったと見えて表情を硬くした。見れば両手の拳も固く握り締めている。

さすがに真琴は慌てた。このまま古手川が剣持を殴ってしまえば気分は晴れるのだろうが、そうなれば古手川もただでは済まない。

だが不穏な雰囲気を察したのか、今度は堀内が二人の間に割って入った。

「まだ大森署ではこの件を終結させていない。これはまだ捜査中の案件だ。従って遺体の管理・処分については依然として大森署に権限がある」

古手川の表情が微妙に変化する。剣持とは違い、堀内の弁には相応の正当性がある。

「何を考えての行動か知らんが、コトが大事《おおごと》になる前に矛《ほこ》を収めた方がいい。遺体はこのまま被害者宅に戻せ」

管轄違いとはいえ、同じ警察官としての配慮も窺える。きっと縄張り意識以前に実直な性格なのだろう。

しかし古手川はその実直さにも肯《うべな》おうとしなかった。

「お断りします」

「何だと」

「たかが巡査部長ですが、少なくとも自分の判断には責任持ちたいんスよ」

「あまりカッコつけるもんじゃないぞ」

「カッコつかないのはそっちの監察医のセンセの方でしょ」

「どういう意味だ」

「あの遺体にはメスを入れた痕《あと》がなかった。解剖は行われなかったんですよ」

途端に堀内の顔色が変わった。

「何を言い出す」

「俺だけじゃない。遺体はここにいる二人のお医者さんも検分しました。本当に解剖された形跡は見つからなかったんです」

堀内はキャシーと真琴を見る。そして二人が無言で頷くのを確認すると、今度は慌てた様子で剣持に向き直った。

「剣持先生、この三人の言ってることは、まさか」

剣持はばつが悪そうな顔をしたが、それも一瞬だった。すぐに鉄面皮《てつめんぴ》を決め込んで平然と取り繕《つくろ》う。

「ご、誤記入？」

「誤記入ということが有り得ますよ、堀内さん」

「多い日には数体の解剖に着手する。そのうち一件の誤記入は許容範囲だし、この事案はどう見てもフェンス衝突による事故死だ。解剖したところで捜査方向が大きく転換するものではないでしょう」

　二の句が継げない様子の堀内を見て、古手川がこちらに視線を送ってきた。意図するところは即座に理解できた。

「堀内さん、でしたね。こちらに来てください」

　真琴はいきなり堀内の手首を摑むと、解剖室の方向へ引っ張って行った。ちらと後方を振り返れば、真琴たちを追い駆けようとした剣持を古手川が押し留めている。

　解剖室に入るなり、真琴は死体保管庫の一つを引き出した。中にはビニールの納体袋に包まれた真山の死体があった。

「見てください」

　真琴はビニールを開き、死体を堀内の目の前に晒す。堀内は半信半疑の様子ながら、鼻から下を片手で覆う。

　青白い照明の下、真琴の指が死体の頭部から腹部、そして大腿部へと滑《すべ》る。堀内の目はその指先に釘づけとなっている。

「確かに……縫合した痕が……ない」

　自分の目で確認し、事実を呟く。信じていたものに裏切られた顔をして、堀内は保管庫から離れた。

「先生、このことをご存じの方は？」

「三人だけです。奥様にもお伝えしていません」

「そうですか」

堀内は神妙に頭を下げてから、今来た道を引き返す。

どうやら潮目が変わったらしい。真琴はその後について行った。

古手川と剣持はまだ小競《こぜ》り合いを続けていた。その剣持に向かって、堀内は遠慮をかなぐり捨てた。

「どういうことですか、剣持先生。彼が言った通り、死体にはメスを入れた形跡がないじゃないか！」

「さっきも言ったが、この案件は最初から死因が明々白々だ。行政解剖の目的が死因究明なら、何も手間暇かけることもないでしょう。それとも解剖することで、事故案件が殺人案件に変わるとでも？」

「それとこれとは話が別だ。第一、それでは正当な手続きとは言えない」

「手続きだからこそ簡素化も必要です。あなたも仰っていたではないですか。被害者には自殺する動機もなければ、恨まれる要因もない。ロッカーや自宅からは睡眠薬等不審な薬物は発見されず、事故発生時の様子を何度モニターしても運転操作のミスとしか思えない。どんな検視官が見ても事故でしかない。そんな鉄板案件なんですよ」

「しかし」

「少しは我々監察医の置かれている立場も理解してもらいたい。開業医の傍《かたわ》ら行政解剖に参加しているのは、偏《ひとえ》に犯罪捜査に協力したいからです。協力は強制事項ではない。元より監察医制度そのものが犯罪捜査を目的としたものではないですからね。だけど、ぶっちゃけ死体一つ解剖するよりは、自分の患者を診察した方がカネになるし世の中のためにもなる。死者にどれだけ費用と時間をかけても、決して生き返ることはないからね」

突然、真琴は頭を殴られたような衝撃を受けた。

この、医者としても人としても尊敬しかねる男の口から出た言葉は、法医学教室に移った直後の自分が口走ったことと全く同じだ。

死者よりも生者、解剖よりは治療。あの時にはそれが正論だと信じていた。だが、いざそれを剣持から聞かされると、全てが利己的な言い草にしか思えなくなった。

この男は、わたしなのだ。

「それとも堀内さん。わたしを訴えてみますか」

「なっ」

「多忙を極めたために、たった一件の司法解剖に全力を傾注できなかったわたしを逮捕しますか。死因究明を監察医務院のみに依存しているあなた方が、そこに所属しているわたしに向けて弓を引くというのですか」

不正を暴露されたというのに、剣持は妙に居丈高《いたけだか》だった。不審に思って皆の顔を見回すと、一人キャシーだけが白けたように腕組みをして剣持を睨んでいる。

「不思議そうですね、真琴」

「ええ」

「彼が開き直っている理由は、誰もこのシットな医師を罰することができないからです」

それを聞いていた剣持は満足そうに頷く。

「彼の行ったこと、あるいは行わなかったことは東京都監察医務規程の第五条、つまり『監察医は、検案によっても死因の判明しないときは、解剖しなければならない』という条項に違反します」

「だったら」

「しかし、これは罰則を伴う規程ではありません。そして仮に彼を虚偽診断書等作成罪で訴えたとしても、内容は虚偽記載という点に限られます。だから解剖していなくとも、実態が解剖報告書の内容と一致している限り、虚偽記載を主張することは困難になります。以前にも保土ヶ谷《ほどがや》で類似の事件があった際も、検察は『解剖の事実がなかったとは断定できない』として、疑いを持たれた監察医を不起訴処分にしています」

説明を聞いていた剣持は嬉しそうだった。

「よくご存じでいらっしゃる。見れば外国の方のようだが、ご高名な教授でいらっしゃるのかな。お名前は？」

「シットな人に名乗るつもりはありません」

「医師の癖にずいぶん汚い言葉を吐くものだ」

剣持がそう言い放ったまさにその時、ドアを開けて法医学教室の主が帰還した。

「それでも恥知らずな解剖医に比べれば雅《みやび》な言葉だ」

「光崎教授！」

真琴は我知らず声を上げた。こんなにも光崎が頼もしく見えたことはなかった。

「無駄な論議をするつもりはない。今から解剖室に入る。執刀の準備は？」

キャシーが満面に笑みを浮かべた。

「十分もあれば」

「遅い。三分だ。それからそこに突っ立っておる若造と、どこからかやって来た警察官」

すっかり毒気を抜かれたふうの堀内が、自分を指差す。

「そう、お前さんのことだ。今から解剖に着手するが、こんなところでただ突っ立っていても手持ち無沙汰だろう。立ち会え」

立ち会ってみるか、ではなく立ち会えという命令形がいかにも光崎らしい。堀内は訳も分からぬといった顔でこくこくと頷く。

一変した空気に仰天したのは剣持だった。

「え、越権行為だ。この案件はまだ大森署の事案であって」

「その大森署の担当が解剖に同席するのだ。何が越権行為なものか」

「解剖報告書を作成したわたし個人、延《ひ》いては東京都監察医務院に対しての侮蔑だ」

「ふん。クズをクズと扱って何が侮蔑だ。そういうのは正しい扱いと言うのだ」

「ク、クズだと」

「生体だろうが死体だろうが、メスを入れるべき時に入れない医者など医者ではない。医師免許という紙切れを持っているだけの、ただの糞虫《くそむし》に過ぎん」

あまりの言われように、剣持は口をぱくぱくとしている。

「お前のような不心得者を置いておくような場所はここにはない。さっさと出て行け、この虫けらめが」

4

光崎の命令通り、保管庫の中にあった真山の死体は三分で解剖台の上に載せられた。

執刀は光崎、器具渡しと介助がキャシーと真琴。二人の刑事は少し離れた場所に立って術式を傍観する。古手川には馴染《なじ》んだ態勢だが、巻き込まれた形の堀内はひどく落ち着かない様子でいる。

「では始める。遺体は三十代男性。頭蓋は頭頂部で破砕、脳髄の露出が確認できる。体表面には擦過傷と打撲傷が多数散見される。脳挫傷の疑いが濃厚だが、死因確定のため開腹作業も行う。メス」

手渡されたメスでY字切開し、次に肋骨剪刀で胸部を開いていく。一連の澱みない動きに、堀内は目を丸くしている。

最近は真琴もすっかり慣れてしまったが、それを見るとやはり光崎の技術は素人にも分かるほど卓越している。

青白い照明の下、臓器が露わにされる。光崎はその一つ一つを仔細に検分する。

「肺と心臓の表面に損傷あり。他の臓器もわずかに変形している。損傷部分については出血もある。しかしこれは、衝突時の遠心力による急激な力が加わり、肋骨に押し当てられたからだ。その証拠に損傷部分は肋骨の形状と重なる。またそれぞれの損傷は浅く留まっており、致命傷には至っていない。従って臓器圧迫が死因である可能性は小さい」

光崎の口調は淡々としている。

ここまでは剣持の作成した解剖報告書と大きく異なる所見はない。報告書では臓器に関する言及は一切ないが、死因に関与したものでない限り、記述がなくとも直接指弾できる材料にはならない。

「次、血液採取」

今度は真琴の出番だった。注射筒で血液を採る。以前のようなもたつきはなく、必要な量を素早く採取できた。

死体相手だから時間に頓着《とんちゃく》しなくてもいい、というのは大甘に過ぎた。少なくとも光崎の補助で横に立つ限り、無駄のない速さを要求される。要求に応えなければ怒号と叱責でこちらが切り刻まれるので、自《おの》ずと仕事は早くなった。

「血液は尚、流動性を保っている。これは臓器の損傷以外の死因で急死したことを示している。血液分析する際、薬剤混入の有無について特に留意すること。まあ、おそらくそれはないだろうが」

最後の言葉に引っ掛かりを覚えた。古手川の推理を聞いた訳ではないだろうが、光崎は薬物の混入を否定している。つまり、それ以外の要因を既に想定しているとしか思えない。

「開頭」

指示されて真琴は改めて頭部を眺める。頭頂部が破砕しているため、ひどく歪な形をしている。死因は脳挫傷と言われれば、確かに首肯せざるを得ない。

「開窓する。ドリル」

「はい」

頭蓋の一部が欠損した状態であるため、下手にドリルを使えばますます頭部が変形しかねない。だが光崎は一向に迷う風もなく穿孔していく。

「ボーンソー」

光崎の指は一瞬も休むことがない。いったいこの老体のどこにそんな体力があるのか、めまぐるしく、しかし正確無比に動き回る。その動きはまさにピアニストのそれを彷彿とさせる。普段の言動が乱暴なので、余計に運指が繊細に見えるのかも知れない。

破線に沿って頭蓋骨を切っていく。その音も非常にリズミカルで、目を閉じてさえいれば熟練の棟梁《とうりよう》が建材をノコギリで切っているのではないかと思えてくる。

不意に芸術家という単語が浮かぶ。もちろん人の生き死にを扱う作業を芸術に擬《なぞら》えるのは不遜《ふそん》の誹《そし》りを免《まぬか》れない。しかしそうとでも形容しなければ、光崎の華麗な腕を言い表すことができない。

「うっ」

作業の途中、外野から声が洩れた。その方向を一瞥すると、案の定堀内が口元を押さえている。

「堀内さん、やっぱり無理じゃないっスか。こんなの現場の刑事だって、そうそう見るもんじゃないし」

「……あんたは大丈夫なのか」

「まあ、俺のことは置いといて」

「余計な心配は要らん。最後まで見届ける」

やがて頭蓋が切断され、骨弁が取り除かれた。

露出した脳髄は破壊され不整形に歪んでいる。光崎はその損傷部分にさっと視線を走らせる。

「頭頂部外部からの直撃損傷により、脳実質は広範囲に亘って挫滅《ざめつ》、脳幹部に出血が認められるが、これは脳底動脈穿通枝《せんつうし》とのズレが生じたからだろう」

古手川が慌てて口を差し挟む。

「光崎先生。じゃあ死因は」

「脳挫傷だ」

古手川の肩ががくりと落ちた。それではますます解剖報告書の内容と一致することになる。折角様々な危険を冒して解剖にこぎ着けたというのに、執刀が報告書内容の確認作業に堕《だ》してしまっている。これでは身体を張った甲斐もない。

だが、ここで光崎は意外な行動に出た。

「眼底を露出させる。メス」

眼底露出――？

奇異な感に打たれながらも、真琴は光崎にメスを手渡す。

光崎のメスはまず右目に触れた。眼窩《がんか》に沿って円を描き、次第に眼球を露出させていく。

　そして結膜が取り除かれ、遂に眼球全体が晒された。光崎の指が眼球を摘み、ゆっくりと眼窩から外していく。

　眼底をじっと凝視した光崎はやがて納得したように頷いた。

「ふむ。やはりそうか。二人とも、網膜を見てみろ」

　真琴とキャシーの視線もその部位に集中する。

　網膜は硝子体《しょうしたい》の内側を覆い、その中心を動脈が走っている。これが網膜動脈だ。よく見れば網膜の半分以上が変色している。死後の腐敗によるものなら全体が変色しているはずだが、これは一部に留まっていた。

「壊死《えし》だ。網膜に充分な血液が送られずに一部が壊死してしまっている。見ろ、ここだ」

　光崎の持つメスが網膜動脈を指し示す。

「血管のこの部分が閉塞している。だから血液自体は届いているから網膜細胞がすぐ全滅する訳ではないが、欠乏に従ってゆっくりと死滅していく」

「網膜動脈閉塞症……」

「真琴先生。その病気っていったい何なんですか」

「古手川さん。眼球がちょうどレンズのような構造になっているのは知ってますか」

「その程度なら。しかし細かいところまではちょっと」

「網膜は眼球の内側に張られた膜です。つまり瞳孔《どうこう》から入ってきた光の情報を、網膜というスクリーンで感知するという仕組みです。そして網膜動脈閉塞症というのは、動脈硬化で血管の内径が狭くなり、網膜への血流が鈍る症状です。では、この網膜が壊死したらどうなると思いますか」

「スクリーンが破損する訳だから……まともな像にはならない」

「その通りです。網膜の壊死に従って、視覚は急速に失われていきます」

「じゃあ、その網膜が半分以上壊死しているってことは」

「死亡時、真山さんはほとんど視力を失っていたことになります」

光崎のメスは網膜動脈の一部を切除した。

「サンプル採取。術後に閉塞を確認」

「はい」

キャシーがステンレスのトレイに採取された血管を載せる。

「これは……どういうことですか」

成り行きを見守っていた堀内がやっと口を開く。その声はひどく擦《かす》れていた。

「どうもこうもない。見ての通りだ。フェンスに衝突する寸前どころか、レース開始の時点でこの男は視力を失っていた。網膜の壊死具合から推せば、日常生活にも事欠く有様だったろう」

「そんな状態なのに、どうしてレースに参加したんですか。競艇は眼鏡の着用が許されていない。それなのに無理に参加したりすれば確実に事故を起こす。それが分かっていて、どうして」

「分かっていたから参加したのだ」

光崎がぼそりと呟く。

「その道二十年の人間がその危険性を知らぬはずはあるまい」

「自殺という意味ですか」

堀内の言葉でその場の空気が固まった。

「し、しかし真山には自殺する動機がない」

「視力を失った競艇選手に、自殺の動機がないと？」

今度は、あっと古手川が叫んだ。

「資格条件だ！　思い出した」

「古手川さん、資格条件って？」

「競艇選手は三年に一度、登録を更新しなきゃいけない。その際、健康診断が義務付けられてるんだけど、両眼とも裸眼で０・８以上ないと失格になり、選手登録が抹消されるんだ」

公美の言葉が甦る。

『……主人は必死でした。俺にはボートしかない、ボートに乗っている時だけが生き甲斐を感じるんだと、いつも口癖のように言ってたんです』

「一定期間選手を続けなければ退職金や年金も充分には支給されない。でも、彼には五千万円の保険金が掛かっていた」

選手登録を抹消されたら引退するしかない。今までボート一筋に生きてきた者にとって、それは死刑判決に等しい。しかも、その後をただ長らえても失明の日々が待ち構えており、わずかな退職金を取り崩すしかない。

だが、もしレース中に事故で死ぬことができたら。

真山慎司という人間は死ぬまで競艇選手でいられる。競艇関係者の脳裏にも、その名は深く刻まれるに違いない。そして妻子には五千万円という遺産を残すことができる──。

「網膜が虚血状態に耐え得るのは精々一時間程度で、それを過ぎれば高度の視力障害が残る。だが網膜動脈閉塞症は前兆となる痛みがないから、ある日いきなり視力が落ちる。おそらく本人も眼科で診察を受けたはずだ」

「でも光崎先生。既往症に眼病は記録されていませんでしたよ」

「商売柄、本人が眼病だと知れたら大事だからな。調べてみればいい。本人の縁者か近しい人間に融通の利く眼科医がいるはずだ」

「だが、証拠がない」

堀内は喘《あえ》ぐように言う。

「確かにそれなら動機になり得るでしょう。しかし衝突の直前、真山が意図的にハンドルを操作したのか、それとも視力の喪失で本当に操作ミスをしたのか、その判別ができません。自殺の立証は不可能です」

「そうだろうな」

対する光崎は事もなげに応えた。

「そうだろうなって……」

「自殺か事故か。この状況下ではあくまで可能性の言及に留まる。真相は本人にしか分からん」

「それでは死因の究明が」

「死因は脳挫傷。検案書に書けるのはそれだけだ。そこから先については解剖医の職務を逸脱する。だが結論が出ないのであれば、裁量の領域が発生する」

「裁量？」

「大森署というのは全員、役人のような警察官なのか」

「いや、そんなことは」

「事故認定で失うものと得るもの。逆に自殺認定で失うものと得るものがある。遺族への配慮というのは裁量範囲ではないのか」

つまりは遺族を慮った判断をしろという示唆だった。

思いがけない光崎の度量に気を取られていたが、真琴は大事なことを思い出した。

「教授。あの、今回の件で監察医務院と揉めたりしませんか」

「ここに来る前、そこに寄って来た」

「えっ」

「あそこの医務院長とは大学の同期だ。揉め事どころか逆に感謝された」

教室を留守にしていた理由はそれだったのか。

「感謝する一方で、自身の職務を蔑《ないがし》ろにした監察医には激怒しておったな。あの医務院長は昔から自分よりも他人に厳しい男だった。追って何らかの沙汰があろう。人を裁くのは何も法律だけとは限らんからな」

その言葉を最後に、光崎は切開部分の縫合へと移った。背中はこれ以上の会話を拒絶しているように異様な気を放っている。

堀内は眉間に皺を寄せていた。

解剖を終え、真琴が器具の洗浄に向かっていると背後から呼び止められた。

「栂野くん」

振り返ると、そこに津久場教授が立っていた。

津久場公人《きみと》、内科の担当教授で臨床研修長も兼任している。光崎と同年輩だが、こちらの方がはるかに上品で社交性もある。少なくとも初対面の人間を邪険に扱うような真似はしない。

「お疲れ様です」

「大分慣れたかい、法医学教室は」

「まだ全然です。毎回、新しい事案に遭遇するので」

「経験値を高めるには、却ってその方が有利だろうね。それに光崎の執刀技術は、研修医にとってこの上ない手本になる」

上過ぎて手本にはならない——そう思ったが口にはしなかった。

「困ることはないかね」

「え」

「あの通り、唯我独尊が白衣を着ているような男だからね。君に迷惑が掛かっていないかと思って」

「迷惑なんて。それは時々、対処に悩む局面もありますけど、最近はあのキャラクターにも慣れてしまって。もう、あれはあれで仕方ないんじゃないかと」

「ははは。光崎に慣れたのなら怖いモノなしだね」

津久場は快活に笑ってみせる。この明るさも光崎とは対照的だった。

その快活な津久場が、不意に翳《かげ》りを作る。

「ところで報告を聞いたんだが……その光崎が、最近やけに解剖数をこなしているね」

「はあ……」

「しかもいったん検視官が検死報告を出したり、監察医が報告済みの事案まで、横から奪うようにして手掛けている。その手口は強引で、半ば犯罪的だという声も一部から上がっている」

「はい」

「君はその意図を知っているのか」

「いいえ、何も。ただ埼玉県警の刑事さんが光崎教授に命令されて、既往症のある対象者ばかりを選んでいるようです」

「既往症か。ますます解《げ》せないね」

津久場は困惑した表情で考え込む。

「わたしの杞憂《きゆう》で済めばいいのだが」

「杞憂?」

「学内に嫌な動きがある」

津久場は声を潜めた。

「技術への評価はともかく、ああいう性格の男だから敵も多い。そこに独断的な解剖実例があるとなれば格好の攻撃材料ともなりかねん」

「あの、仰っている意味がよく……」

「半ば無理やりに、しかも費用度外視で解剖実績を増やしているのではないか。そういう見方をする者もいるということだ。解剖実績を増やし、法医学会での地位を維持しようと躍起《やっき》になっているのではないか、とね」

　法医学会での地位。確かに光崎はその理事として名を連ねている。だが真琴には、あの光崎に限ってという思いの方が強い。面と向かって聞いたことはない。だが、あの男ほど名誉や地位に恋々《れんれん》としない者もいないのではないだろうか。

「大学では各研究室の予算縮小が重要課題となっている。それなのに法医学教室だけが野放図に予算を食い散らかしている。光崎の行動は関係者に不審の念を抱かせるに充分だ」

「不審だなんて、そんな」

「出過ぎた杭は打たれない。しかし目の敵にはされる。このまま光崎の暴走を見過ごしていたら、早晩彼を陥《おとしい》れようとする人間が出てくるだろう」

　そして津久場は短い溜息を吐いた。

「わたしはね、梱野くん。あの男が心配でならないのだよ」

四　母と娘

1

柏木《かしわぎ》家を訪れると、いつものように母親の寿美礼《すみれ》が玄関先に現れた。

「あら、真琴さん。お久しぶりねえ」

「こちらこそご無沙汰しちゃいまして。あの、裕子《ゆうこ》は？」

「ええ、おりますよ。どうぞ上がって」

上がり框《かまち》を跨《また》ぎながら、我ながら儀礼的だと真琴は思う。自宅療養中とはいえ、裕子は外出できるような容態《ようだい》ではない。それにも拘《かかわ》らず在宅かどうかを尋ねるのは、やはり白々しい。これが純然とした医者と患者の間柄ならともかく、古くからの友人となると儀礼臭さがより際立ってしまう。

「具合はどうですか」

「毎日の運動も欠かさずやっていますからね。前よりもずいぶんと良くなっていますよ」

寿美礼は嬉しそうに報告する。

しかし、最前から寿美礼の顔を見ている真琴は素直に聞き入れることができない。寿美礼の顔が窶《やつ》れているように見えるからだ。

以前の寿美礼はどちらかといえば丸顔で福々しい面立ちだった。それが今は頰《ほお》の肉が削げ落ち、唇もかさかさに乾いている。真琴はこれに似た顔を病院で何度も見た。看病疲れの典型的な顔だった。

細長い廊下を渡って奥の部屋に到達する。そこが裕子の部屋だ。ドアを開けると、すぐにベッドの上の裕子が目に入った。

「あ、真琴じゃない。おひさー」

裕子は首だけをこちらに向けて笑う。母親ほどには面窶《おもやつ》れしていないのが幸いだった。

「ひっさしぶりー。よかった。元気そうじゃない」

「この有様で元気そうも何もないんだけどねー」

裕子はベッドを指差して自虐的に言う。

「でもさ、こういう生活してると、何気に薄幸の美少女ってイメージしない？」

「医者の立場から言わせてもらえれば、美少女と言うにはちょっと年齢的にねえ。幸薄いの薄幸よりはむしろ酸化の方の発酵じゃないかと」

「うっさい」

そう言った直後、裕子は小さく咳《せき》をした。痰《たん》を出そうとして繰り返しがちになる咳だ。

真琴はしばらく裕子を見守る。あまり咳き込み続けると喉が痛みを訴えるようになる。そうなる前に止めるつもりだった。

裕子は肺炎を患《わずら》っていた。

柏木裕子が外来患者として浦和医大の内科を訪れたのは去年のことだった。当時内科で研修中だった真琴は思わぬ場所での高校のクラスメートとの再会に驚いたが、相手が患者となれば喜びも半減した。

長引く咳と発熱、そして呼吸困難。担当した津久場はマイコプラズマ感染による肺炎と診断した。マイコプラズマ病原体には抗生物質の代表であるペニシリンが効かない。その上、通常の喀痰《かくたん》検査ではマイコプラズマを直接確認できないために発見が遅れ重症化してしまうことがある。裕子の場合がまさにそうだった。

胸部エックス線検査では側肺の三分の二以上に陰影が見られ、白血球も4000/μl以上、既に重症度となっており、裕子は長期治療を余儀なくされた。ただし長期治療といっても現在では必ずしも入院を必要とするものではない。安静と定期的な抗生物質の投与が可能な状況であれば、自宅療養でも治療が継続できる。

裕子のたっての願いで、真琴は津久場の補佐として裕子を担当することになった。裕子とは高校から同じクラスが続いたこともあり、よく話した仲だった。互いの家に泊まったことも一度や二度ではない。ただの患者と認識するにはあまりに思い入れが強過ぎた。だからこそ裕子が自宅療養に切り替えた後も、度々自宅を訪れて経過を確認するのが習わしとなったのだ。


「まだ空咳とか続くの?」

「うん。日中は何とか治まってるけど、寝る前になると、ちょっと、ね」

「ちゃんとお薬、服《の》んでる?」

「はいはい、それはもうお言いつけ通りに。でも、この経口薬って子供が服むヤツでしょ」

「成人にも効きます」

「そう?　別に津久場先生や病院を疑う訳じゃないけど、あんまり症状が良くならないような気がして……」

「だけど悪くもならないでしょ」

「それはそうだけど」

「菌をこれ以上増殖させないという効果もあるんだから。それは先生を信頼して欲しいわね」

　裕子にはそう説明したものの、真琴は内心でいくつかの不安要素を挙げていた。

まず一つ目にはマイコプラズマの耐性がある。マイコプラズマも菌という生物である限り、抗生物質に対する耐性を作り上げる。例えば従来マイコプラズマ菌にはマクロライド系の抗菌薬が有効とされてきたが、近年マイコプラズマ菌が遺伝子変異を起こし、この抗菌薬に耐性を作ってしまった。もし裕子の罹患《りかん》している菌にこの耐性が備わってしまえば、当然抗菌力は期待できない。

二つ目は、経口薬であるがために吸収性に個人差があることだ。同じ投与量、同じ血中濃度であっても、この吸収性の差で効果はずいぶんと違ってくる。

三つ目は体力に起因する問題だ。抗菌薬も薬剤である以上、何らかの副作用がある。患者の免疫力が十全の状態なら無視できる程度の副作用でも、体力が落ちている状態では過大となる。経口を継続してマイコプラズマ菌を抑制する一方で、患者の肉体をどんどん蝕《むしば》む可能性がある。

しかし、それを裕子本人に告げることは困難だった。入院段階でインフォームド・コンセントは済ませているが、抗菌薬についての詳細までは告げていない。現在、裕子に投与しているのはガレノキサシンだが、これも最近成人マイコプラズマへの適応が確認されたばかりで、副作用面では未知の部分が残っているからだ。

「安静にするのも大切だけど適度な運動もしないとね」

「そっちは駄目だなあ」

裕子は両方の膝頭を軽く叩《たた》いた。

「お母さんが過保護でさあ、なっかなか外に出してくれないのよ」

ちょうどそこに盆を持った寿美礼が入って来た。

「当たり前じゃないの。マイコプラズマ菌て動物に寄生してるんでしょ。無闇に外を出歩いて、また菌を拾ってきたらいったいどうするつもりなのよ。適度な運動なら家の中でもできるでしょう」

寿美礼が小言を言い始めると、途端に裕子は黙り込む。高校時代から変わらぬ光景に、何故かほっとした。

「相変わらずねえ」

真琴は冷やかし半分に言ってみる。

「未だに裕子はおばさんがいなかったら、何もできないのね」

「いいもん。結婚して家を出るまでは精々迷惑かけてあげないと。それが母親孝行ってものよ」

「馬鹿言ってんじゃないの」

寿美礼は眉間《みけん》に皺《しわ》を寄せて叱《しか》る。

「看病だけならいざ知らず、もう何十年世話させてると思ってるのよ。さっさといい男の人見つけて出て行きなさい。お母さん、早く一人の時間を楽しみたいんだから」

憎まれ口の応酬も昔のままだ。

真琴は自然とこぼれる笑みを隠しながら、裕子への質問を続けた。

ひと通り問診を終えると、真琴は別室に連れて行かれた。玄関近くの居室で裕子の部屋の反対側に位置している。

「ここならあの子の耳には届きませんから」

寿美礼は声を落として言う。

「本当のところ、いったいどうなんでしょうか。あの子の身体は」

真琴は返事に窮する。正直な話、先に挙げた不安要素は一朝一夕に解決する問題ではない。欲を言えば自宅療養ではなく、入院させた方が充分なケアができるし、不測の事態にも対処できる。

だが、柏木家の経済事情がそれを許さなかった。検査だけでも入院には費用がかかる。療養をかねた長期入院なら尚更だ。母子家庭の柏木家にそんな余裕はなく、また浦和医大の事情としても満床状態が常態化している現在、長期入院は敬遠される傾向にある。

こういう場合の逃げ道は自分を悪者にするのが一番だ。

「すみません、おばさん。医者といっても、わたしはまだ研修医の身なので責任持った回答ができないんです」

「真琴さ……栂野先生に責任を取って欲しくて、こんなことを聞いてるんじゃありません。どうすれば早く治るのか知りたいだけなんです」

「お気持ちはお察しします。わたしだって何とか早期治療の方法がないか、海外の文献を当たっているんです。でも、マイコプラズマの特効薬というのはまだどこも完成していなくて……」

　細菌は生物だから変異もすれば進化もする。以前に真琴がした説明を思い出したのか、寿美礼は意気消沈したように黙り込む。

「おばさんから見て裕子の具合はどうなんですか。裕子、自己申告では良さげに言うことが多いから」

「咳だけじゃなく、身体全体がだるい日が多いです。外出もわたしが止めている訳じゃなくって、本当はあの子が行きたがらないんです。ほんの少し歩いただけで息切れがするからって……」

「風邪とかには罹《かか》りませんか」

「あまり外に出ないからウイルスもらってくることはないけれど……年がら年中咳をしていれば一緒よね」

　ただ裕子の体力は確実に落ちている。上半身を起こす時でも両手を使っていたのが、その証拠だ。そして体力の低下はそのまま免疫力の低下に繋《つな》がる。

　気がかりなことはもう一つある。今こうして話している寿美礼の窶れようだ。

母子家庭に対する公的援助はひと昔前に比べれば拡充されているものの、それでも子供が成人してしまえば援助は打ち切られる。裕子は無職なので、自宅療養となれば寿美礼が一人で生活費を稼ぐ傍《かたわ》ら看護をする形となる。

そして病人の看護を考慮すると丸一日働くのは困難になり、どうしてもパート職しか当てがなくなる。実際、寿美礼は近所のスーパーと牛丼屋の深夜パートを掛け持ちしていると聞く。しかしパートの給料だけで二人分の生活費と治療費を捻出するのだから、家計はもちろん体力も圧迫される。寿美礼が面窶れするのもむしろ当然と言えた。

「あの、おばさんは大丈夫ですか。少し元気ないみたいだけど」

「わたしは大丈夫ですよ」

そう言って、寿美礼はしゃんと背筋を伸ばす。

「でも、パート二つ掛け持ちで裕子の看護でしょ。週に二日は休まないと」

言わずもがなだが、つい口から出てしまう。

「こう見えてもわたしの身体、頑丈《がんじょう》にできてるんですよ。二日も休むだなんて！　休みは一日あれば充分です」

「ちゃんと三食摂《と》れてますか。睡眠時間は確保できてますか」

「あらあら。まるでわたしの往診に来てもらったみたい」

「決して冗談じゃないんです。看護疲れで倒れるご家族って結構いるんですよ。とにかく無理や無茶は絶対にしないでください」

外交辞令などではなく本心からの言葉だった。

互いの家に寝泊まりしていた頃から、寿美礼が裕子に寄せる愛情の深さに感嘆していた。確か裕子が五歳の時に父親が亡くなり、その後は母一人子一人の生活だったと聞いている。母子の絆《きずな》が剛《つよ》いのはそのためかとも思う。

だからこその心配だった。寿美礼が看病疲れで倒れてしまうことは容易に想像できる。本来ならある程度看護側に働くはずの自制心が、寿美礼には利きそうにないからだ。そうなってしまえば母子で看病し合うという、笑いごとでは済まない事態になる。

だがそんな真琴の危惧《きぐ》を他所に、寿美礼はこともなげに言う。

「無茶はともかく無理くらいはしますよ」

「おばさん」

「あの子は主人が遺してくれた、たった一つの宝物だもの。わたしはどんなことがあっても護り抜いてみせますよ。でなきゃあの世の主人に申し訳ないもの」

「そんなこと言って……今だって、もう充分に無理してるじゃないですか。もっと自分を大切にしてください」

「自分を大切に、ねえ」

寿美礼は力なく笑う。

「でもね、自分より大切なものがあるって幸せなことなのよ。それを護ることを含めてね」

抗菌薬がまだ切れていない事を確認して、真琴は柏木家を後にした。

大学に戻る途中も、自分の無力さに腹が立って仕方なかった。研修医という身分が情けなくてならなかった。

クラスメートであるという事情を差し引いても、あの母子の力になってやりたいと思う。だが現実には、こうして定期的に様子を見ることが精一杯で最先端の治療を施《ほどこ》してやることができない。もちろん個人の我がままと言われればそれまでだが、あの母子を見ていると医療制度の限界を突きつけられているようでやる瀬なくなる。

きっと切歯扼腕《せっしやくわん》というのはこういうことを言うのだろう。思いばかりが空回りして現実についていけない。空回りする歯車を見守るだけで爪を噛《か》んでいるしかない。

裕子が浦和医大に緊急搬送されてきたのはそれから三日後のことだった。午後に予定していた解剖の準備をしている最中、真琴の携帯電話に寿美礼が知らせてきたのだ。

『裕子の具合が急変して……』

「どうしたんですか。具体的に教えてください！」

『トイレから出てきた途端に倒れて……』

真琴はすぐ自宅に救急車を向かわせた。裕子は早速救急外来に搬入され、そこで担当医の診察を受けることとなった。その場に津久場が居合わせたのは僥倖《ぎょうこう》としか言いようがない。

法医学教室勤務の研修医という身分だが、この際構ってはいられない。光崎が不在だったので、真琴は准教授のキャシーに許可を得ようと試みた。

「その患者は真琴のベストフレンドなのですね？」

公私混同と指摘されるのは覚悟の上だった。

「親友です」

「親友であったとしても、患者として接することができますか？　冷静さを失わないでいる自信がありますか？」

ここは、たとえなくても肯定する場面だろう。真琴は胸を張って答えた。

「もちろんです」

「それでは教授にはワタシから報告しておきましょう。行って、ベストを尽くしてきなさい。真琴」

そして真琴は法医学教室を飛び出した。

内科病棟に足を踏み入れるのは久しぶりだったが、感慨に浸《ひた》る間もなく真琴は裕子が搬入された病室に急ぐ。

病室には既に津久場と専任スタッフが裕子の身体を囲んでいた。

スタッフたちの隙間《すきま》から裕子の顔が見える。顔面は蒼白で息が異様に荒い。吸気よりも呼気が多く、呼吸困難であることが見てとれる。

駆け寄って手を握ってやりたい——だが、職業的義務がすんでのところで衝動を抑え込んだ。

「津久場先生！」

「話は聞いている。すぐ補佐に回ってくれ」

真琴の方に否やはない。早速、計測機器の数字を読み取る。

驚愕した。

血圧は89/50mmHg、脈拍72/min、SpO$_2$（経皮的動脈血酸素飽和度）は87％を示している。とてもではないが尋常な数値とは言えない。

「低酸素血症の徴候を示しています」

真琴に呼応するように別のスタッフも声を上げた。

「白血球、CRP（C反応性タンパク）、BUN（尿素窒素）、Cre（クレアチニン）、全て上昇」

「呼吸苦は過換気症候群である可能性が高い。人工呼吸器の用意」

「はい」

「それからジアゼパムの点滴を用意。静注の間も血圧の低下に注意」

津久場の指示を聞きながら、一方では混乱する自分がいる。この急変はいったい何だというのか。たったの数日で肺炎の症状が悪化することはままある。しかしそれが裕子でなければならない必然性など、どこにもないではないか。

人工呼吸と輸液を施《ほどこ》すと、いったん応急処置は終わる。ここから先は患者の容態に気を配りながら治療を続けていくだけだ。

病室から出て来ると、廊下に寿美礼が立ち尽くしていた。

こちらも顔面は蒼白で、今にも気を失いかねない風情だった。

「おばさん！」

真琴が駆け寄ると、その身体がぐらりと揺れた。真琴は咄嗟《とっさ》に受け止める。

ぎょっとした。まるで紙のような軽さだった。

近くの長椅子に座らせると、寿美礼は息も絶え絶えに話し出した。

「昨夜までは何ともなかったのよ。それが朝、トイレから出て来たと思ったらいきなり倒れて……そのうち頭が痛い、頭が痛いって言い続けるの。それですぐあなたに電話して……」

症状の急変は気になったが、それより寿美礼の状態も気がかりだった。ずっと裕子の近くにいたいというのを宥《なだ》めすかし、寿美礼を休憩室に連れて行った。

悪寒がざわざわと背筋を走る。

やめてよ、と真琴は叫び出したくなる。

不吉な空気を感じる。病室の前に死神が立っているような不穏さ。

縁起でもない、と一蹴しようとしたが、医者である自分が縁起を気にしている時点で腹が立った。

裕子が死ぬはずない。

何度も胸の裡《うち》で繰り返してみる。馬鹿なことで笑い興じ、将来を語り合い、お互いの悩みについて真剣に話し合った。家族に相談できないことも彼女になら打ち明けられた。その裕子がこんなに若くして死ぬなんて有り得ない。これはきっと何かの間違いだ。そうに決まっている——。

医師としての判断力は損なわないものの、友人としての真琴が動揺している。治療の時機を逸したマイコプラズマ感染の危険性を熟知していながら、近しい人間には適用させないという矛盾を冒《おか》している。

それでも願う。

裕子が死んではいけない。

もし、裕子が死んだら母親はどうなる？　悲しみのあまり、こちらも命を絶ってしまうかも知れない。

戻って。

血圧も脈拍も正常値に戻って。

お願いだから！

千々《ちぢ》に乱れる思いを抱きながら、真琴は病室と休憩室を何度も往復する。身体を動かすことで不安を隠そうとした。

そして輸液を開始してから一時間後、裕子の容態が再度急変した。

人工呼吸器を介しても呼吸困難となり、血圧が低下した。

午後三時三〇分、心肺停止。

津久場とそのスタッフが集結して心肺蘇生術が施行されたが、鼓動は復活の兆《きざ》しを見せなかった。

更に五時間後、裕子の死亡が確認された。


寿美礼へ臨終を伝える役はさすがに荷が重く、津久場に依頼した。死亡を確認した時刻を告げると、寿美礼は幽鬼のような顔をして病室に入って行ったと言う。だから今、病室では母子が沈黙の対面をしている最中だ。

一方、真琴は休憩室の長椅子に座り、頭を垂れていた。裕子の傍《そば》にいてやりたいが、親族ではない自分が立ち会いに加わるのは気が引ける――。

いや、それは言い訳に過ぎない。

居たたまれないのだ。

親友の死を再確認することが堪《たま》らなく怖いのだ。

我ながら滑稽《こっけい》だと思う。今まで研修医の身ながら何十人もの死を目にしてきたが、それが知人となるや否や途端に慌てふためき、愕然《がくぜん》とし、子供のように怯《おび》える。

死亡を確認してしばらく経つというのに、まだ気持ちの整理がつかずにいる。医師としての自分と患者の知己《ちき》である自分がせめぎ合い、互いに主導権を握ろうとしている。

だが寿美礼や病院関係者の前で泣くような醜態だけは見せたくないと思っていた。だから一人になった今、ようやく人目を憚《はばか》らずに泣けるはずだった。

「ここにいたのか」

不意に頭上から声がした。見上げると、古手川が立っていた。

「光崎先生が呼んでる」

馬鹿、と思わず声が出そうになった。

今から泣こうとしている時に、何だって選《よ》りにも選って——。

目の前に古手川のズボンがあった。咄嗟に真琴は顔を押し当てた。

「ちょっ、真琴先生?」

「動かないで!」

そこから先は言葉にならなかった。

涙腺は一気に決壊した。嗚咽《おえつ》を洩らしながら、身体の中に溜まっていたものを全て吐き出す。あっという間にズボンはびしょ濡れになったが、古手川は微動だにしなかった。

嗚咽が少し治まると、目の前にハンカチを差し出された。

「……何ですか、これって」

「知らないのか。これはハンカチというものだ」

しわくちゃのハンカチだったが、もうどうでもいいと思った。奪うように受け取ると、それで顔を覆った。

きっとひどい顔をしているだろう。それでも涙を拭うと少しだけ気分が落ち着いた。

「理由、訊かないんですか」

「大まかなことはキャシー先生から聞いた」

「プロ意識がないとか思ってるんでしょ」

「そんなこと言えた義理じゃない」

「……事件で身近な人を失くしたこと、あるの？」

「身近って言うか……ある連続殺人事件の捜査中、九歳の男の子と知り合いになったけど、次に殺されたのがその子だった。その時の取り乱しようは、今の真琴先生の比じゃなかったと思うよ」

「すぐ職場に復帰できた？」

「それしか、してやれることがなかった」

感情を抑えた口調。普段の古手川の喋り方ではなかった。

「犯人を挙げること。それが唯一の供養《くよう》だと信じていた。因果な商売だと思うよ。本人が死んだ後でなきゃ、職業的権力を行使できないんだからな」

医者はどうなのだろうと思う。知己の病状を知り、適切な治療を施す。それも古手川の言う職業的権力だ。しかし、その患者が死んでしまえば、今まで行った検査も治療も一切無駄ということになる。

人の死の前では刑事も医師も無力ということなのか。それでは今まで医大で学んだことは、いったい何だったというのだろうか。

己の不甲斐なさに打ちのめされ、真琴はしばらく立ち上がることができなかった。


一番辛いのは自分ではない。

そう念じながら真琴は病室に向かう。一人遺された寿美礼に病理解剖を希望するのかを確認するためだ。

一番辛いのは自分ではない。

だが二番目に辛いのはきっと自分だ。

病室にはもう死神の気配は漂っていなかった。代わりに死そのものの臭いがドアの隙間から溢れ出ている。

部屋に入ると、ベッドの脇に寿美礼がちょこんと座っていた。

「おばさん」

返事はない。

前に回り込んだ真琴は言葉を失った。

裕子の顔に被せられていたシーツが取り除かれていた。

すっかり血の気を失った顔に、これも水気を失った指が這う。寿美礼は愛《いと》おしむように、ずっと娘の顔の輪郭《りんかく》を確かめていた。

胸が詰まった。

さっき、あれほど泣いたというのに、また視界がぼやけてきた。

「栂野先生、見てやって」

寿美礼はぽつりと洩らした。

「家で療養している時、こんな安らかな顔は一度もしなかったのにねえ」

「おばさん……」

「意地悪な子よねえ。散々わたしに看病させておいて、最後の最後にしかこんないい顔見せてくれなかった」

「裕子は……裕子は幸せだったと思います。だから最後はこんなに安らかに……」

「わたし、これから何を支えに生きていけばいいいんだろう」

改めて寿美礼を見てぞっとした。

津久場は幽鬼のようだと形容したが、今は幽鬼どころか魂の抜け殻《がら》だった。能面のような顔でただ喋り続けるだけだった。

2

「それで母親は病理解剖を希望しなかったのだね?」

津久場に問われて真琴は頷《うなず》いてみせた。何を訊いても反応の鈍かった寿美礼だったが、解剖という言葉にだけは明確な意思を示したのだ。それから津久場の部屋を訪ねたところ、早速遺族の意向を確認された。

「裕子……患者の身体に傷をつけるのは忍びないそうです」

「母一人子一人だったそうだね」

「彼女が五つの時にお父さんが亡くなりましたから、もう二十年近く二人暮らしでした」

「それじゃあ、母親も辛かろう。娘の解剖を望まないのは至極当然の気持ちだな」

真琴にしても解剖を望まないのは同様だった。だから寿美礼が病理解剖を希望しないと言ってくれた時はほっとした。

　元々色白で、最近は碌《ろく》に外出もしていなかったせいで裕子の身体にはシミ一つないと聞いている。そんな綺麗《きれい》な身体にメスを入れることに抵抗を覚えたし、そもそも親友の身体を解剖することに腰が引ける。

　真琴の感覚によれば、解剖は人を物体として扱う作業だ。いくら死んだからといって、裕子を物体として扱えるほど割り切れている訳ではなかった。

「まあ病理解剖をせずとも、症状は典型的な肺炎だ。死亡診断書を作成するためにわざわざ解剖する必要もあるまい」

　最初に肺炎と診断したのも最終的に蘇生術を施行したのも津久場だ。既往症の確認も含め、裕子の死亡診断書を作成するに当たって津久場以上の適任者はいないだろう。

「死亡診断書は今日中に作成する。君の方から母親に渡すかね」

　それも辛い仕事だが、少なくとも自分なら事務的なやり取りで済まさない程度の自負がある。

「よろしくお願いします」

　そう言って頭を下げた時、背後でドアが開いた。

「今、いいか」

　入って来たのが光崎だったので、真琴は少し驚いた。

「そういうのは先にノックをするものだろう」

「こうか」

そう言って光崎はドアの内側をノックしてみせる。様子を眺めていた津久場は諦めたような溜息を吐く。

「わたしとお前の間だから構わんが、そういう行為を日常化させると世間が狭《せま》くなるぞ」

「こんな齢《とし》になって今更広いも狭いもない。棺桶ほどのスペースがあれば充分だ」

「縁起でもないことを言うな。友人代表で弔辞《ちょうじ》を読まされる者の身にもなれ」

「誰がお前より先に逝《い》くと言った」

二人が面と向かって話している光景を前に、真琴は固まっていた。

津久場と話したことも、光崎と話したこともある。しかしこの二人のツーショットというのは初めて見た。同じ医大のそれぞれ部長でいながら、性格も立ち居振る舞いもまるで正反対。その二人が俺お前で会話をしているところなど想像もつかなかったのだ。

「それで？　わざわざ葬式の順番を決めるために来た訳でもあるまい」

「今日、内科の外来で一人死んだらしいな」

真琴はびくりと反応した。

「ああ。肺炎をこじらせたようだ。蘇生を試みたが駄目だった。それがどうかしたのか」

「遺族は病理解剖を希望したのか」

「いや、しなかった」

「遺体は法医学教室で引き取る。わしに解剖させろ」

「何を言い出す」

　さすがに津久場は口調を変えた。

「聞いていなかったのか。遺族は解剖を希望していないんだぞ。遺族の許可なしで病理解剖できる訳がないだろう」

「そっちは何とかする」

「いいか。これは事故死でも不審死でもない。病死だ。しかも医大のベッドの上で、蘇生術を施されながら迎えた死だ。それを解剖する必要性は何だ」

「好奇心では悪いか」

「何だって」

「所謂《いわゆる》、知的好奇心というヤツだ。お前にもあるだろう」

「典型的な肺炎の症例なんだぞ。どこに好奇心の発生する余地がある」

「わしにとっては全ての死体が好奇心の対象だ。典型も特異もない」

　光崎らしい言い草だと思った。いつもなら溜息一つ吐いて、仕方ないと真琴も承服するところだ。

　しかし今回ばかりは勝手が違った。

「解剖を希望しない遺族をどう説得するつもりだ」

「これから考える。若《も》しくは解剖してから考える」

「やめてください！」

思わず口走ってしまった。

何事かと光崎がこちらを怪訝そうに見ている。

いったん口から出たものを引っ込めることもできず、後は続けるしかなかった。

「いくら何でも光崎教授は横暴過ぎます。少しは遺族のことを考えたらどうなんですか」

「急に、どうした」

「何が、何が知的好奇心ですか！　人の生き死にを好奇心で片づけられるほど教授は偉いんですか。法医学って人間の尊厳よりも高尚な学問なんですか」

光崎はいつものように渋面《じゅうめん》を作る。それが不機嫌の表れなのか、それとも考え事をしている顔なのかは分からない。

もうどっちでも構うものか。

「三百六十五日死体ばっかり相手にして、生きている人間の感情が分からなくなったんですか。まだ二十代半ばの女の子なんですよ。結婚もしてないんですよ。これから楽しいこと、嬉しいこと、いっぱいあったはずなんですよ。それがこんな風になって、周りの人が神経を病むくらい悲しんでいるっていうのに、どうしてすぐに解剖しようなんて言えるんですか。しかも好奇心って何ですか。学問と人の心とどっちが大事だって言うんですか」

しばらく腕組みをしたまま沈黙していた光崎は、真琴の抗議がいったん途切れると歩み寄って来た。

「人の心は嘘を吐《つ》く。だが学問によって解明された真理は嘘を吐かん」

「今まで無理やりにやってきた司法解剖もその知的好奇心とかのためだったんですか。気紛《まぐ》れに既往症のある検体だけ選んで」

抗議を続けようとしたが、光崎の突き出した手の平に塞《ふさ》がれた。老人には不相応の強靭《きようじん》な力だった。

「騒がせたな」

振り向いて津久場に言い残す。

「ああ。その通りだ」

「このお嬢ちゃんは連れて行くぞ」

「構わんが、今の発言はセクハラと受け取られかねんぞ」

「ふん。ハラなら切り慣れとる」

「……勝手にしろ」

光崎は真琴を半ば拉致同然に部屋から連れ出す。その力もまた強く、この老いた小柄な身体のどこにそんな力が潜んでいるものだと思う。

「は、放してください」

「もう少し待っていろ」

有無を言わせぬ物言いだったが嘘でもなかった。光崎は法医学教室に到着するなり、縛《いまし》めを解いた。

教室にはキャシーが残っており、いきなり飛び込んできた二人に目を丸くしている。

「ここなら誰にも迷惑がかからん」

光崎の表情は先刻からいささかも動かない。深く皺の刻まれた眉間から、その感情を読み取るのは到底不可能だ。

「君は子供か」

「な、何のことですか」

「さっき君が賢《さか》しらに喚《わめ》き立てたのは全て感情論だ。しかも程度が非常に浅い。人が死んだから悲しい。悲しいから事実の追求はするな。学問より大事なものがあるはずだ」

光崎は尚も感情の読めない視線で真琴を貫《つらぬ》く。

感情は読めない。だが整然とした論理は読み取れる。

「言っておくが、その感情とやらも脳髄のシナプス間で行われている電気信号の結果に過ぎん。そして感情に左右されて導き出される結論の多くは幼稚であり、拙速《せっそく》だ。いい悪いは別にしてな」

「わたしの言うことは幼稚なんですか。親友の死を尊《とうと》び、遺族に思いを馳《は》せるのは幼稚なんですか」

「では訊く。さっき無理やりに司法解剖をしてきたと言ったな。だが、その無理やりの解剖に君はその都度立ち会ってきた。それは感情を押し殺しても、解剖の必要性を納得したからだろう」

「そ、それは……そうですけど」

「あの患者は君の親友だと言ったな」

ここは虚偽申告をしても始まらない。不承不承に頷いてみせる。

「なのに患者が自分の知り合いとなると、途端に感情が優先する。行動に矛盾がないか」

痛いところを突かれたが、今は痛みに構っていられない。

「確かに矛盾しています。でも、それが人として普通じゃないですか。誰だって親友の身体を解剖しろなんて言われたら、拒否反応を起こします」

「君はそれでも医者か」

「医者にだって感情はあります」

「そういうことを言っておるのではない。知人だとか知人ではないとか、そういう差異で患者を区別するのかと訊いているのだ」

言葉が喉元で詰まる。

光崎の言わんとすることは理解できた。

「知人か否かで態度を変える行為は、検査や治療に分け隔《へだ》てすることに繋がる。それは医者の倫理以前の問題だ。そうは思わんか」

悔しいが、これは光崎の論に分がある。直ちに思いつくような反論はただの言い訳にしかならない。

それでも幼稚な感情が納得しようとしない。

「光崎教授の言っていることは全部理屈じゃないですか。理屈だけで人間の全部を理解しろと言うんですか」

「そういうのを思考停止というのだ」

光崎の口調は冷静なまま変わらない。

「学問に忠誠を誓った人間が理屈や論理を否定してどうするつもりだ。全部を理解しろとも言っておらん。だが、君は全部を無視しようとしておる」

「じゃあ、わたしにどうしろって言うんですか」

元より自分ごときの理論武装など脆弱《ぜいじゃく》で、光崎にかかれば論破されることは目に見えていた。今の言葉は自棄《やけ》気味の敗北宣言に等しい。

「母親に病理解剖をさせて欲しいと説得しろ」

「え……」

「死因究明のため法医学教室で解剖する。近しい君の言葉なら、遺族も耳を傾けるやも知れん」

「お断りします」

決然と言ってやった。この申し出だけは何があっても受け入れることはできない。

「今、悲しみの淵に佇《たたず》んでいる母親に、どうして親友だったわたしの口からそんなことが言えるんですか」

「母親のためではない。死んだ患者のためだからだ」

「解剖の必要性が全く理解できません！　さっき津久場教授も仰《おつしや》ったじゃないですか。不審死でも事故死でもない。この病院のベッドで亡くなったんですよ。それをどうして」

「それは津久場が言ったことに過ぎん」

一瞬、耳を疑った。

この老教授はいったい何を言っているのだ。

「あ、あなたは津久場教授の言葉を信じていないんですか」

「信じるも何もない。内科のスタッフ及び君が見ていたのは患者の表層と測定器の数値だけではないか。それでは生死が判定できたとしても死因を究明したことにはならん」

「徴候は全て肺炎のそれを呈《てい》していました」

「あくまで徴候は表出されたものだ。内部で何が起こっていたか。それを見極めるには腹の中を見なければどうしようもない」

「断固、拒否します」

自棄になった回路が感情のみを吐露《とろ》する。

「わたしはこの件について、何も協力できません」

「そうか」

光崎の反応は拍子抜けするほど呆気《あっけ》なかった。

「それなら説得役は、キャシー先生に任せることとしよう。ところであいつはどこに行った」

「古手川刑事ならさっき出て行きました」

これにはキャシーが応えた。

「光崎教授が戻らないので痺《しび》れを切らしたようでした。自分にも他に仕事があるからと」

「ふん。どうもあいつとは波長が合わんな」

合う方が少ないだろう、と真琴は心中で毒づく。

「患者のカルテを用意しておいてくれ」

「了解」

自分にはどんな沙汰が下るのか。

真琴は指導教授からの宣告をじっと待っていた。

　だが、光崎は身を翻《ひるがえ》すと何事もなかったかのように教室を出て行った。

　後には呆然とした真琴とキャシーが残された。

「あの……これってどういうことなんですか」

「ホワット？」

「わたし、お咎《とが》めなし、なんですか」

「ペナルティのことですか。軍隊ではないのですから、それはないでしょう」

　どうやら法医学教室を追放されるような羽目にはならなかったらしい。

　胸を撫で下ろしていると、キャシーが「でも」と言葉を続けた。

「これはペナルティよりも悪い結果よ、真琴」

「どうしてですか。教授、あまり怒ってなかったみたいだし」

「あなたは戦力外とされたのですよ。だから重ねて頼まれなかった。怒られもしなかった」

「戦力外って……」

「ワタシが教授の立場でも、きっと同じ判定を下すでしょうね。今のあなたは法医学教室どころか学究の徒としても失格です」

　どこでそんな言葉を覚えたのかはともかく、キャシーにまで断じられたのは少なからずショックだった。

「医者には、そんなに論理が必要ですか」

「ノー。あなたは全く理解していません。感情を無視しろとは教授は言っていません。論理に優先させるなと言っているのです」

キャシーは話している最中に足を組んだ。今まで見せたことのない横柄な態度が癪《しゃく》に障《さわ》った。

「真琴。あなたは完全に間違っています」

「それはアメリカ人のキャシー先生と日本人のわたしでは倫理観や死生観に違いがあっても……」

「それもノー、です。これは国民性とか民族性の違いではありません。同じヒポクラテスの末裔《まつえい》として認識が共通しているかどうかなのです」

「共通の、認識？」

「最初に真琴がここを訪れた時、ワタシが示した〈ヒポクラテスの誓い〉を憶えていますか？　ヒポクラテスは患者の身分や出自で分け隔てすることを良しとしませんでした。患者が聖者であろうと咎人《とがびと》であろうと区別することがあってはならない。しかし真琴は区別しました。区別の根拠が身分から感情にシフトしただけなのです。ああ、この国にはもっと適切な言葉がありました。公私混同、でしたね」

「あんまりです、キャシー先生」

思わず訴えた。

「公私混同って……じゃあ逆に質問しますけど、キャシー先生は自分の両親を解剖させろと言われたら、無条件で承諾できるんですか」

幼稚な喧嘩腰の理屈だった。口に出してしまってから、猛烈な自己嫌悪に襲われる。

すると、ふっとキャシーの目が和《やわ》らいだ。

「その裕子という患者には父親がいなかったのですか」

「父親は裕子が五歳の時、亡くなったと聞いています」

「そうですか。それならワタシも境遇は似ていますね」

「……キャシー先生も？」

「ワタシの場合、両親の離婚でしたけどね。そう言えば、まだ真琴にはワタシのプロフィールを話していませんでしたね」

「だったら母親の気持ちが理解できるでしょう。こんな時、娘を解剖させろなんて言っても」

「今、自分の両親を解剖させろと言われたら無条件で承諾するのか、と訊きましたね。答えます。ワタシは無条件で承諾したのですよ」

過去形だった。

「ワタシはマンハッタンで生まれ育ちました。マンハッタン、知ってますね？」

「ニューヨーク市……」

「そうです。一般には大都会というイメージがあると思いますが、都会であるからこそ危険な地域があります。ワタシたちが住んでいたのは九十六丁目から北のイーストサイド、通称スパニッシュハーレムと呼ばれる場所でした」

「危険、だったんですか」

「ローティーンが平気で銃を所持している場所でしたからね。犯罪発生率も市内ではトップだったのではないでしょうか」

ハーレムはニュースや新聞で見聞きしたことがあるが、まさかキャシーがそこの出身だとは予想もしていなかった。

「両親が離婚して、ワタシは母親と二人で住んでいました。ある日、母親がメインストリートを歩いていると、いきなり何者かに撃たれました。至近距離から三発。即死でした。犯人と思われる人物は母親を屍姦《しかん》した後、バッグごと中身を持ち逃げして姿を消しました。決して真夜中の出来事ではありません。人通りの絶えない午後三時のことでした」

キャシーは淡々と感情を交えずに話す。それが却《かえ》って肌が粟立《あわだ》つような不穏さを孕《はら》んでいた。

「ワタシはハイスクールから戻るとすぐ市警に連れて行かれ、そこで母親の死体と対面させられました。怖くて何も言えなかったワタシに、同席していた検死官がこう言いました。『これからママの身体を解剖する。それは君のママを殺した犯人を特定して逮捕するためだ。だから承知してくれ』と。ワタシは母親を解剖して、どうして犯人が特定できるのか不思議でしたが、その検死官がとても澄んだ目をしていたので信じる気になりました。今考えると幼稚な話ですが、実際にティーンでしたからね」

「犯人は特定できたんですか」

「できました。入射角と目撃情報から本人の背格好を推測し、撃ち込まれた弾丸とそのライフルマークから銃の購入先を特定。そして何より体内に残存していた精液。それら諸々の証拠から近辺をホームグラウンドとするストリート・ギャングの一人が犯人だと断定されました。事件が発生して二十五日目のことです」

そこでキャシーはひと息吐いた。

「ワタシも母親の身体を切り裂かれることに抵抗がなかった訳ではありません。しかし事件が解決したのも、解剖によって手がかりが得られたからです。だから解剖してよかったと思いました。それにたとえ犯人が捕まらなくても、母親の身体を切り裂いた執刀医に感謝はしても、恨むことはしなかったでしょう」

「で、でもそれは特異な体験です。とても一般論として扱う訳には」

「突然に母親を失う、家族の誰かを失う。起こった現象面だけ見れば単純にそういうことです。それが特異な体験だとは誰も思わないでしょう」

真琴はもう何も反論できなかった。幼稚な感情論からでさえ、捻《ひね》り出せる言葉はなかった。

「真琴には心外かも知れませんが、ワタシは光崎教授の考え方を全面的に支持します。たとえ病院内で死亡したにせよ、それが同僚医師の監視下で確認された死亡であったにせよ、表層の部分だけで判断するのは法医学者の立場として正しいものではありません。また、それを感情面から否定するのは、医学を志す者の態度ではありません」

本人が意図的に習得したのかどうかは不明だが、キャシーのボキャブラリーに曖昧な言葉はあまり存在しない。論旨も結論も明快なので逃げ場所を与えてくれない。

「真琴。あなたは光崎教授に怒られなかったことを恥じなければならないのです」

「恥じなければならない？」

「怒るのは、その相手に期待しているからです。期待していた能力を発揮してくれなかったことに怒りを感じるからです」

怒られなかったのは自分が期待されていないから、という理屈だ。

胸の裡《うち》に澱《おり》が沈み始める。研修医としてのわずかな誇りも、法医学教室で得た経験値も、根こそぎ瓦解《がかい》していくような感覚に囚《とら》われる。

「まだ遅くはありません。真琴が患者の母親を説得しなさい」

キャシーにしてみれば助言のつもりなのだろう。それは十二分に承知している。

だが相変わらず頭の中では感情が思考を支配している。どんなに光崎やキャシーの理屈が正しくとも、寿美礼に解剖を勧める気にはなれない。

「……駄目です。わたしにはできません」

「そうですか」

キャシーは明らかに気落ちした様子で肩を落とした。

「仕方ありません。ワタシの未熟な言葉がどこまで遺族を説得できるか分かりませんができないと思う——とは口にしなかった。

「真琴は今回の件に関与しなくても構いません。ただし教授の邪魔になるような行為はしないように。以上」

殊更《ことさら》事務的に伝えてキャシーは立ち上がる。立ち尽くす真琴には目もくれないでドアを出る。

教室には真琴一人となった。

いきなり訪れた孤立感と自己嫌悪で身体が冷えた。

3

法医学教室の雑用を終えてアパートに戻る頃には午後十一時を過ぎていた。

真琴はすぐバスルームに飛び込む。髪や肌に沁《し》みついた解剖室独特の臭いを洗い流すためもあるが、今夜はそれ以上に流してしまいたいものがあった。

脱いだものを洗濯機に放り込み、普段よりも熱めに設定した湯に浸《つ》かるとやっと人心地がついた。

脱力とともに意識が緩やかに拡散していくが、悔しいことに光崎とキャシーの言葉だけは脳裏にこびりついて離れない。

『学問に忠誠を誓った人間が理屈や論理を否定してどうするつもりだ』

『患者が聖者であろうと咎人であろうと区別することがあってはならない。しかし真琴は区別しました。区別の根拠が身分から感情にシフトしただけなのです』

ええい、消えろ。

乱暴に頭を振り、湯を顔に叩きつけてみるが、その程度で声が搔《か》き消えることはない。

いつの間にか、二人の存在がそれほどまでに大きくなっていた事実に気づかされる。

キャシーから公私混同と指摘された時には、またいつもの怪しい日本語の使い方かと思ったが、時間を経てみると胸を抉《えぐ》るほど的確な言葉に感じられた。

公私混同は真琴が一番嫌う言葉の一つだった。いい齢をした大人、特に公務員と呼ばれる大人たちが公務に私事を持ち込んでニュース沙汰になる度、顔を顰《しか》めたものだ。公務員の給料は税金を財源としている。それなのに私事を持ち込み、あろうことか肩書や立場を私利私欲に利用している輩が存在している。はっきり言って、そんな腐れ公務員はさっさと死んでしまった方が世の中のためだと思っていた。

　だが、まさか自分がその汚名で罵《ののし》られることになるなどとは想像もしていなかった。公務員ではないにせよ、国から給料を支給されている点では同じだ。私利私欲ではないにせよ、私情を任務に優先させてしまった点でも同じだ。

　胸の底に汚泥《おでい》が沈殿したような感覚だった。とてもではないが風呂に浸かったくらいでは解消しそうにない。

　バスルームから出て着替えると、最寄りのコンビニエンスストアで買った弁当を電子レンジに入れる。いつもは自炊するのだが、今日ばかりはそんな気分になれない。

　過当競争の煽《あお》りを受けて昨今のコンビニ弁当は馬鹿にできないと言う。それでも出来合いはどこまでいっても出来合いでしかない。湯気の立つオムライスを、真琴は何の感動もなく口の中に入れ咀嚼《そしゃく》する。

　まるで砂を噛んでいるようだった。

　半分も食べないうちに箸《はし》を置く。

　いったい、このやる瀬なさはどうしたことだろう。元々、法医学教室に籍を置いたのは津久場の指示であり、真琴自身は法医学への興味が希薄だった。治療も延命もできない医学に何の価値があるのかと懐疑的ですらあった。

だが光崎やキャシーの下で働くうちにその深奥《しんおう》と存在意義を知り、徐々に離れ難くなった。独特の腐敗臭には未だに慣れないものの、光崎のメス捌きを見る度に自分の蒙《もう》が啓《ひら》かれるような気がする。当然だろう。今やすっかり馴染《なじ》んでしまったが、メスを握っているのは斯界《しかい》の権威だ。毎度その講釈を聞きながら何の感興も湧かないのなら、研修医失格だろう。

何のことはない。腰掛け程度に思っていた場所に愛着を覚えているのだ。いや、ひょっとしたら既に取り憑かれているのかも知れない。

だからこそ余計に光崎とキャシーの言葉が胸に刺さる。

自分はもうあの場所には戻れないのか。そう考えると何をする気も起こらなかった。食べ残したコンビニ弁当を捨ててテレビをつける。モニターの中では売出し中の若手芸人がギャグを飛ばしているが、毛ほども面白いとは思えない。我慢できずにスイッチを切る。

途端に寒々しい沈黙が下りてきた。

このままでは眠りに就くこともできない。いっそ飲めない酒でも飲んでやろうか——。

そんなことを考えていると携帯電話が着信を告げた。

表示は〈お母さん携帯〉とあった。

『もしもし、真琴？』

仁美《ひとみ》の声を聞いた途端、うそ寒さが消えた。胸に温かいものがじわりと流れ込んでくる。

「うん。何かあったの、お母さん？」

『全く、あんたって子は。何かなかったら母親が娘に電話したらいけないのかい』

「そ、そんなことないけど」

いつもながら絶妙なタイミングだった。心が折れかけた時にこの声を聞くと、少しだけ気分が晴れる。

昔からそうだった。まるでどこかで見ているかのように、真琴が落ち込んでいる時に決まって電話を掛けてくる。

『聞いたわよ。柏木さん家《ち》の裕子ちゃん、亡くなったんだってね』

「ど、どうして知ってるのよ。新聞やテレビに出た訳でもないのに」

「知らないの？　地元の人が亡くなると地方版のお悔やみ欄に名前が載るのよ。もっとも新聞で名前を見つけたのは近所の奥さんなんだけどね』

その奥さんからの情報ということか。やはり主婦たちの連絡網は侮《あなど》り難い。

『もうびっくりしちゃって。裕子ちゃんてよく家《うち》に遊びに来てた子でしょ』

「うん」

『何だか他人事に思えなくって』

「そういうもんなの？」

『そりゃあそうよ。同い年のあんたがいるし、現に裕子ちゃんを知ってるんだから』

家族や友人だけでなく、こうして死を悼んでくれる人がいる。ささやかだが、それだけでも裕子は幸せだと思う。

『肺炎だったんだってね。あんたのことだから定期的に診てたんでしょ』

「うん」

『疲れたでしょ』

「本人は元気そうに振る舞っていたけどね。やっぱり体力が落ちると免疫力が低下するから」

『裕子ちゃんじゃなくてあんたのこと。一番の親友だったから、あんたもずいぶん気落ちしているんじゃないかと思って』

その途端、胸の中の堤が決壊した。

抑えていた感情が奔流《ほんりゅう》となって溢《あふ》れ出す。

嗚咽が洩れ始めると、もう堪えることはできなかった。激情が胸からせり上がり、自然に涙が出た。誰も見ていないという安心感が涙腺を押し広げる。

ぽたぽたと音がする。気がつけば床の上に次々と滴が落下していた。

真琴は子供のように泣きじゃくっていた。

母親というのは何て狡《ずる》いのだろう。どうしてこうも娘の弱点をピンポイントで突いてくるのだろう。

泣いている最中も電話は繋がっている。ようやく嗚咽が収まってから携帯電話を耳に当てると、何事もなかったかのように声が続いた。

『……落ち着いた？』

「ん……何とか」

『ひょっとしたら裕子ちゃんを最期まで看取《みと》ったの』

「うん。でも研修医の立場では指を咥《くわ》えて見ていることしかできなかった。それが情けなくって」

『今後そういう思いをしないために実習積んでるんでしょ。しっかりしなさい』

「でもわたしが……わたしが裕子を助けてあげたかった」

『間際まで往診みたいなことしてたんでしょ。今のあんたにそれ以上のことができたの？できるだけのことを精一杯やったんだから後悔なんてしちゃ駄目よ』

「だって」

『身のほどを弁《わきま》えなさい。あんたはまだ人の生き死にをどうにかできるほどの腕はもってないんだから』

厳しい言葉だが、自分をあまり責めるなと言ってくれている。その優しさが胸に沁みてまた泣きそうになる。

「ふん、見ててよ。今に名医と言われるようになってやる」

『それまであたしや父さんが生きてるかねえ』

「えっ、ふ、二人ともどこか悪いの」

『全然。至って元気なものよ。ただ二人が老衰で死んじゃうのと、あんたが一人前になるのとどっちが早いのかと思って』

「ひっどーい」

『でもあたしも父さんも長生きしそうだから。別に焦んなくていいのよ。大学に尊敬できる先生とか先輩とかいる？』

その瞬間、光崎とキャシーの顔が浮かんだので驚いた。

「ど、ど、どういうことよ、それ」

『学校の授業や部活動でも尊敬する人がいると、がむしゃらになってその人に近づこうとする。あんたって昔っからそういうタイプだったじゃない』

やっぱり母親は狡い。自分でも認めたくないことをいつまでも憶えている。

『で、そういう人、いるの』

「い、いるわよ」

『ところで、彼氏とかできたの？』

今度は一瞬、何と古手川の顔が浮かんだので思いきり噎《む》せた。

「どうして今そういう話が出てくるのよ。関係ないじゃない！」

『大ありよ。あんたがまた情緒不安定になった時、傍に頼りになる人がいてくれないと、母さん心配で心配で』

「そんな心配しないでいいから！　あたしまだ二十代」

『四捨五入したら三十じゃないの。駄目よ、そういう逃げ口上作っちゃ。五年十年なんてあっという間なんだから。早いうちにいい人見つけてかっ攫《さら》わないと、どんどん嫁《い》き遅れるわよお。下手に理想高かったりすると、損するのは結局あんただからね。税金と結婚相手の理想なんて低ければ低いほど楽なのよ』

「……電話、切るからね」

『おやあ、そんなに耳に痛い話だった？』

「別に痛くないわよ」

『じゃあ、いいじゃない』

そう言えば母親と口論して勝ったことは一度もなかった。何せ向こうはおしめをしている頃から真琴を知っている。歯が立たないのも当然だ。

ふと聞いてみたくなった。

「ねえ、お母さん。もしあたしが病気で死んだらさ」

『ちょっと！　急に何言い出すのよ、あんた。ひょっとしてどこか悪いの』

「もし、だってば！　ああ、もう。じゃあ病気でも事故でもいいけど、もしあたしが死んでさ、死因に少しでも疑いがあったとしたら、解剖に同意する？」

『解剖ねえ……』

仁美の言葉が途切れる。さすがに冗談で済ませられるような話題ではないので慎重になっているのだろう。母親の困惑している姿を想像して、真琴は少し後悔する。

『そうねえ、あたしだったらお願いするでしょうねえ』

「へえ、年頃のムスメの肌にメスが入っても気にはならないんだ」

『あたしがじゃなくって、あんたが気にするだろうからね』

「えっ」

『だってあんたときたら、腑に落ちないことはとことん追究しなきゃ収まらないタチでしよ。死んだ本人の遺志を尊重するのなら、それはやっぱり解剖してでも真相を明らかにしたいじゃない』

そういう考え方もあるのか。

目から鱗《うろこ》が落ちる思いだった。

『あんた、裕子ちゃんを解剖するかどうかで迷ってるんじゃないの』

「……どうしてそんなことを」

『分かるのかって？　あのね、これだけ振られたら分からない方がどうかしてるわよ。箇単な話じゃない。自分の感傷を切り離して、裕子ちゃんがどちらを望むのか考えればいいだけのことよ』

裕子の遺志。

真琴は生前の裕子を思い出す。いつもおっとりしていて自己主張も控えめだったが、真琴と同じく疑問に思ったことは納得のいくまで自問自答を繰り返す性格だった。

光崎の言葉が再び甦る。

『内科のスタッフ及び君が見ていたのは患者の表層と測定器の数値だけではないか。それでは生死が判定できたとしても死因を究明したことにはならん』

今まで光崎が明らかにしてきたことを思い出せ。盲点、誤認、隠蔽、放っておけばそのまま闇に葬《ほうむ》られたはずの真実を白日の下に晒《さら》してきたではないか。

今度の一件もあの男の気紛れではない。いや、そもそも光崎が単なる気紛れで解剖に着手したことなど一度もなかったではないか。

自分は親友の死に動顚《どうてん》するあまり、己の目を塞《ふさ》いでいた。光崎が解剖の必要を主張するのなら、そこには看過できない何かが存在していたはずなのに。

「ありがとう、お母さん」

『うん？　どうかしたの』

「色々吹っ切れた」

『まあ、それはよかったわねえ。悩みが吹っ切れたんなら、これを機会に誰かいい人を』

「おやすみっ」

会話を強制終了させて携帯電話を閉じる。

胸の底に下りていた汚泥はずいぶん消滅していた。そしてこびりついた残滓《ざんし》を払底《ふってい》するにはどうしたらいいのかも、既に解答は出ている。

見ていろ、今日の情けないわたし。

翌日、真琴はいつもより少し早い時間に法医学教室に入った。すると定刻になってキャシーが姿を現した。

「おはようございます！」

「グッモーニン、真琴。今日は早いのですね」

「キャシー先生、裕子の遺体はどうなりましたか」

「津久場教授が死亡診断書を作成してしまいましたからね。遺体は昨夜のうちに葬儀社が自宅に搬送していきました」

葬儀社がやって来たという事実は、既に寿美礼との間で寺院への連絡までが為されていることを意味する。それなら通夜も一両日中に行われるはずだ。最近はどこの家でも参列者の都合を考慮して半通夜で済ますところが多い。通夜の翌日に告別式、それが終われば遺体は火葬場に運ばれる。

　つまり猶予《ゆうよ》は二日間と見ておいた方がいい。

「葬儀社が到着した際も、ワタシは母親に解剖を勧めたのですが全く相手にされず、遺体が運ばれていくのを黙って見ているしかありませんでした」

「どんな風に説得したんですか」

「法医学者の立場から、是非あなたの娘さんの遺体を解剖させて欲しいと」

「……それだけですか？」

「それだけです。するとあの母親はひどく取り乱したために、それ以上の交渉は不可能な状態になってしまいました」

　予想通りだった。やはりキャシーの弁舌は欧米式の交渉には向いていても、日本人の情緒に訴える種類のものではない。

「でもワタシはこれしきのことで諦めるつもりはありません。今日も自宅に行って説得を試みます」

「わたしも一緒に行きます」

　そう申し出ると、キャシーは真琴の顔を覗《のぞ》き込んだ。

「ワタシへの妨害ではないのですね？」

「逆です。援護射撃です」

　しばらくキャシーは真琴の目を見ていたが、やがて納得した様子で「グッド」と呟いた。

「それでは早速行きましょうか」

「あの……そんなにすぐ納得しちゃうんですか。わたしは嬉しいですけど」

「昨日の真琴は人を信用していない目でした。しかし今日は誰かを信用する目をしています」

　キャシーはにっと笑ってみせた。

「理由はそれで充分ではありませんか？」

　真琴とキャシーが電車を乗り継いで現場に到着すると、はや柏木家では通夜の準備が始まっていた。

　玄関が開けっ放しになっており、黒の腕章を巻いた葬儀社の社員数人が出入りしている。二人は社員たちの間をすり抜けて奥へ進む。

　かつて裕子の個室だった部屋は机やベッドなどが取り払われてがらんとしていた。その真ん中に布団がひと組、そこには顔にシーツを被せられた亡骸《なきがら》が横たえられていた。

　枕元には枕飾り、布団の周囲にはドライアイスが設《しつら》えられ、寿美礼はその傍らで丸くなっている。

「おばさん」

「ああ……真琴さん」

こちらに振り向いた顔はすっかり萎《しお》れていた。文字通り水気を失って枯れてしまった花と同じだ。以前は面窶れしていても表情に張りがあったが、今やその片鱗《へんりん》さえ窺えない。考えてみれば病理解剖の意志を確認した時から寿美礼の顔を見ていない。しかし、こうまで様変わりしてしまうとは。

ちらりとキャシーを睨んだ目も、荒《すさ》んでいる。

「ずいぶん早いのね。葬儀の案内状には通夜はお昼からになっていたはずだけど……」

「郵便が来る前に行き違いになったんです」

「ごめんなさいね。ばたばたしてて……待っててね、今お茶でも出すから」

真琴は立ち上がりかけた寿美礼を慌てて押し留める。

「おばさん、喪主でしょ。だったらずっとここに座っていてください」

「でも、何のお構いもしないなんて……」

「構われたくて来たんじゃありませんから」

そこで訪問の目的を告げようとしたところで玄関から布張りの棺が担ぎ込まれてきた。どうやらこれから納棺が行われるらしい。

真琴はキャシーに耳打ちする。

「どうしましょうか。とても裕子の遺体を解剖させてくれとは言い難い雰囲気になっちゃいました」

「何故ですか」

「何故って！　これから遺体を棺に入れるんですよ。そんな時に解剖の話なんて持ち出しても絶対に承諾してくれません」

「それなら、どのタイミングで切り出せばいいのですか。ワタシは日本の葬式は初めてなのですが」

真琴はなけなしの知識で葬儀の流れを追ってみた。

納棺され、準備が整うと棺は葬儀場に運ばれる。そして通夜を経て翌日が告別式になる。まさか葬儀の参列者が居並ぶ中で、解剖の交渉を進める訳にもいかない。

遺体が葬儀場に運ばれる前。タイミングとしてはそれしかない。

だが、その交渉役をキャシーに任せてはいけない。寿美礼は意気消沈しているようだが、ここでキャシーが例の口調で話を蒸《む》し返せば騒ぎにもなりかねない。

思案しているうちに棺が布団の横に置かれ、葬儀社の社員が恭《うやうや》しく頭を下げる。

「では、これより納棺の儀を行います」

納棺の儀は遺体を清浄し死に装束を着せる儀式だ。本来なら納棺スタッフに加え、遺族が参加することになっている。

「おばさん、実はお話があって……」

「ごめんなさい、真琴さん。あなたは裕子の一番の親友だけど、これは母親であるわたしの仕事だから、少し遠慮していてね」

「恐れ入りますが、ご遺族でないお方は別室にてお待ちください」

社員の一人が慇懃《いんぎん》ながらも屈強な力で真琴とキャシーを部屋から押し出す。

「おばさん」

もう一度呼んだ時、寿美礼の手で遺体の顔に被せられていた白い布が取り払われた。

一瞬だけ裕子の顔が見えた。

血の気を失い、頬も唇も青白くなった顔。

それを見た途端、真琴は言葉を詰まらせた。喉まで出かかっていた解剖というひと言を呑み込んでしまった。

別室に通されたものの、真琴はうろうろと部屋の中を歩き回るだけだった。部屋の隅には無造作に机やベッドが置いてある。どうやら裕子の部屋にあった物を一時的に移動させたらしい。

「ノーカンと言いましたか。真琴、今そこに踏み込んではいけませんか」

「遺族感情としてそれは無理です」

「感情を論理に優先させたために、光崎教授から呆れられたのではなかったですか」

「それはその通りですけど、遺体を清浄している最中に解剖させて欲しいなんて申し出たら非常識だと思われます。わたしではなく、浦和医大の法医学教室がです」

「常識というものは住んでいる世界や立場でいくらでも変容するものです。ワタシたちにはワタシたちの常識があります」

言うが早いかキャシーは部屋を出て、今まさに納棺が行われている場所に向かう。

「キャシー先生！」

制止しようと手を伸ばしたが、キャシーを捕まえ損ねた。キャシーの足は速い。追いつけないまま彼女は納棺の儀が行われている部屋に入り――そしてすぐに叩き出された。

「これも異文化衝突ですね。遺体を消毒するのなら法医学教室が最適だと説明したのですが、聞き入れてもらえませんでした」

「それは異文化衝突ではなく、タチの悪いブラックジョークです」

「葬儀会社の人たちはまるで遺体のボディガードです。何とか彼らを排除して母親を説得しないと」

遺体のボディガードという形容は当たらずといえども遠からずだと思った。滞りなく葬儀を終わらせ、遺体を荼毘《だび》に付《ふ》すまでが葬儀社の仕事であり、骨上げが終わるまで全ては彼らの管理下にある。

「納棺の儀を済ませてから通夜に移るまでの間に母親を説得してみます」

通夜が始まればますます手が出せなくなる。寿美礼に解剖を申し入れるとすれば、その前をおいて他にはない。

ところがキャシーは隅に置かれたベッドや机に興味を奪われたらしく、シーツの上や抽《ひき》斗《だし》の中を興味深げに調べている。

「真琴。あなたは何度かこの家に来て患者の様子を診たのでしたね」

「はい」

「彼女が服用していた薬はどこに常備されていましたか」

「食後の服用だったので……ここになければ台所じゃないでしょうか」

「ワタシをそこへ案内してください」

何度も来ているので家の間取りは知っている。意味も分からぬまま台所に連れて行くと、キャシーはいきなり片っ端から棚を開け始めた。

「な、何してるんですか。先生」

「真琴も手伝ってください。彼女に処方した薬を探すのです」

「どうしてそんなことを」

「今なら葬儀会社の人もノーカンで部屋に引き籠《こも》っています。時間がありません。早く」

キャシーには珍しく切羽詰まった口調に押され、真琴も捜索に加わる。少し探すと、目的の物はあっさりと調味料の棚から見つかった。

「ガレノキサシンですね」

キャシーは内用薬袋を逆さに振り、中身を吟味してから顔を上げた。

「変だとは思いませんか、真琴」

「何がですか。それは確かにガレノキサシンのカプセルですよ」

「薬の種類ではなく用量です。パッケージの記載では二週間前に患者に渡されています。服用の回数は一日二回。計算上ではもうなくなっているはずです」

内用薬袋の中にはまだ十粒以上のカプセルが残存していた。

「これは……」

「途中から服用をやめたか、あるいは服用の回数を減らしたかのどちらかでしょうね」

証拠保全のつもりだろうか、キャシーは自分のスマートフォンを取り出して内用薬袋と残存するカプセルを写し始めた。

用法・用量を守って正しくお使いください——というのが薬品の決まり文句になっているが、裏を返せば用法・用量を守らなければ正しい使い道にならないという意味だ。

「いくらマイコプラズマ菌に適応していても、用量が意図的に減らされていれば症状が悪化しても不思議ではありません」

「そんな。裕子がわざと用量を減らしたというんですか」

「ノー。パッケージにこれだけ残っているということは服用した本人ではなく、食後に服むように用意した人物が調整した可能性の方が高いでしょう」

「おばさんが……で、でも、ただ勘違いしただけという解釈も有り得ます」

「それもノーです。患者は去年から服用していたのでしたね。勘違いであったのなら、最初の二週間でカプセルが余りますから必ず用量の間違いに気づくはずです。そんな間違いを延々と繰り返すというのは論理的に有り得ません」

信じ難い話だが、キャシーの推論に反論の余地はない。何故、寿美礼はそんな真似をしたのだろう——疑念で胸の中が真っ黒になる。

事の真偽を確かめたい。そう思った時、機を見計らったかのように、寿美礼が台所にやってきた。真琴は慌てて内用薬袋を後ろ手に隠す。

「どこに行ったかと思えばこんなところに……お茶なら言ってくれれば出したのに」

「いや、あの。おばさん、納棺で動けないから、勝手知ったる我が家みたいに……すみませんでした」

「真琴さんなら構わないわよ。ああ、すぐに通夜が始まります。着替える時間がなければ、お二人ともそのまま参列してくれていいですよ」

感情の失せた声。真琴はその声に縋《すが》りつこうとする。

「おばさん、お願いがあります」

「はい？」

「裕子を……裕子の遺体を解剖させてください」

途端に寿美礼の態度が急変した。

「あなたまでそんなことを言い出すの？　たった今、身体を清めたばかりだっていうのに、その身体を切り刻むの？」

まるで自分が人でなしになったような気分に襲われたが、痛みを押し隠して言葉を続ける。

「本当の死因を究明したくないんですか？」

「もう、死因なんてどうでもいい」

投げやりな言葉は、そのまま真琴の胸に突き刺さった。

「裕子はもう死んでしまった。この上、あの子の身体を傷つけるような真似はしないでちょうだい。あなた、裕子の親友じゃなかったの？」

「親友だから、はっきりさせたいんです」

「あの子はわたしのものです。あなたのものじゃない」

寿美礼は冷たい言葉で会話を断ち切ろうとしているようだった。

これ以上、粘《ねば》るのは難しい。真琴が弱気になりかけた時、後ろにいたキャシーが決定的なひと言を口にした。

「患者の薬を減らしたのはどうしてですか」

寿美礼は表情を凝固させた。

「それだけではありません。さっき遺体を一瞬だけ見ましたが、両足とも筋肉が削《そ》げており廃用症候群の症状が散見されました。適度な運動さえさせていなかったようですが、それは本当に患者の我がままだったのでしょうか。もしかしたら、あなたが患者を寝たきりの状態にしてしまったのではありませんか」

「出て行って」

寿美礼は半ば叫ぶように言った。

「二人とも今すぐここから出て行ってちょうだい！」


喪主から退出を命じられたら出て行かない訳にはいかない。真琴とキャシーはいったん柏木家を辞去した。真琴ですら通夜には行けない。こうなれば葬儀が始まるまでに話をつけなくてはならない。

翌日、二人は喪服に着替えてから葬儀場に向かった。

だがふたりが到達できたのは受付までだった。既に寿美礼からの指示が行き渡っているらしく、芳名帳に名前を記した途端、傍にいた職員から入場を断られたのだ。

「申し訳ありません。喪主の希望でお二人の参列はご遠慮願います」

葬式で門前払いを食らうのは初めての経験だった。真琴は少なからず落ち込んだが、キャシーの方は全く意に介していない風だった。

「締め出されてしまいましたが、これで疑いがより濃厚になってきましたね」

「キャシー先生は、まだ母親が意図的に裕子の肺炎を悪化させたと考えているんですか」

「他に納得できる仮説がありませんからね」

「じゃあ、動機はいったい何ですか。まさか保険金目当てとか考えてるんですか」

「それはワタシよりも、患者の家庭事情に精通していた真琴の方が正しい考察をできるのではないですか。母子間の愛情や金銭問題について、ワタシは何の情報も与えられていません」

言われてみれば確かにその通りだった。だが、柏木家の経済的な困窮は承知しているが、だからこそ裕子に多額の保険金を掛けることが不可能であったことも分かっている。そしてあの母子は始終、強い絆で結ばれていた。それは高校時代からあの家に出入りしていた真琴にとって動かし難い事実でもある。

「愛憎も金銭問題でも、わたしに思い当たるフシはありません」

「では、患者に自殺願望はありませんでしたか」

「裕子は生きることに精一杯でした。とても自殺なんて」

「親子の間に確執はなかった。金銭に絡む動機も見当たらない。自殺する理由もなし。そういうことならワタシに思いつくのは唯一つ、母親が代理ミュンヒハウゼン症候群であった可能性です」

代理ミュンヒハウゼン症候群――その病名を聞いて、頭の中に分散していた諸々のピースがみるみる一枚の絵になった。

ミュンヒハウゼン症候群は、自分に周囲の関心を引き寄せるために詐病を使う症例だが、代理ミュンヒハウゼン症候群はその対象が自分以外の身近な者に向けられることに特徴がある。つまり懸命に看護する姿を他人に見せることによって周囲の同情を引き、自己満足を得るというものだ。

事前に訪問を知らせても、一向に面窶れを隠そうとしなかった寿美礼。

研修医でもある真琴に何かと裕子の容態を知らせ、自分は気丈に振る舞っていた寿美礼。

その寿美礼が裕子の投薬量を減らし、適度な運動もさせずにベッドへ縛りつけていたとすれば、代理ミュンヒハウゼン症候群であった疑いは俄然濃厚になる。

だとすれば裕子は病死ではない。

殺人だ。

「最近の統計によれば虐待死した児童の数パーセントは親の代理ミュンヒハウゼン症候群が原因ですからね。決して珍しい症例ではありません」

「でも、そんなことをどうやって立証するんですか」

「不自然な症例であれば、必ずその証拠が体内に残っているものです。あの母親は直感的にそれを怖れているのではありませんか」

だから解剖の申し出を頑《かたく》なに拒《こば》んだ――そういう解釈か。ならばますます解剖の必要が生じたことになる。

だが式場から読経の声が流れ出すと、二人は式場内に踏み込むきっかけを失った。いくら解剖の必要があるといっても、警察官でもない者が棺を強奪するような真似はできない。

二人が手をこまねいているうちにも式次第は滞《とどこお》りなく進んでいく。

読経から僧侶による焼香、そして弔辞の奉読。司会の声が外に洩れているので、進行具合も朧《おぼろ》げに把握できる。

その声を聞きながら、真琴はまたも疎外感に苛《さいな》まれていた。一番の親友の葬儀が行われているというのに、自分は葬儀場の外で立ち尽くしている。霊前で手を合わせることも焼香を上げることも許されない。

悔しさと申し訳なさが胸を侵食する。真実を見極めたい――たった一つの目的のために、いったいどれだけのものを犠牲にしなければならないのか。

弔電《ちょうでん》奉読の後、一般参列者による焼香が始まった。これが終われば棺に蓋がされ、喪主の挨拶で式次第は全て終了する。後は霊柩車《れいきゅうしゃ》が遺体を火葬場に運んでいくだけだ。そうなれば、もうどうしようもない。

真琴とキャシーは何度も式場への進入を試みた。だがことごとく社員に行く手を阻まれ、一歩も中には入れない。

ついに喪主である寿美礼の挨拶が始まったようだ。

「裕子が病に臥《ふ》せったのは去年のことでございました。それから母と子二人、懸命に病魔と闘って参りましたが、わたくしの看護も及ばず、とうとう裕子は力尽きてしまいました……」

そうか？　本当にそうなのか？

裕子はあなたの自己満足のために犠牲になったのではないのか？

大声で叫び出したいのを堪え、真琴は尚も社員に食い下がる。

「お願いです。入れてください。わたしはまだ裕子から最期の声を聞いていないんです」

「何があったのかは存じませんが、これも喪主からの指示です。あなた方を式場にお通しする訳には参りません」

意味のない押し問答だ。埒《らち》が明かない。そうこうするうち、式場の前には恭しく霊柩車が横づけされた。

そして寿美礼の挨拶も終わり、遂に出棺の刻《とき》を迎えた。

「恐れ入ります。あなた方は喪主と棺には近づかないでください」

屈強な社員によって、真琴とキャシーは霊柩車から遠ざけられる。やがて裕子の遺影をかき抱いた寿美礼を先頭に、布張りの棺が運び出されてきた。

「おばさん！」

寿美礼は真琴の放った声に反応したが、ちらとこちらを一瞥《いちべつ》しただけだった。

二人の抵抗も空しく、棺は静々と霊柩車の荷台に吸い込まれていく。

「ご出棺です」

社員の声を合図に霊柩車が滑り出す。参列者に向けて、哀切で、長い長いクラクションを鳴らす。

「裕子おっ……」

真琴は声を限りに叫ぶ。

まだ行っちゃ駄目。

あなたが最期に言いたかったことを聞かせて。

だが願いは叶わず、霊柩車はゆっくりと式場の敷地から出て行く。

もう手が届かない——そう思った時だった。

式場の静寂を破るクラクションとともに脇道からパトカーが現れ、霊柩車の行く手を阻んだ。

霊柩車が停止すると、パトカーから男が出て来た。

古手川だった。

「埼玉県警です。遺体を火葬場に運ぶのは中止してください」

するとキャシーがほっとした口調で呟いた。

「やっと到着しましたね。彼はいつも余裕がないようで困ります」

古手川は懐《ふところ》から紙片を取り出して、参列者たちの前に掲げる。

「これが鑑定処分許可状です。遺体はこれより浦和医大に搬送後、直ちに司法解剖されることとなります」

4

「それにしても古手川刑事。先ほどの台詞《せりふ》は大変素晴らしかったです」

到着した法医学教室でキャシーは両手を広げて称賛した。

「まるで『ミトコーモン』のようなミエを切りましたね。あれは古手川刑事一流の演出効果なのですか」

対する古手川は抗議したくて堪らない風だった。

「あのですね、キャシー先生。スマホで送られてきた内用薬袋とカプセルの画像一枚で令状取るの大変だったんですからね。時間が掛かるのは当然じゃないスか。そういう皮肉はやめてください」

「あの、古手川さん。裕子のお母さんは？」

「ああ、あの人はねえ。こっちで解剖すると言った途端にひどい暴れようだっただろ。ちょいと任意で事情を聴いている。代理ミュンヒハウゼン症候群、だっけか。今、精神疾患に詳しい先生と連絡取っているところだけどさ」

「精神疾患だと診断されたら罪は軽くなるの？」

「どうかなあ。以前、久留米《くるめ》や京都で似たような事件が起きているけど刑法三十九条は適用されなかったみたいだし」

裕子が亡くなり、今度は寿美礼が罪に問われる。当然のこととはいえ、真琴の心は晴れない。

落ち込んでいるのが顔に出たのだろうか、古手川はいつになく気遣わしげに言う。

「まあ母親の方は俺たちに任せて。真琴先生は自分の仕事があるだろ」

古手川がくいと親指を後ろに向ける。

解剖室。そこで裕子が最後の語らいをするために真琴を待っているはずだった。

そうだ。この先が自分の居場所で、そして戦場だ。

やがて真琴はキャシーとともに着替え、冷たい解剖室の中に入って行った。

解剖台に横たわった裕子を見下ろす。キャシーが指摘した通り、下肢の筋肉だけが削げて上肢と釣り合わない。元より色白だった肌は一層透き通るようになり、一片のシミもない滑らかさと相俟《あいま》って、まるで工芸品のようにも見える。救いだったのは、その死顔がひどく安らかなことだった。

胸底から込み上げる思いを押し留め、真琴は裕子に語り掛ける。

さあ、話して。最期に言いたかったことを。

「では始める」

光崎はいつもの口調で執刀を宣言する。

「遺体は二十代女性。体表面に目立った特異点はないが、下肢に廃用症候群に酷似した筋肉の衰えが認められる。内科での診断は肺炎による死亡であり、解剖も肺を中心に行う」

直ちに胸部にメスが入る。その瞬間も、真琴は目を見開いて耐えた。美しい肌の切開線に沿ってぷつぷつと血の玉が浮かぶ。

光崎は両側から皮膚を開き、つぎに肋骨を切除すると、わずかに褐色がかった肺が出現した。だが、光崎の指は肺より先に心臓へ向かう。すうっと音もなくメスが心臓を切り開く。

「心臓の外観は心尖部《しんせん》が鈍で、右室の拡大が顕著《けんちょ》。右室壁が正常より厚く、右室自体の肥大が考えられる。また両室とも内膜下に中程度の脂肪変性あり」

そして次に肺が切開された。みるみるうちに肺胞内が露出される。

「まず内科に敬意を表して肺炎症状の確認を行う。だが二人とも、果たしてこれが肺炎に侵された肺胞に見えるか」

真琴とキャシーは頭を切開部位に近づけ、そして訝しんだ。

肺胞内に炎症はほとんど認められなかったからだ。

「宿主がマイコプラズマの表面にあるリポタンパクを認識すると、免疫であるマクロファージが活性化され炎症となる。だが、この検体に炎症はほとんど見られない」

真琴とキャシーは顔を見合わせる。

それでは、裕子は肺炎ではなかったというのか？

「ただし炎症の残滓はあるので、順調に治癒が進んでいたものと考えられる。おそらく死因に直結したのは肺そのものではなく、ここだ」

光崎が指差した箇所、それは左肺動脈だった。

起始部が異常なほど膨張していた。

「起始部を切開」

メスの先端が機械のような正確さで動脈を割く。開いてみると、起始部は血栓でほぼ完全に閉塞していた。

「塞栓周囲の肺実質に出血が見られ、出血は気管支にも及んでいる。なお塞栓の一部に線維芽細胞が血管壁から侵入している。これは一週間以上前から器質化血栓が存在していたことを示している。塞栓は左上葉にもあり、ここも器質化している。右肺、下葉に向かう肺動脈も同様」

光崎の指が忙《せわ》しなく動き回る。その指し示す部位はどこも血栓塞栓になっている。

何ということだ。肺の中は血栓だらけではないか。

「肺全体に肺動脈肢の壁肥厚がある。従って以前から肺に高血圧が生じ、右室肥大に寄与していたものと考えられる。以上、心臓と肺の所見から、検体は血栓塞栓を繰り返し、肺動脈腔の段階的な狭小化をもたらし、右室負荷から右心不全に至ったと推定」

「先生……」

真琴は声を震わせた。

「裕子は肺炎ではなく……肺塞栓症だったんですか」

「肺塞栓症の症状を言ってみろ」

肺動脈に血栓が詰まると、動脈血中の酸素濃度は低くなる。心臓は酸素不足を補うため頻繁に血液を送り出すので、安静にしていても脈拍が増える。

更に動脈内の圧力が上昇するので血管が太くなり、胸痛を引き起こす。

「自覚症状で最も多いのは呼吸困難、胸痛、次いで咳」

「では肺炎の方は」

「長引く咳、重症の場合のみ呼吸困難と胸痛」

「両方とも似た症状だ。だからそういう症状を訴えても、肺塞栓症が最初に鑑別診断のリストに挙がることは少ない。しかしカルテによればこの患者は運び込まれる寸前に昏倒している。呼吸困難の突然の増悪によるものだろうが肺炎にはあまりない症状だ。また緊急搬送された時点で頻呼吸と低血圧が認められたのであれば、肺塞栓症の可能性を念頭に置くべきだった」

つまり裕子も寿美礼も、本当は肺塞栓症であるにも拘らず、ずっと肺炎と思い込んで治療を続けていたことになる。

何ということだ。それでは寿美礼がガレノキサシンの用量を意図的に少なくしたことには、まるで意味がなかったということではないか。

真琴の動揺を他所に、次に光崎は下肢部分へと移動する。

「下肢の筋肉が衰えているのは運動不足のせいだ。歩行動作は脚の筋肉が静脈を介して、血液を押し上げる補助ポンプの機能を果たしている。当然運動不足になればその機能は滞るから、血栓が発生し易い遠因となる」

寿美礼が裕子を離床させず充分な運動をさせなかったことが、肺塞栓症を促進させる結果となってしまった。言い換えれば寿美礼の悪意は薬剤の用量にではなく、この部分に作用していたということになる。

「肺塞栓症をもたらす血栓を最も発生させ易い部位はどこだ」

「脚の静脈内です」

脚の内部を貫いている深部静脈の中に血栓が生じ、それが血液の流れに乗って右心房、そして右心室を経由して肺動脈まで運ばれてくる。肺塞栓症の原因の九割以上はこの深部静脈血栓症によるものだ。

「では、今からそれを確認する」

光崎はまず右脚をわずかに持ち上げる。

「浮腫なし。皮膚にも変色部分は見当たらず」

「えっ」

真琴は思わず訊き返した。深部静脈血栓症なら大半の患者は下肢の片側に浮腫や皮膚の変色があるからだった。

光崎のメスが右脚を裂き、静脈を露出させる。しかし血管のどの部分を切開しても血栓らしきものは発見できなかった。念のために左脚も同様に切開したが、やはり血栓は見つからない。

「先生、これはどういうことですか。何故深部静脈に血栓がないんですか」

「決まっている。この検体の肺塞栓症の原因が深部静脈血栓症ではないからだ」

光崎は至極当然のことのように言う。真琴は訳が分からなくなった。

それでも真実は分かった。裕子が最期に告げたかったことは明らかになった。

「……津久場教授の誤診だったんですね」

「だが応急処置と心肺蘇生術自体にミスがあった訳ではない」

術式にミスはなかった。だから直ちに津久場の医療過誤を問えるものではない——そんな風に聞こえた。

「津久場教授を庇《かば》われるんですね」

「庇うつもりなら解剖などするものか」

光崎は不機嫌そうに唇を曲げる。仕草も表情もいつも通りなので、真琴は少しだけ安堵した。

その不機嫌そうな顔が、ついとこちらに向けられた。

「閉腹は君がしろ」

「ええっ」

「開腹時は迅速に、閉腹時には丁寧に。未熟な腕だから迅速さなどは到底望めんが、丁寧さなら何とかなるだろう」

俄《にわか》には信じられなかった。執刀する限りは閉腹まで自らの手で行ってきた光崎が、こともあろうに研修医の自分に後処理を委ねるというのだ。

光崎が場所を移動する。真琴は誘導されるように、その場所へ進む。

「ただしステープラーやテープではなく縫合糸で閉じろ」

糸による縫合よりは、当然ステープラーやテープを使った方が楽だし簡単だ。だが光崎は敢えて針と糸を使えと言う。

できるか、とは聞かれなかった。

望むところだ。

真琴は改めて裕子の遺体を見下ろした。

ごめんね、恥ずかしい思いをさせてしまって。

今すぐ元の綺麗な形に戻してあげるから。

目を閉じて、呼吸を整える。

「すみません、キャシー先生。補助をお願いしてよろしいですか」

「オーケー」

キャシーが真横に来たのを確かめると、真琴は徐《おもむろ》に閉腹作業を開始した。

「柏木寿美礼が自供したよ」

二日後、法医学教室を訪れた古手川は開口一番に報告した。

「自分の娘をなるべく外には出さず、薬の量も減らして回復するのを遅らせた。自分では上手く説明できないけれど、娘の看病をしている時は充実した気分でいられたので、これが続けばいいと思っていたそうだ」

話を聞く限りでは代理ミュンヒハウゼン症候群の典型的な症状だった。

「決め手はキャシー先生の撮った内用薬袋の画像。あれを本人に見せたらあっさり吐いた。これは俺の希望的観測なんだけど、殺意というほど明確なものはなかったんじゃないのかな」

真琴もその意見に同調したかった。いくら親友であっても母子の間に自分が割り込むことはできない。二人の間に理解不可能な感情もあっただろう。それでも寿美礼の行動は精神疾患ゆえのものであり、根底に悪意が存在したとは決して考えたくなかった。

「通院歴も遡《さかのぼ》って調べてみた。まだ裕子が生まれる以前に夫が浮気していた時期があって、その時寿美礼は自傷行為を繰り返していたそうだ。怪我をして病院に駆け込み、しきりに自分は病気だと訴えた。きっと周囲から同情してもらいたかったんだろうと、医者は彼女にミュンヒハウゼン症候群の診断を下した」

ミュンヒハウゼン症候群を患った者が母親になり、今度は我が子を対象とした代理ミュンヒハウゼン症候群に罹患する。これもまたよくある症例で、代理ミュンヒハウゼン症候群患者の実に四割が以前にミュンヒハウゼン症候群を患っていたという統計もある。

罪悪感が胸を締めつける。高校時代からあの母子を知っていたのに、寿美礼の症状に全く気づけなかった自分の目は節穴同然だったのだ。

「何だ、えらく元気ないじゃないか」

「古手川さんには関係ないでしょ」

「こんなこと言っても何の救いにもならないだろうけどさ……専門のカウンセラーにだって、外見だけで判断できるような精神疾患は少ないって話だ。真琴先生が気に病むことじゃないと思うよ」

　確かに何の救いにもならない。

　しかし気休めにはなる。少なくともまた立ち上がってみようと思える程度には。

「……有難う」

　その言葉は自然に出た。

　古手川はぎょっとした様子で、慌てて視線を逸らした。

「でも、もう一つだけ分からないことがあって」

「何だよ」

「どうして光崎教授は裕子の解剖を思い立ったのか。病院死で、しかもカルテに不自然な箇所はなかったっていうのに」

「うん。それは俺も不思議に思ったんだけどさ」

　部屋の隅ではキャシーが真琴と古手川の会話を興味深げに聞いていた。二人は同時にキャシーの顔を窺う。

　するとキャシーも困った様子で肩を竦《すく》めてみせた。

五　背約《はいやく》と誓約《せいやく》

1

「いったい、あの男は何を考えているんだ？」

自身の研究室で、津久場はそう訊いてきた。

「県警が要請もしていない案件、遺族に虚偽申告してまで解剖した案件、東京都監察医務院が処理した後の案件、そして先の病院死の案件。それだけではない。正式な検案要請もないのに、あいつが執刀した案件はここ数カ月で二十件を超えた」

「でも……その四件に関しては光崎教授の解剖がなければ真実が埋《う》もれてしまう案件でした」

正面に立った真琴はそう答えたが、口調はどうしても言い訳じみたものになる。最初の頃は光崎の独断専行に批判的だった真琴も、最近では少なからず共犯者のような心持ちでいる。

「結果がどうあれ、その傍若無人《ぼうじゃくぶじん》ぶりが問題なのだよ」

傍若無人と言われれば全くその通りなので返す言葉はない。

「学内はおろか、法医学会においても光崎の行動は問題視されている。学内においては予算の突出した消化率が、学会においては闇雲に解剖実績を増やそうとしているだけではないのかと疑惑の目で見られている」

交わされた言葉を直接聞いた訳ではないので学会での噂《うわさ》については与り知らぬことだが、予算執行についてはキャシーからもたびたび愚痴られているので承知していた。まだ年の瀬も迎えていないのに、法医学教室に与えられた予算はほとんど底をついているらしい。その原因はもちろん解剖案件数が当初予想よりも、はるかに跳ね上がっているからだ。

県警から支払われる解剖一件当たりの費用はおよそ十六万円。だが実際に掛かる費用は二十五万円相当。つまり一体に対して九万円の不足が生じる計算だが、この不足分は丸々大学の費用に計上される。言い換えれば光崎が解剖すればするほど、大学の予算を圧迫していく理屈になる。

「予算を圧迫しているのはウチの大学だけではない。県警本部も同様だ。先日も埼玉県警捜査一課の課長が解剖に充てる費用の超過を危ぶんで、大学に泣きついてきたらしい」

このまま大学や県警の解剖に充《あ》てる費用が枯渇《こかつ》した場合、更なる検案要請があったらどうするのだろう、と真琴は素朴な疑問を抱く。

いくら予算がないからといって、死亡原因が不明な死体を放置することはできないはずだ。そしてまた検案要請した法医学教室に無償奉仕を強いることもできないので、結局は他の予算から流用せざるを得なくなる。

そこまで考えた時、大学や警察が予算を計上している科目をもう一度見直すべきだと真琴は思った。警察にしても病院にしても、死因究明より優先順位の劣る勘定科目など山ほどあるだろうに。

「いったい光崎は何を考えているんだ?」

津久場は最初の質問を繰り返す。

「この数カ月間、君は近くで光崎の言葉を聞き、その振る舞いを目撃し、時には行動を共にした。光崎が何故こうも闇雲に解剖しているのか、君はどう思う」

「どう思うと言われましても……光崎教授ご本人からは、生きている患者も死んでいる患者も同じだとか、医者なら感情よりも理性を優先させるべきだとかを聞かされただけで、具体的な理由はひと言も……」

するると津久場は軽い溜息を吐いた。

「やれやれ。それではわざわざ君を法医学教室に送った甲斐《かい》がないな」

「申し訳ありません」

「いや……元より口より手の動く男だ。長い付き合いのわたしにさえ、胸襟を開くことはあまりなかった。同じ法医学教室の人間になら、事情の一端でも打ち明けるかと目論《もくろ》んだわたしが浅はかだったのかも知れん」

明日から光崎の動向を注視してくれないか――津久場から唐突にそう命じられた日のことを、真琴は思い出した。

光崎の下で働き、彼が徒《いたずら》に解剖実績を増やそうとしている理由を探ってくれ。それが津久場の依頼だった。広範な知識の習得というのは、真琴を法医学教室に送り込む口実に過ぎなかった。

「確証でなくても構わない。栂野くんから見て、光崎藤次郎という男はどんな人間に映った？」

「傲岸不遜《ごうがんふそん》で、野卑《やひ》で、皮肉屋で、独断的で……」

「それは君に指摘されなくても分かっている」

「ですけど、医師として尊敬できる人間です」

それは明言しておくべき要素だった。医師としての経験と技術。そして揺るぎない信念。それがあるからこそ、多少の専横《せんおう》や傍若無人を許すこともできる。

「それも君に指摘されるまでもない」

津久場は悩ましげに頭を振る。

「ただ学会での地位や名声に恋々《れんれん》としているだけの男なら、わたしだってスパイ擬《もど》きの行為を君に頼みはしない。だからこそ、問題が大事になる前に事態を収拾したい。あいつを不名誉な形で衆目に晒《さら》すような真似だけは何としても避けたい」

そして、祈るような仕草で両手を組んでみせた。

切実な目と切羽詰まった口調をしていたので、真琴は目を伏せる以外にない。

「こんな仕事は意に沿わないと思うが、君が光崎に敬意を持ってくれているのなら頼む。あいつの暴走を止められるとしたら、それはあいつを憎み排斥したいと思っている人間じゃない。光崎という人間を敬愛し、その信念を尊重できる人間なのだ」

光崎の暴走を食い止める——そんなことができるのは自衛隊一個師団くらいではないのかと思いながらも、真琴は津久場の依頼を断ることができなかった。


津久場の部屋を出てから内科病棟に足を向けた。法医学教室に派遣されるまではここが真琴の居場所であり、未だに帰属意識は薄れていない。久しぶりに会っておきたい顔もある。

四一二号室のドアを軽くノックすると、中から返事があった。

「あっ、真琴先生」

病室には患者の倉本紗雪《くらもとさゆき》、そしてベッドの脇に看護師の須見理恵子《すみりえこ》がいた。

「栂野先生……」

「様子、見に来ました。紗雪ちゃん、具合よさそうじゃない」

「へっへー、顔の浮腫《むく》み、少し取れたでしょ」

「うん、取れた取れた。すっごい美人になった」

「……あのさ、真琴先生。そういう社交辞令はもっと分かり難いように言おうよ」

紗雪は少し唇を尖《とが》らせて言う。まだ十歳、そうした仕草も憎めなくて、つい真琴は口元を綻《ほころ》ばす。

腹膜炎を患《わずら》った紗雪が浦和医大に入院したのは数カ月前のことで、真琴は津久場の補佐として担当することになった。補佐とはいえ専従になった最初の患者なので、思い入れも強い。紗雪が人懐っこい性格だったので尚更だった。抗生物質の投与で炎症部分が治まったために、いったん退院したものの、先週になって再発したので再度入院する運びとなった。

腹膜炎はその名の通り、腹膜が細菌によって炎症を起こす病だ。腹部の疼痛《とうつう》が徐々に拡大していき、発熱・悪寒・嘔吐・頻脈などの症状をもたらす。早期治療が必要とされているが、紗雪がやや虚弱体質であることから、手術による病巣除去より抗生剤投与を選択したという経緯がある。真琴は紗雪の担当補佐を務めていたのだが、津久場から光崎の監視を命じられたために途中で外れてしまった。しかし法医学教室に移った後も気がかりで、時折様子を見に来ていたのだ。

「看護師さんの言うこと聞かなきゃ駄目よ」

「ちゃんと聞いてるもん。聞かないと治らないって脅《おど》かされてるし」

「脅かされてるっていうのは穏やかじゃないわね」

横に立っていた理恵子が聞きとがめた。

「紗雪ちゃんには目標があるんでしょ。それには先生の言うことを聞いて、病気を治すんだって。最初に言ったのは紗雪ちゃんじゃないの」

「それは忘れてない」

紗雪は急に真面目な顔をする。

「七月十五日、ウィザーディング・ワールド・オブ・ハリー・ポッターのオープンまでに、絶対退院してみせる！」

ハリー・ポッターファンの紗雪は日本のＵＳＪ（ユニバーサル・スタジオ・ジャパン）にもかのアトラクションが開設されると聞き、その一番乗りを目指して治療に励んでいる。子供らしい動機と言えばそれまでだが、どんなものでも治療の目的になればそれに越したことはない。

病は気から、という言葉通り、どれだけ術式が進歩しようと、またどれだけ効果の高い新薬が開発されようと、患者の側に治ろうという意志がなければ治るものも治らない。

「じゃあ、頑張ろうー」

理恵子が焚《た》きつけると、紗雪は「はいっ」と明るく返事をした。

「また来るから」

真琴はそう言うと、理恵子を伴って病室を出る。一緒に出たのは紗雪に聞かれたくない話をするためだった。

「教えて、須見さん。どうして再発してしまったの」

「急性の虫垂《ちゆうすい》炎だったんです」

理恵子は自分のせいではないのに、申し訳なさそうに言う。

「再入院時、腹部CTで確認しました。虫垂の炎症が腹膜に波及しているようです」

「虫垂炎の方はもう処理したんですか」

「津久場先生がクスリで散らしています。紗雪ちゃんの体力では手術に耐えられるかどうか不安だったので」

「血液検査の結果は？」

「CRPは陽性。白血球も増えていました」

両方とも腹膜炎の典型的な特徴だった。それにしても折角治った腹膜炎が、急性虫垂炎の余波で再発してしまうとは、紗雪もよくよく運がない。

「津久場先生ったら血液採取まで自分でするなんて言い出すんですよ。さすがにそれじゃあ、わたしたちの仕事がなくなりますって反対しましたけどね」

「へえ」

「ご自分の処置で完治したと思っていた腹膜炎の再発が、よほど許せないんでしょうね。これも退院後の経過観察が不充分だったせいだって、ひどくご自分を責めていらっしゃいます」

津久場らしい話だと思った。あの男は一見、感情の起伏が乏《とぼ》しいが実際は人情家で、担当患者はもちろん指導している研修医にも厚情を傾けている。目にかけてもらって嫌になる患者や研修医はおらず、ひとたび津久場と関わった者は例外なくシンパになっていく。

「でも、ちょっと妬《や》けたりして」

「紗雪ちゃんにですか。それとも先生にですか?」

「うーん。両方かな」

考えてみれば光崎はあらゆる面で津久場と対照的だった。生きている人間にはさほど興味を示さず、示したとしても冷淡で扱い方は雑だ。他人の言うことや判断は信用せず、まず自分の知見で判断しようとする。独断専行で周囲の声など一顧《いっこ》だにしない。その二人が同じ大学でしかも友人関係にあるというのは、真琴にも興味深いことだった。

「気になって立ち寄ってみたけど、津久場教授がそれだけ熱心なら、わたしごときがちょっかい出すなんてとんだ越権行為よね」

「そんなことはないです」

理恵子はぶんぶんと首を振る。

「栂野先生が紗雪ちゃんを心配する気持ち、すっごくよく分かります。わたしだって最初に受け持った患者さんは忘れられませんから。どうしたって肩入れしちゃいますよ」

「有難う。でもね、それって人としてはともかく、こういう仕事に携《たずさ》わる者としてはどうかなって最近思えてきた」

「え」

「どんな患者にも分け隔《へだ》てしない。いいえ、それどころか生者も死者も区別しない。自分の前に横たわっていたら、それがたとえ敵であっても全力を尽くして治療に当たる……それが医療に携わる者の本分じゃないかって思えてきたの」

気がつくと、理恵子が何やら訝《いぶか》しげな目で自分を見ている。真琴は急に恥ずかしくなって、慌てて両手を振った。

「あっ、今のはあくまで理想ね、理想。そうなれたらいいなあって。現状はまだまだ迷ったり失敗したりの研修医だもの」

「いいえ、あの……ちょっと驚いたんです。内科にいらした頃より、ずいぶん、その……」

「大人になったって？」

「いえいえ、そんな！」

「いいよ、わたしもそれくらい自覚してるから。って言うか、あれだけの件数解剖していたら嫌でも大人になっちゃうのかしらね」

「もう、ずいぶん慣れたんですか。解剖」

「んー、解剖した後に焼肉定食食べられるくらいにはね」

そう告げると、理恵子はまじまじと真琴を見つめた。


その理恵子から緊急の連絡があったのは二日後の深夜三時のことだった。

「どうしたの、こんな時間に」

携帯電話を取った時には朦朧《もうろう》としていた意識が、次の言葉を耳にした途端に覚醒した。

『たった今、紗雪ちゃんが亡くなりました』

一瞬、事態が把握できなかった。

「死んだ……？　ど、どういうことよ。そんな、急に」

『さっき、容態が急変して……わたしも付き添ったんですけど……蘇生も間に合わなくて……』

理恵子は嗚咽《おえつ》を堪《こら》えているらしく、言葉は途切れがちだった。

「今、行く」

『……もう、手遅れなんです』

「でも、行く」

真琴は飛び起きると、大急ぎで着替えを済ませて部屋を出る。

浦和医大に急ぐ途中も、頭の中はずっと混乱していた。患者の容態が急変することはままあるし、看護師である理恵子がこんな嘘を吐《つ》くはずもない。紗雪が病院で亡くなったのは本当だろう。

今更、自分が駆けつけたところで紗雪が蘇生する訳でもない。内科を離れた自分がのこのこ顔を出しても、足手まといになることくらいは承知している。

それでも紗雪の元に向かわずにはいられない。その死を見届け、原因を確認せずにはいられない。それが真琴にできるただ一つのことだった。

先日、旧友だった裕子を失い、今また最初の担当患者を失った。真琴にしてみれば、親しかった者を立て続けに失くしたことになる。

だが裕子の時と今では、明確に違うものがある。

裕子が死んだ時、真琴は自分の殻の中に閉じこもって悲嘆に暮れるしかなかった。友人のために泣き、そして自分のために泣くしかできなかった。

今は違う。胸が重くなっているのは同じでも、求めているのは逃げ場所ではなく真実だ。紗雪が今わの際《きわ》に言おうとしたこと、その肉体が最期に伝えたかったことを聞き届けなくてはいけない。悲嘆に暮れるのはその後でいい。

浦和医大に到着すると真琴はナースステーションに直行し、紗雪の居場所を確認した。

当直の話によれば、事態の急変を見て外科に転科した後開腹手術を行ったが、今は霊安室だと言う。

　回れ右で今度は霊安室に向かう。何度か足を踏み入れている場所だが、今日は胸がざわついている。

　霊安室のドアを開く。

　部屋の中は蛍光灯の明かりが眩《まばゆ》く、陰湿な印象はない。だがベッドに泣き縋《すが》る母親と、その横に立ち尽くす父親を見た瞬間、真琴は打ちのめされた。

「紗雪ぃ、紗雪ぃ」

　母親は娘の名前を呼びながら、ひいひいと嗚咽《おえつ》を洩らしている。父親は片手を母親の肩に置いているだけで、身の置き所をなくしているかのようだった。

　二人の背中越しにシーツを被せられた亡骸《なきがら》が見えた。不意にせり上がってきた絶望に、倒れそうになる。

　まだ、ほんの十歳だったのに。

　あんなに病気を治そうとしていたのに。

　居たたまれずにいると、後ろから「栂野先生」と声を掛けられた。振り向くと、そこに理恵子が立っていた。

「部屋の、外で」

悄然《しょうぜん》とした声で促され、真琴は理恵子とともに霊安室を出る。

「容態が急変したのは深夜零時を過ぎた頃でした。突然腹部の痛みを訴えて嘔吐したんです。レントゲンで腹水貯留を確認、白血球数も2万1000を超えていたので、急遽《きゅうきょ》外科に転科して開腹手術を行いました」

「執刀医は」

「当直医の新井《あらい》先生です」

新井は外科医だ。だからこそ事態の急変に対処できたのだろう。

「津久場教授には、もう？」

「ええ。容態の急変をお報せしたら飛んで来られました。ついさっきまでここにいらっしゃいました」

さすがに主治医だと思った。

「残念だ、返す返すも残念だと仰《おっしゃ》っていました」

理恵子は頭を垂れたまま話を続ける。

「紗雪ちゃんの肉体が手術に耐えられるか心配だったんですが……手術を開始して間もなく心肺が停止しました。その後、蘇生を試みましたけど、紗雪ちゃんの心肺はもう二度と動きませんでした」

「術式はそこで中断したの」

「新井先生が膿性腹水の貯留と虫垂周辺の潰瘍《かいよう》を確認した後に閉腹しました。エンドトキシンショックによる死亡でした」

つまり死因はやはり腹膜炎だったということになる。紗雪の虚弱体質を慮って薬剤投与を続けたが、病巣は遂に平癒しなかったのだ。

「運がなかったんです……可哀想に……」

理恵子はそう言って肩を落とした。

運がない——。

真琴は微《かす》かな違和感を抱いた。

いったん退院しながらも虫垂炎を患い、それが腹膜に波及した。確かにその点は運がなかったと言える。だが、その死までを運がなかったのひと言で片づけていいものだろうか。

理恵子の話を聞く限り、新井の対処に問題はない。元より手術では定評のある医師だ。腹膜炎のような簡単な術式でミスを起こす可能性は少ない。従って病院側が責められる要因は現段階で見当たらない。

しかしそれでも、運だけで片づけることには抵抗があった。まだ十歳だった命。それをこうもあっさり奪ってしまうほど、天というのは冷酷なものなのだろうか。

真琴はもう一度、霊安室のドアを開けた。中では両親が先刻と同じ姿勢のままでいた。

「この度は急なことで……」

真琴が頭を下げても反応したのは父親のみで、母親は相変わらずシーツに顔を突っ伏している。父親がとりなし、やっと真琴に場所を譲《ゆず》る。

顔のシーツは取り払われていた。理恵子たちが丁寧に処理してくれたためか、首から上は綺麗に清拭《せいしき》されている。眠っているようなという表現がそのまま当て嵌《は》まる。

しばし真琴は黙禱《もくとう》する。

ごめんなさい。

あなたを救うことができなかった。

あなたはあんなに治りたがっていたのに。

いくらでも未来に可能性があったというのに。

本当に運が悪かっただけなの？　他に原因はなかったの？

教えて。

あなたが言いたいことをわたしに教えて――。

真琴は顔を上げると父親に向き直った。

「倉本さん。紗雪ちゃんの身体、病理解剖にしますか」

すると父親は意外そうに目を開き、そして一、二度首を横に振った。

「今更解剖しなくても、娘の死因は腹膜炎です。執刀された新井先生から丁寧に説明をいただきました。必要ないと思います」

静かだが断乎《だんこ》とした口調だった。

母親はまだ声を押し殺すように泣いている。

「まだ分かっていないことが分かるかも知れません」

「どんなことが？」

訊き返されたものの、真琴は明確な言葉が見つけられない。

「今後の早期発見のためという話は聞いたことがあります。しかし、これは原因も何もかもがはっきりしていて、解剖しても医療の発展に寄与できるものではないでしょう。それに……それに、親としても辛いものがあります。まだ、まだ娘は十歳でした。身体の、あまり丈夫な子ではありませんでした。そんな子がこれ以上刻まれるなんて可哀想です」

そして父親も黙り込んでしまった。

親族の許可を得ずに病理解剖することはできない。ここはおとなしく引き下がるしかなかった。

「栂野先生、どうして解剖なんて」

霊安室を出ると、早速理恵子が尋ねてきた。

「新井先生の術式に、何か疑問点でもあるんですか」

「そうじゃないけど……ただ、確かめておきたいの」

「何をですか」

「紗雪ちゃんの最期の声を。あの子の言いたかったことが、解剖したら分かるかも知れない」

「ただの腹膜炎なんですよ！　腹水が溜まっているのも潰瘍《かいよう》も、その場に立ち会ったわたしも見ています。誤魔化しようがありません」

「新井先生が誤魔化しているなんて言ってないわ。だけど、術式の途中で止めてしまったんでしょう。だったらまだ見ない事実が隠れている可能性がある」

「それは、どんな事実だというんですか」

　理恵子の声は尖っていた。

「本当に栂野先生は法医学教室に移られてから、人が変わってしまいましたね。何だか冷たくなった気がします」

　そこまでは覚悟していた言葉だった。

　だが次のセリフで、はっとした。

「まるで光崎先生みたいです」

　思わず理恵子を凝視した。途端に理恵子は慌て出す。

「あ、あの、すみません。わたし、言い過ぎました」

「別に、いいわよ。気にしなくて」

自分でも意外なことに、不思議と嫌悪は感じなかった。むしろ少しだけ誇《ほこ》らしい。

「でもこれだけは教えて。手術前に血液検査したんでしょ。その結果は今どこにあるの」


入院患者および外来患者のカルテはナースステーション横の資料室に保管されている。真琴は資料室に入り、紗雪のカルテを探してみた。

そして慌てた。どこにも見当たらなかったからだ。カルテは五十音順に整理されている。念のためにカ行の段、更には隣接するア行とサ行の段を探してみたが、やはり発見できなかった。

誰かが持ち出しているのか。しかし、それなら保存簿に持ち出し記録が残っているはずだがそれもない。

しばらくしてから真琴は思いついた。採取された血液は血液検査装置によって分析・解析される。その際、コンピュータ内に情報を転送してプリントアウトする仕組みなので、紙ベースでの検査結果の他、コンピュータ内に記録が残っているはずだった。

真琴は検査室へと急ぐ。まだ早朝ということもあり、検査室内の灯りは消えている。検査技師の姿もない。たとえ研修の身であっても医師の身分は有難い。身分証さえあれば検査室の出入りも自由になる。

コンピュータの電源を入れて、紗雪の名前で検索してみる。データは患者名と検査番号で管理されているので、名前さえ入力すれば過去の検査を含めた全ての記録が表示されるはずだった。

しかし表示された文言はあっさりと真琴の期待を裏切った。

『該当なし』

目を疑った。

もう一度、そしてもう一度と名前を入力してみたが結果は同じだった。

前回、今回と紗雪は数度に亘《わた》って血液検査をしている。データ漏れなど有り得ないことだ。

もし有り得るとしたら可能性はただ一つ。

何者かがデータを消去したに違いなかった。

カルテの持ち出し、そしてデータの消去。いずれも病院関係者でなければできないことだ。つまり、自分以外の病院関係者を信用する訳にはいかない。

真琴は採血用の注射器を懐に忍ばせ、霊安室に取って返した。

幸い、理恵子の姿はなく、霊安室には先刻と同様に紗雪の両親が遺体に取り縋っていた。

胸が痛んだが、今はこの方法しかない。

「お母さん、少しの間だけ失礼します」

真琴は半ば強引に母親を押しやり、すっかり冷たくなった紗雪の左腕に針を当てた。

「栂野先生……何を……してるの？」

「申し訳ありません。感染予防のため少量の血液を採取しておきます」

その場の思いつきを口実にして、知らぬ顔で血液採取をする。既に血流が途切れているため通常よりも注射管の中に流れ込む勢いは小さいが、検査に必要なのは微量なのでそれでも構わなかった。

冷え切った腕を握っていると無常感が足元から立ち上ってくる。自分の行動に意味があるのかどうかもあやふやになってくる。

必要な量を採取すると針を抜き、アルコールを浸した綿で消毒してその上に注射パッドを貼る。必要のない処置だったが、紗雪と両親に対するせめてもの礼儀だった。

「失礼しました」

深く一礼してから、そそくさとその場を立ち去る。至極当然のような顔を作る。少しでも怪しげな素振りは厳禁だ。

採取したばかりの血液を手に、また検査室に急ぐ。検査技師の出勤を待って朝一番で検査装置に掛けてもらおうと画策していた。

ふと我に返って真琴は苦笑する。今、自分のしていることはまるで光崎のようだ。真実を探るためなら、遺体に隠されたものを暴くためには内規も手続きも無視して突っ走っている。

いったい、いつの間に毒されてしまったのか。それとも元々自分にはこうした無軌道な傾向があったのか。いずれにしても、もう毒は食らっている。後は毒食らいをここで止めるか、または皿やテーブルまで範囲を拡げるかだった。

検査室の前で待つこと数分、ようやく検査技師が姿を現した。

「ずっと待ってました！」

そう言って注射器を突き出すと、検査技師は目を白黒させた。折角、無茶な頼みごとを聞いてもらうのだ。バレンタインにはチョコを同じように突き出してやろうと目論む。

「まだ出勤ボタンも押してないのになあ」

実直な性格らしく、検査技師は愚痴りながらも早速検査装置の電源を入れてくれた。

一時間ほど待機していると、「出ました」との声が上がった。真琴は検査技師の肩越しにモニターを凝視する。

血液の検査項目はＴＰ（総タンパク質）から始まってＡｌｂ（アルブミン）、コリンエステラーゼ、ＬＤＨ（乳酸脱水素酵素）など二十四項目の生化学検査、ＷＢＣ（白血球数）、ＲＢＣ（赤血球数）など七項目の血球算定検査、赤血球沈降速度など三項目の炎症反応検査、ヘモグロビンＡ１ｃなど五項目の血糖検査、その他甲状腺機能検査、ガン検査の多岐に亘る。

　正直言って、血液検査に注目したのは単なる思いつきだった。検査結果に腹膜炎とは異なる症状を示すものがあるかも知れない——その程度の疑念だった。

　それがカルテの紛失、データ消去と重なって疑い濃厚となった。手を下した人間は、この検査項目のどれかを隠蔽したかったに違いない。

　それぞれの項目を二人で確認していく。すると項目の最後辺りで、見慣れぬ成分が目に留まった。

「変だな、これは異常値だ」と、検査技師もモニター画面の一点を指差す。

〈ｒｔ‐ＰＡ〉

「これって……」

「ｒｔ‐ＰＡはプラスミノーゲン・アクチベーターです」

　検査技師は結果をプリントアウトしながら答えた。

「血管内皮細胞から分泌される成分ですが、血栓のフィブリンを溶解するものです。言ってみれば血栓溶解剤ですね」

　血栓溶解剤？

「この血液は腹膜炎患者のものです」

「へえ、そうなんですか」

「どうして、腹膜炎患者の血液でそんな成分が異常値なんですか」

「わたしに言われましても……ただ、これだけの異常値であれば、体内で生成されたものではなく、外部から注入された可能性が高いでしょうね。更に詳細な成分構成を解析すれば、内在性なのか外来薬物によるものなのかも判明しますよ」

プリントアウトされた検査結果を手に、真琴は相談相手を思い浮かべる。

先刻、自分以外の病院関係者を信用するべきではないと判断した。

しかし例外がいる。

内規と手続きを無視して入手した手掛かりだ。それなら相談する相手も、内規と手続きを無視する人間に限られるのは必然だった。

2

「それで、こんなものを持ち込んで来たのですね」

キャシーは検査結果の紙片をひらひらと振ってみせた。

結局、真琴は一度も自宅に帰らず、検査結果を握り締めたまま法医学教室でキャシーと光崎を待つことにしたのだ。

「まさかワタシが真琴のフライングを咎《とが》める日が来るとは、思ってもみませんでした」

「フライングって」

指導教授である光崎教授の指示もないまま独断で行動することの、どこがフライングでないと？」

「でも、そうでもしないと証拠が全部隠滅されてしまう危険性がありました。紗雪ちゃんの遺体だって、早くしないとご両親が連れ帰ってしまいます。だからフライングではありません。これは事後承諾です」

まくし立てるとキャシーが青い目を丸くした。

「真琴、開き直りましたね」

「ええ、開き直りましたが何か？」

今更、持ち込んだ事案を引っ込める訳にはいかない。しかも事態は一刻を争う。ここはキャシーや光崎を唆《そそのか》し、脅《おど》かしてでも自分の船に乗せなければならなかった。もっとも真琴の側に、二人に対するアドバンテージは見当たらない。あるとすれば無鉄砲な勢いだけだ。

「推論なしの出たとこ勝負、計画性皆無、猪突猛進、直情径行、挙句の果てには開き直り。とても医療に携わる者の態度とは思えませんね」

どうしてこの外国人は嫌な日本語だけ流暢《りゅうちょう》に喋るのだろう。

「し、真実を追究しようとする姿勢は基礎医学の根幹を成すものです」

しばらく真琴を眺めていたキャシーはやがてにやりと笑った。

「そういう歯の浮くような台詞を堂々と吐けるようになれば一人前です」

「は、歯が浮くようなって」

「それはとてもとても重要なのですよ。別の日本語では何と言いましたか。ああ、そうそう、錦《にしき》の御旗《みはた》と言うのでした。その旗さえあれば、大抵の違法行為も許されるというのが日本古来の決まりのようですから」

合っているようで違う。

「しかし、事が急を要するのは確かなようですね。何とかして両親を説得する手段はないのですか」

「病院関係者がカルテを持ち出したとかデータを消去したとかは、あくまでこちら側の理由です。既に死因がはっきりしている遺体を引き留める理由にはなりません」

「事情を説明して納得させるという意味ではありません。自宅に引き取るのを思い留めさせる理由はないのかと質問しているのです」

キャシーはいつもの意味ありげな目で真琴を見た。

「遺体から血液を採取する際、真琴はとても理に適《かな》った口実を使ったではありませんか」

そうか、感染予防。

真琴は改めて舌を巻いた。策謀と機転の速さではやはりキャシーに敵《かな》わない。

「日本には善は急げ、という言葉もありますからね」

この場合、自分たちの行動が善なのかどうかは意見の分かれるところだろうが、もうそれを考えている余裕はない。

「でもその前にボスの承諾だけ得ておきましょう」

言うが早いかキャシーは携帯電話を取り出して画面を操作した。呼び出している相手はもちろん光崎だった。

「グッモーニン、ボス。キャシーです。早速ですが、真琴が非常に興味深い案件を嗅ぎつけたのですよ。それで光崎教授に相談したいと思いまして……」

傍で聞いていると、まるで悪だくみをしているようにしか思えない。

「患者は倉本紗雪、十歳。以前、腹膜炎でここに入院していて再発したとのことです……はい、そうです。データを消去した人間は間違いなく病院関係者でしょう。検査室には職員証に埋め込まれたICチップを照会しなければ入室できませんから。はい、ワタシもそう思います。それでは真琴と用意をしていますから」

そしてキャシーは話を終わらせた。

「教授もこちらに向かっています。ワタシたちはまず、その遺体をここまで運び込まなくてはいけません。真琴、急ぎましょう」

「ちょっと……意外でした」

「何がですか」

「光崎教授がすんなりゴーサインを出したことがです。あの、教授やキャシー先生が内規破りの常習犯なのはともかく、これってわたしの一人合点という可能性もあるんですよ。カルテはどこか別の場所に紛《まぎ》れ込んでいるのかも知れないし、データの消去はコンピュータエラーなのかも知れませんし」

「個別の可能性は否定しません。しかし、二つのことが同時に起こる可能性となると、かなり小さくなるでしょうね」

　真琴とキャシーは霊安室に向かう途中で話し続ける。

「どうしました。今になって怖気づきましたか」

「いや、その……二人とも、そんなに簡単に乗っかっていいんですか。言い出しっぺのわたしはともかく、二人とも地位も肩書もある方じゃないですか」

「ワタシが真琴の疑念を晴らそうとしているのには二つの根拠があります」

「二つ？」

「ワン。光崎教授は説明を聞いた上で、その遺体を調べるべきだと判断しました。今まで教授の判断が間違っていたことはありません。経験則というのは確率論でもあります。よって教授がゴーと判断したものは、それに従った方がいいです」

　何やら軍隊式の理屈だが、経験則と言われれば頷けないこともない。どんなに破天荒であっても、どれほど唯我独尊《ゆいがどくそん》であっても、結果的に光崎が見誤ったことは一度としてなかったのだ。

「ツー。今回の事案で真琴は感情ではなく、論理で行動しています。人も組織も、感情で行動するとしばしば誤った方向に向かいかねません。途中で転換するのも困難ですしね。でも論理で行動すればそんな風にはなりません」

「内規や手続きを無視して、両親を口車に乗せて遺体を奪ってくるのが、論理的な行動なんですか」

「手段ではなく、目的の問題です」

キャシーはしれっと嘯《うそぶ》いた。

霊安室の両親はさすがに落ち着きを取り戻していたが、それでも悄然とした様子は変わりなかった。

真琴が遺体を一時預かりたいと申し出ると、父親は怪訝《けげん》そうな顔になった。

「先ほどの血液検査の結果、ご遺体から感染症が発症する惧《おそ》れが指摘されました」

「感染症？」

「ご遺体から肝炎ウイルスが感染するのはよくあることなんです。だから手術や解剖の時、執刀医は完全防備で臨《のぞ》むのですが、時折ウイルスを媒介してしまうことがあって」

全くの嘘ではないので、我ながらよく舌が回る。

「死後十二時間を経過すれば体温の低下とともに病原細菌は死滅の方向に向かいますが、

死亡直後の感染リスクは生体のそれと同等です。勝手を言って誠に申し訳ありませんが、感染源となる遺体の消毒はわたしたち医療従事者の義務なのです」

「はあ……」

半信半疑の体を見せる両親に、真琴は追い打ちをかける。

「それから検査のために開腹する必要もありますが、これはあくまでも検査なので念のために」

解剖という言葉を検査と言い換えるだけで、受ける印象はずいぶん違う。まるで詐欺師のような言い回しだったが、紗雪の両親は不承不承に納得してくれた様子だった。

「いったん、ご遺体を移動させます。検査が終了しましたらこちらで搬送しますので、お二人はご自宅でお待ちください」

そう言い残して真琴はキャシーと二人で紗雪の遺体をストレッチャーに載せ、法医学教室まで運ぶ。

「さっきの二次感染の話を持ち出したのは秀逸でしたね」

キャシーは感心したように言った。

「横で聞いていたワタシも思わず頷いてしまいました。ああいう、嘘とは思えない嘘を平気で口にできるのは一種の才能ですね」

「それ、全然褒めてないからやめてください」

法医学教室まで来ると、ちょうど光崎が到着していた。

「それが問題の検体か」

「そうです」

「遺体に異状があると判断したのは君か」

「あのっ、遺体にではなく、カルテが紛失するとかあったものですから……」

「血液中から多量のプラスミノーゲン・アクチベーターが検出された。そうなんだな」

威圧的に念押しされた。ここで光崎に怯んでいては、今後誰を相手にすることもできなくなる。

「はい。明らかに何者かの作為があります」

「何者かの作為か。まるで刑事のような物言いだな。さてはあの県警の若造に感化されたか」

影響を受けたのは多分、別の人物からだ――すぐに訂正したくなったが、口には出さなかった。

「事情は分かった。しかし解剖の前に二、三確認したいことがある。この患者を担当していた看護師をここに呼べるか」

「それは、光崎教授の名前を出しさえすれば……」

途端に光崎は眉間《みけん》に皺《しわ》を寄せた。

「そういう手管をいつの間に覚えた」

「それはあれですね」

キャシーがここぞとばかりに割って入る。

「門前の小僧、というものですね、きっと」

「……とにかく、今すぐその看護師をここに呼べ」

病院内では携帯電話を使えないエリアが何カ所も存在する。法医学教室を飛び出した真琴はナースステーションに赴き、そこから理恵子に連絡を取った。

理恵子と合流し、また法医学教室に取って返す。考えてみれば昨夜から病院内を走り回っている。それでも疲労を感じていないのは、おそらく疲労を上回る緊張感でアドレナリンか何かが分泌されているせいだろう。

「光崎先生がわたしに？　それ、どういうことですか」

「わたしに訊かないで」

小走りになりながら、真琴は答える。

「あの教授の考えを完全に理解できるようになったら、きっと世間が狭くなる」

その代償として逆に見識は深まるのだろう、と思った。

理恵子を連れて来ると、早速光崎は質問を浴びせかけた。

「この患者の担当は君だったそうだが、薬剤投与も君がしたのか」

「はい」

あまり光崎と話し慣れていないのか、理恵子は恐る恐るの体だった。無理もないと思う。光崎は普通に話していても傲岸に聞こえるのだ。

「投与した薬剤は何だ」

「クラフォラン（抗菌薬の一種）を一日四回。一回当たりの投与量は2グラムでした」

「投与薬の指示は誰がした」

「もちろん主治医の津久場先生です」

「それ以外の投与、たとえば血栓溶解剤などを与えたことはないのだな」

「血栓溶解剤？」

理恵子の語尾が跳ね上がる。

「どうしてそんなものを投与する必要があるんですか。紗雪ちゃんは腹膜炎だったのに」

その口調から察するに、理恵子も事情を知らないようだった。

光崎は理恵子を不遜《ふそん》に一瞥《いちべつ》すると踵《きびす》を返した。

「二人とも。解剖の術前処置」

命じられて真琴とキャシーが動いたその時だった。

「光崎。これはどういうことだ」

突然、部屋の中に闖入《ちんにゅう》してきたのは津久場だった。

「今、倉本さんご夫婦から聞いた。紗雪ちゃんの遺体をこっちに運び込んだそうだな」

「ああ」

「しかもその際」

津久場はじろりと真琴を睨んだ。

「遺体からの感染症を調べるという詐術《さじゅつ》を弄《ろう》して。もちろん病理解剖に関する承諾書も取っていない」

「そんなもの口頭で充分だろう。書類など後でどうにでもなる」

「そんなものとは何だ。遺族からの承諾を文書で残さない限り、不測の事態が生じた時、大学側は何の抗弁もできなくなるんだぞ」

「抗弁なんぞ要らん」

光崎はそう言って身体の向きを変えた。

ちょうど津久場と対峙《たいじ》する形になった。

「何故なら不測の事態など生じないからだ」

「お前は昔から変わっておらんな。その独裁者じみた自信は、いったいどこからくるものなんだ」

「自信なんかあるものか」

そうだろう、と真琴は思う。

光崎にあるのは自信ではない。信念だ。

「自信もないのに腹を開くというのか。ただ漫然と、子供が失せ物を捜すように」

「人の腹を開ける際に自信満々などと誇れるようなヤツは、とんでもない大馬鹿野郎だ」

光崎は吐き捨てるように言う。

「神じゃあるまいし。加えて言うなら大抵の場合、自信というのは自分に対する過大評価だ」

「お前はそう思っていないようだがな。こんな問答を繰り返していても無意味だ。今すぐご遺体を遺族へ返せ。話をややこしくさせるな」

「もう既にややこしくなっとるよ。聞いているか？　遺体の血液からは多量のプラスミノーゲン・アクチベーターが検出された」

「体内からの異常分泌という可能性だってある。第一、腹膜炎患者に血栓溶解剤を投与する必要がどこにある」

「それをこれから調べるんだ」

「いい加減にしろっ」

津久場は堪えきれないように声を荒らげた。

「お前の気紛れのせいで大学がどれだけ迷惑を蒙《こうむ》っているか考えたことはあるか。徒に解剖しまくったお蔭で予算は逼迫《ひっぱく》し、妙な風評まで立っている」

「ああ、わしが解剖実績を上げて今の地位を盤石にしようとしているとかいうアレか。ふん、くだらん」

「お前にはくだらなくとも、大学には体面というものがある。お前一人の言動が大学全部に影響するとは考えないのか」

「それも、くだらん」

「もういい。これ以上説得しても無駄なようだ」

津久場はだるそうに首を振った。

「狭義に捉《とら》えればお前のしていることは死体解剖保存法に抵触する惧《おそ》れがある。ついさっき、県警の捜査一課長とも話した。直に一課長自らが事情聴取にやって来るだろう」

捜査一課。

それでは光崎を被疑者として拘束するというのか？

恐慌に陥りかけた真琴の脇をキャシーが突いた。

「真琴。今すぐ彼に連絡しなさい」

「彼って」

「理屈より先に身体が動くようなミスター・アクティブがいるでしょ？」

ああ、と即座に合点する。

真琴はこっそりと部屋の隅に移動し、携帯電話でその人物を呼び出した。

『何の用だよ。こんな朝っぱらから』

古手川は電話に出るなり不機嫌そうな声を上げた。

「助けて」

『って何を』

「今、法医学教室に捜査一課の課長さんが光崎教授を逮捕しに来るって」

『何だって』

ずいぶん端折《はしょ》った説明だが、あの男を動かすにはこれくらいでちょうどいい。

「ちゃんと理由のある解剖なの。でも、あの、遺族の承諾書がなくって」

『……それは解剖が必要な事件なのか』

「光崎教授が執刀すると決めている」

電話の向こう側が一瞬、沈黙する。古手川にはそのひと言で充分だったらしい。

「今は詳しい話ができなくて……」

『待ってろ』

相手は途中で会話を打ち切った。

3

「大体、何の権限があって内科の患者に手を付ける。お前の専門は死体だろう」

「元が内科だろうが外科だろうが、死亡した時点でどの科の管轄もあるまい。強いて言えば死体ならわしの管轄だ」

「それが屁理屈だと言っているんだあっ」

津久場が珍しく声を荒らげたので、真琴は驚いた。ここまで感情的になった津久場は見たことがない。

「結局お前は、自分の碌でもない好奇心を満足させるために腹を開いているだけだ。そんなことのために大学や研修医たちを巻き込みおって。少しは恥を知れ」

「恥を知れ、か」

光崎は津久場の罵倒を平然と受け流す。

「言われてみれば、確かに自分がしたことを恥だと思った記憶はあまりないいな」

「それはお前が不遜な証拠だ」

光崎は反論しようとしない。

だが真琴は代弁したい誘惑に駆《か》られる。まだ数カ月しか光崎の下にいない。いつも渋面で、粗暴な口ぶりだから真意を確かめたこともない。温和でもなく情に厚いわけでもない。不遜というのもその通りだろう。

しかし決して恥知らずなのではない。それは真琴にも断言できる。ただ恥の概念が違うだけだ。

多くの教授や医師が恥とするのは名誉の失墜《しっつい》であり、品のなさであり、過ちの回数であり、自分に向けられた誹謗中傷だ。そうした価値基準で計れば、光崎は間違いなく恥知らずと言える。待遇のよくない法医学者という立場に甘んじ、他人の執刀をあからさまに詰《なじ》り、同僚や大学関係者から何をどう言われても反論しようとさえしない。

それは、光崎が恥とするのが患者を分け隔てすること、そして真実を蔑ろにするという二つだけだからだ。体面を重んじることにどれだけの価値があるというのか。公平さと真実に拮抗《きっこう》し得る体面など存在しない。医療現場では尚更そうだ。

「失礼ですが、付け加えさせてください」

真琴はつい口走った。

おや、という顔で津久場がこちらを見る。

「何だ。栂野くんも言い足りないようだな」

「光崎教授は確かに不遜です。でも、それはくだらない権威に対してだけです」

「くだらない権威？　アウトローを気取ることが解剖医の矜持《きょうじ》だとでも言うつもりかね。

いったい君はどうしてしまったんだ。臨床医としてのプライドを放棄するつもりか」

「医師に臨床医も解剖医もありません。患者に生者も死者もありません」

　途端に津久場は落胆の色を見せる。

「君も相当この男に毒されたな。こんなことなら法医学教室になど送るべきではなかった」

　送っていただいて感謝しています——という言葉は喉の奥に引っ込めた。

「とにかくご遺体は両親に返せ」

　ストレッチャーに伸びた津久場の手を、光崎が払い除《の》ける。

「お前……」

「臨床医としてのプライドについては拝聴した。だったら、この患者はもうお前の担当ではない。遺体はわしの責任で両親の手に返す。ただしわしが患者の声を全て聞いてからだ」

「遺体がいったい何を語るというんだ」

「嘘以外の全てだ。生きている人間は嘘を吐くが、死体は真実しか語らん」

「訳の分からんことを……」

「生きている人間は好むと好まざるとに拘わらず嘘を吐く。己を護るために、他人を護るために、そして組織を護るために、仕方なしに、時には堂々と嘘を吐く。何かの責任を負えば負うほど、そういう袋小路に追い込まれる。その軛《くびき》からはわしもお前も逃げられん」

津久場は顔色を変え、光崎に摑みかかった。

「お前の御託《ごたく》にこれ以上、付き合っている時間はない」

「それなら、さっさと自分の部屋に帰ればいい」

功成《こうな》り名遂《なと》げた大学教授でもあり医師でもある二人が罵《ののし》り合う様は、見ていてあまり気持ちのいいものではない。しかし真琴には二人の争いを止める術がない。キャシーはと見ればストレッチャーの端を握ったままで、口を差し挟もうとはしていない。口論はボスの光崎に一任するつもりか。理恵子は理恵子でどちらの指示に従えばいいのか混乱している様子だ。

では自分は何をするべきなのか——逡巡していると、また新手が教室に入って来た。

「津久場先生」

「ああ、栗栖《くりす》さん。ちょうどいいところへ」

ひょろりとした体型の男だった。栗栖は津久場の許に駆け寄り、光崎と対峙する形となった。

「お話は伺いました。光崎先生、これはいったい何の騒ぎですか。聞けば違法な手続きを踏んで解剖されるおつもりとか」

栗栖は光崎とも面識がある様子だった。それではこの男が、最前津久場の口から出た埼玉県警の捜査一課長らしい。よく見れば教室の外には何人か制服警官の姿もある。

　初対面ながら、真琴は栗栖に好印象を持てなかった。いくら津久場の依頼であろうとも、電話一本で捜査一課の責任者が現場に駆けつけてくるなど、まるでよく躾《しつ》けられた犬ではないか。

「正式な手続きが欲しいか」

「当たり前じゃないですか」

「そうか。毎度毎度、当番でもないわしに検案要請し、しみったれた謝金しか払わず、結果的に大学の予算を徒に消費させているのも正式な手続きという訳か」

「いや、それは、その。渡瀬警部が半ば独断でやっていることであって……」

「あんたの階級は警視だろう。その警視がいち警部の独断専行を止められないのか」

「それとこれとは話が違いますでしょう」

「あんたが正式な手続きとやらを重視するのなら、それはそれで有難い。わしが県警から受ける検案要請はおそらく半分以下になるだろう。そうすれば大学側も予算のやりくりで頭を悩ますこともなくなるだろう」

　皮肉が利いたのか、栗栖は嫌そうな表情を見せる。

　古手川から聞いた話では、件の渡瀬という警部が担当事件の検案の多くを光崎に回している。おそらく光崎の知見を信頼してのことだろう。この渡瀬が県警ではトップの検挙率を誇っているので、一課長であっても渡瀬――光崎のラインに口出ししづらいというのが実状らしい。

「いや……県警としてはこれからも光崎先生のご協力を仰ぎたいと思っております。だからこそ、こんなつまらない容疑が掛かるような真似は控えていただかないと」

「容疑ではない。ちゃんとした違法な手続きだ」

思わず真琴は頭を抱えそうになる。何もこんな場面で目一杯皮肉を利かせなくてもいいだろうに。

「栗栖課長」

光崎は栗栖を真正面から見据えた。激している訳ではないが、この短軀《たんく》の老人のひと睨《にら》みは下手な恫喝《どうかつ》よりも威圧感があった。

「あの若造からも報告が上がっているはずだ。本来の手続きに沿ったままでは、闇に埋もれてしまう真実がいくつもある。愚痴を言うつもりはないが、監察医制度のある東京都内でさえ、解剖できるのは全異状死体の二割程度でしかない。逼迫した予算と慢性化した人員不足の中、正式な手続きとやらにどれだけの正当性がある。喩《たと》えてみれば、水を掬《すく》うのにちゃんとザルを使えと言っているようなものではないか」

栗栖は言葉に詰まったようだった。違法やら手続きやらと正論めいたことを言っても、その根本にはカネの問題が横たわっている。その点だけを取り上げれば、光崎の喩えは乱暴だが正鵠《せいこく》を射ている。

「先生の仰ることも分かりますよ。わたしだって予算配分に苦しめられている管理職ですからね。しかし、それとこれとは話が違います。目の前で違法行為が行われているのに、警察官であるわたしが看過できるはずがない」

「では、わしを逮捕するか」

「それには及びません。この時点で遺体を遺族に返却すれば済む話ですから」

栗栖の言葉は警察官として至極真っ当に聞こえるが、こちらの胸まで落ちてこない。当然だ。栗栖は単に責任を回避しようとしているだけで、津久場にも光崎にも色目を使っている。早い話が自身の立場を護りつつ、県警側に不都合が生じないように立ち回っているだけなのだ。

警察官としての立場を護るならこの場で光崎の身柄を拘束するべきだし、県警の都合を考えるのなら清濁《せいだく》併《あわ》せ呑《の》んで光崎の行為を見逃すべきだが、この男はそのどちらもしようとしない。どちらかに立つ覚悟もない。確固たる信念も持たず、責任も取ろうとしない駄目な管理職の見本のような男だと思った。

古手川はこんな男の下で働いているのか。

そう考えると、不意に同情してやりたくなった。研修医ながら給料をもらう立場になって思い知ったことがある。部下にとって一番不幸なのは、暴君のような上司に当たった時ではない。無能な上司に当たった時でもない。責任を取りたがらない上司に当たった時が最悪なのだ。

きっと古手川も苦労しているのだろうな、と思った時、当の本人がやっと姿を現した。

「あれ、課長。どうしたんスか。こんなに警官引き連れて」

とぼけた様子で部屋の中に入り、何気ない素振りで栗栖と光崎の間に立つ。

「お前こそどうして」

「いやあ、俺は今追っている事件で光崎先生からご意見伺って来いって班長から言われて……でも課長が法医学教室を訪れるなんてホント珍しいっスよね。何か重大事件でも発生しましたか」

「これから発生するのを食い止めようとしているんだ」

そうして古手川は栗栖から事情を訊き出す。傍《そば》で見ていると古手川の演技は噴飯《ふんぱん》ものだったが、栗栖は露ほども疑っていないようだった。これだけでも栗栖の迂闊《うかつ》さが透けて見える。

「へえ、遺族の了解を得ないままの解剖ですか。そいつは確かにまずいですねえ」

「そう思うのならお前も光崎先生の説得に回れ。わたしより先生との付き合いが深いんだろう」

「この若造と深い付き合いなどご免蒙《めんこうむ》る」

光崎はこれ以上ないほど不機嫌そうに言う。

「こんな軽薄な男と喋るくらいなら、死体と語らった方がまだマシだ」

「先生もいい加減ひっでえなあ。俺だって死体よりはウケる話しますよ」

どう好意的に受け取っても、古手川の話で光崎が顔を綻《ほころ》ばせるとは思えなかった。

「それより課長、これはまずいっスよ」

「さっきからそう言ってるじゃないか」

「いや、先生じゃなくて俺がまずいって言ってるんです」

「どういうことだ」

「正式な手順を踏んでいない解剖が死体解剖保存法に抵触するんなら、俺も同罪だってことですよ」

「何だって」

「大宮東署管内で栗田益美という女性がクルマに撥ね飛ばされて死んだ一件、憶えてますか。あれ、遺体をＡｉセンターに持って行くって言って、浦和医大に運んだのは俺なんですよね」

古手川は頭を掻きながら、ばつが悪そうに栗栖を見る。

「まあ結果オーライで死因が交通事故とは限らないことが判明したけれど、あれだって正規の手続きをすっ飛ばした解剖でしたからね」

「古手川。貴様、何が言いたい」

「今、光崎先生を逮捕するような真似をしたら、そのことが表に出ます」

古手川はさも深刻そうに話す。これも同行していた真琴にしてみれば噴飯ものだ。

「課長なら光崎先生の気性はご存じでしょ？　いったん調書取られ始めたら洗いざらいどころか、県警に都合の悪いことも喋っちゃいますよ。それだけじゃない。聴取が終わってもマスコミに吹聴しまくるかも知れません。もしそんなことになったら……」

じろりと光崎が睨む。自分がそんな真似をするかという抗議の目つきだが、古手川は知らんふりだ。

一方、栗栖は由々しき問題だというように思案顔をする。古手川の投げた網にまんまと引っ掛かった形で、これが捜査一課を束ねる責任者だというのだから呆れる。

「し、しかしそれはお前が勝手に暴走した結果だろう。一課や県警には関係のない話だ」

「俺もそう思うんスけどね。それで大宮東署が誤った送検をせずに済んだんだし、部下の暴走を止められなかった上司の責任とか、まあマスコミってのは好き放題書きますからね。課長の正当な抗弁なんて聞く耳持っちゃいませんよ、絶対」

栗栖は困惑の色を一層濃くする。古手川の理屈は乱暴だが一理あって――。

真琴は思わず古手川を凝視した。

言っていることがまるで光崎と瓜二つではないか。

我が身を顧《かえり》みながら思う。光崎の下で働いていると、無理の通し方を自然に体得してしまう。きっと、これが毒されるという意味なのだろう。その証拠に、その発言の主である津久場は忌々《いまいま》しそうに古手川と光崎を代わる代わる睨み据えている。

「……どうしろというんだ」

「経験則に頼るってのはどうですか」

「経験則？」

「今まで光崎先生が解剖を強行して空振りだったことがあります？　なかったじゃないですか。俺たちや他の医師たちが見逃していたものを見つけ出して、それが捜査の決め手になったことも一度や二度じゃない。今度だってそうです。もし先生が遺体から犯罪の痕跡を発見したら……」

「謀殺の可能性があるというのか」

「先生が解剖すると言い張ってるんなら、きっとそうでしょうよ」

さすがに古手川の舌鋒《ぜっぽう》もわずかに鈍る。詐欺師よろしく明言するほどは、まだ度胸が足りないということか。肝心の光崎がぶすっと黙り込んでいるので心許ないのかも知れない。

「謀殺などあるものか」

津久場は激昂する一歩手前だった。

「この患者は腹膜炎を再発させ、結果的にエンドトキシンショックにより死亡した。わたしは担当医だったから経緯は全て承知している。こんなに幼い命が救えなかったことは担当医として慚愧《ざんき》に堪《た》えない。この上は速やかにご両親の許に返してあげることが、せめてもの誠意なのだ」

「違う」

ぽつり、と光崎が洩らす。

「医者の誠意というのは、そんなものではない」

そのひと言で古手川は勢いづく。

「あの時、もう少し調べていたらこんなことにはならなかった……課長は、そういう後悔したことありませんか」

「何だと」

「昭和の終わりに浦和署がやらかした冤罪事件、俺も担当だった渡瀬班長から直接聞いてます。冤罪が発覚して大勢の関係者が処罰されたって話ですよね。もう少し調べていたらよかった。事件に関わった刑事や検察官は全員そう思ったはずです。でも、一度引っ繰り返した盆の水は元には戻らない。でもですね、課長。今ならまだ間に合うんですよ」

栗栖は急に不安げな目になった。

「今なら隠れた真実を暴くことができる。もし何もなければ遺体の傷が少し増えて、光崎先生の経歴に傷がつくだけです。しかもこの先生はそんなこと露ほども気にしちゃいませんから、おそらく課長との間に遺恨を残すこともないでしょう」

栗栖はしばらく古手川を睨んでから忌々《いまいま》しそうに言った。

「そういう手管をいつの間に覚えた」

「そんなもん、今更言うまでもないでしょ」

「くそっ」

吐き捨ててから、栗栖は光崎の方に向き直った。

「先生。何か目算があって解剖されるんですよね?」

「腹を開いてみなきゃ何も断言できん」

「しかし、それでは」

「ただ奇妙なことが起きているのは事実だ。この患者の蘇生手術をする前に血液検査を行った。だが、その検査結果が何者かの手で消去されたらしい。カルテが紛失し、検査データが削除されている」

「本当ですか」

「解剖には消滅した検査結果を再度確証する意味合いも含まれている。これなら手続きに則《のっと》らない解剖の大義名分くらいにはなるだろう。それからあんたたちは、あんたたちの捜査をする必要が発生している」

「ふむ。それなら情報漏洩《ろうえい》もしくは窃盗罪で立件する余地はありますな」

大義名分と聞き、栗栖は明らかにギアを変えた。

「ちょうど警官も何人か連れて来ています。おい、古手川。当然、合流するだろうな」

「ええ、それはもちろん」

古手川はちらと真琴の方を振り返った。

これでどうだ、と言わんばかりの顔つきだったので、親指を立ててやった。

問題解決と踏んだのか、光崎はくるりと踵を返して解剖室に向かう。

「キャシー先生と真琴先生、術前処置を頼む。それと須見くん」

「は、はい」

「まだこの患者の死に疑問があるのなら同席してみるか。解剖の補助をすることなどそうそうあるまい」

「……分かりました。解剖着はどこにありますか」

「その二人に聞けばよろしい。それから津久場」

「何だ」

「お前も立ち会うか」

一同はしん、として二人のやり取りを見守る。

しばらくしてから津久場は首を横に振った。

「解剖室はお前の王国だ。好きに振る舞うがいい。わたしは栗栖課長の捜査に協力しているとしよう」

「そうか」

光崎は何の感慨もなさそうに、ひょこひょこと解剖室に向かう。

真琴はキャシーや理恵子とともにストレッチャーを運びながら光崎の後を追う。

光崎から初めて先生と呼ばれたのに気づいたのは、その時だった。


シーツを剝《は》がされた紗雪の身体は涙が出るほど小さく、そして華奢《きゃしゃ》だった。補助に回る三人は合掌し、頭を深く垂れる。

紗雪ちゃん、お願い。

少しだけ我慢していて。

誰かがあなたの死因について口を閉ざしている。あなたの死に隠された何かを闇に葬ろうとしている。

そんなことは絶対に許さない。

わたしたちは、何があなたを苦しめたのかを必ず突き止めてみせる。

「では始める。死体は十代女性。体表面には蘇生手術時の縫合痕以外に外傷なし。内科の診断は急性虫垂炎による腹膜炎の再発。検体は突然の痛みを訴えて嘔吐した後、昏睡状態に陥《おちい》った。開腹時、執刀医は膿性腹水の貯留と虫垂周辺の潰瘍を確認している」

紗雪の腹部は糸で縫合されている。死後の処置であるためか、縫い目は粗《あら》い。光崎はその糸を丁寧に抜いていく。紗雪は既に死んでいる。縫合痕を放置したまま新たに切開した方が手っ取り早いはずだが、それをしないのは光崎なりの死者に対する配慮だった。

腹を開くと体内に溜まっていた腐敗ガスが噴出した。臭いに不慣れな理恵子は瞬時に顔を背《そむ》ける。

光崎の指が肝臓に達する。腹腔内には多量の滲出液が認められる。虫垂下部には確かに潰瘍が存在する。ここまでは執刀した新井の報告通りだ。

光崎はじっと腹腔内に目を凝らす。まるで臓器の陰に隠れた悪鬼を捜しているようだった。

やがてその指がそのまま下大静脈を探り当てる。

「メス」

武骨な手が静脈を裁断した。

「血管内部を確認」

真琴は突き出された血管内部を顕微鏡で確認する。

すぐ目についたのは内部壁に盛り上がった瘤《こぶ》だった。

「教授。静脈瘤です！」

「肝臓を開く」

結果を予想していたのか、光崎は一顧《いっこ》だにする風もなく肝臓にメスを当てる。それを覗いたキャシーが驚きの声を上げた。

「この肝類洞《かんるいどう》……拡張していませんか？」

「一部に鬱血も見られるな」

「これは肝硬変によく似た症状です」

「似てはいるが肝硬変ではない。バッド・キアリ症候群による肝不全だ」

バッド・キアリ症候群——その病名を耳にして、真琴は静脈瘤の意味を知った。

バッド・キアリ症候群とは下大静脈の肝臓を通る部分や肝静脈が狭窄《きょうさく》し、肝機能障害を引き起こすものだ。肝小葉中心帯の肝類洞の拡張、それに静脈瘤は典型的な所見だ。

真琴は再度顕微鏡を覗き込む。間違いない。瘤の正体は器質化した血栓だ。

「バッド・キアリ症候群の症状は腹痛と腹水、それに嘔吐だ」

腹膜炎の症状と全く同じだった。

理恵子は顔色を変えていた。

「じゃあ、死因はエンドトキシンショックではないんですか」

「バッド・キアリ症候群を急激に発症すると体力のない患者は死亡することがある。確かに腹膜には炎症が認められるが、こちらはまだ炎症部分が少ない。それに比べて静脈瘤は消化管の至る部位に点在している。併発していたとしても主因は肝不全だろう」

「でも、それにどんな意味があるんですか」

「最前も言った通り、検体から採取した血液からはプラスミノーゲン・アクチベーターが多量に検出されている。これが何を意味しているか、わしが指摘しなくとも見当はつくだろう」

三人の女はそれぞれ顔を見合わせた。

考えられることは一つしかない。

病院内の誰か。しかも紗雪の血管内部に血栓ができているのを知っていた人物が、何らかの方法で彼女に血栓溶解剤を投与していたのだ。

「わたしじゃありません！」

理恵子は訴えるように叫ぶ。

「わ、わたしが紗雪ちゃんに投与したのはクラフォランだけです。その他の薬剤を投与するなんて……」

「ああ、もちろん君ではないだろう」

光崎は肝臓組織の一部を切除しながら応える。

「血栓溶解剤は静脈注射だ。もし君が投与したのなら、もう少し上手くやっておるはずだ」

「どういう意味ですか」

「こっちに来て検体の右腕を見ろ」

光崎に誘われて理恵子は紗雪の右腕を凝視する。真琴とキャシーもそれに倣《なら》った。

肘の内側に数カ所残る針の赤い跡。真琴がどさくさに紛れて血液を採取したのは左腕だったので、この注射跡は自分でつけたものではない。

「どうして右腕に……わたしはいつも左腕に静注していたのに」

「静脈に針を入れる際、万が一神経を傷つけて麻痺させてしまうのを考慮して、通常は利き腕にはなるべく注射しない」

「そうです」

「浅い血管に刺す時は針を寝かせる。深い血管の時にはそれよりも立て気味にする」

「ええ」

「君くらい慣れた看護師が針を入れれば、そんな跡は残らんだろう。それは、少なくともベテラン看護師よりは注射慣れしていない者の仕事だ」

4

光崎たちが解剖室から出て来ると栗栖と古手川、それに津久場が待ち構えていた。

「終わった。遺体は遺族に返してやってくれ」

命じられた栗栖は警官たちを呼び込んで、遺体の載ったストレッチャーを運び出させる。真琴と理恵子は頭を下げてその後を見送った。

「で、先生。何か見つかりましたか」

切実に問い掛ける栗栖の脇をすり抜け、光崎は津久場の前に立つ。

「相変わらず、注射が下手くそだな」

「……だから今までは看護師に任せていた」

真琴は自分の耳を疑った。

「じゃ、じゃあ紗雪ちゃんに血栓溶解剤を静注していたのは津久場教授だったんですか」

真琴の問いに、津久場は小さく頷く。

「血管を拡げるか血栓を取り除くか。あの子の場合には血栓を取り除くしかなかった。外科手術では血栓が見つかってしまうから、血栓溶解剤を投与するしかなかったのだ」

理恵子の言葉が不意に甦った。

『津久場先生がクスリで散らしています』

『津久場先生ったら血液採取まで自分でするなんて言い出すんですよ』

聞いた時には津久場らしい熱心さだと受け取っていたが、実際は違う。津久場は自分の手で血栓溶解剤を投与する機会を始終探っていたのだ。

「それならカルテを持ち出したり、血液検査のデータを削除したのも先生だったんですか」

津久場は黙っている。ただの黙秘でないのは、この男の下で働いていた真琴には分かる。これは肯定を意味する沈黙だ。

「でも、どうしてそんなことを。紗雪ちゃんの身体に血栓ができていたのをご存じだったのなら、内科なり外科なりにそれを伝えればよかったじゃないですか」

真琴が畳み掛けると、津久場は眩《まぶ》しそうに目を細めた。だが、口は開こうとしない。

「伝えられない事情があったんだよ」

一同がぎょっとして声のした方向を向く。

声の主は古手川だった。

栗栖が胡散臭《うさんくさ》そうに片方の眉を上げた。

「古手川、何か知っているようだな」

「ずっと光崎先生には引き摺《ず》られてきましたからね。これだけ長い時間をもらえれば、俺だって独自に調べようとしますよ」

「ずっと?」

「かれこれ四カ月も前から依頼を受けてたんスよ。病死でも事故死でも殺人でも何でも構わない。管轄内で既往症のあるホトケが出たら逐一教えろって。理由を尋ねても決して教えてくれませんでしたけどね」

古手川はちらと光崎を盗み見る。

真琴には古手川の考えが何となく分かった。衆人環視の中、果たしてそれを口にしていいのかどうか、光崎に伺いを立てているのだ。

光崎は無表情のまま黙りこくっている。もし古手川の口を封じたければ、いつものように毒舌の一つも吐けばいい。それがないのは暗黙のうちに了解していると解釈できた。

古手川もそう判断したのだろう。小さく溜息を吐いてから言葉を続ける。

「管轄内で既往症のあるホトケ。その中でも光崎先生が半ば強引に解剖したのは五件あります。まず浦和区皇山町の河川敷で発見された峰岸透。これが光崎先生から命令される、そもそものきっかけでした。泥酔した上での凍死と見られていましたが、光崎先生の解剖により睡眠薬を服用させての凍死であることが判明しました。尚この際、先生は峰岸が腎梗塞と診断し、腎臓皮質のサンプルを採取しています」

真琴はここに来て最初の解剖に立ち会った時をまざまざと思い出す。あの時は悪臭と変色した臓器に怯え、碌《ろく》に観察もできなかった。

「二件目は大宮体育館付近でクルマに撥《は》ねられた栗田益美。大宮東署は交通事故死と扱いましたが、先生が解剖した結果、クルマと衝突する寸前脳梗塞に陥っていたことが判明しました」

あの事件はクルマを運転していた男の娘が、法医学教室に電話を掛けてきたことから始まった。そして真琴は、法医学が死者のみならず生者をも救えることを知らされた。

「三件目、ボートレース平和島でレース中に発生した真山選手の激突事件。これも当初は真山選手の操縦ミスとの見方でしたが、先生によって網膜動脈の閉塞からくる視力障害の可能性が提示されました。光崎先生はこの時も網膜動脈のサンプルを採取されましたが、動脈はひょっとして詰まっていたんじゃありませんか?」

光崎は不愉快な顔のまま、まだ黙っている。

「このまま俺が喋り続けてもいいんですか。光崎先生から何か言わなくていいんですか」

返事なし。古手川は諦めて言葉を継ぐ。

「四件目はここ浦和医大に急患で担ぎ込まれた柏木裕子。マイコプラズマ感染による肺炎との診断でしたが、これも解剖の結果、肺塞栓症による死亡であることが明らかになりました。そして今回の五件目です。解剖前の診断では腹膜炎の再発。結果はどうでしたか?」

問われた本人が答えそうにないとみたのか、キャシーが代わって口を開いた。

「古手川刑事。患者はバッド・キアリ症候群でした」

「あまり聞き慣れない病気だな。そいつの原因は何なんですか」

「肝静脈狭窄による肝機能障害です。彼女の場合には、血管の中に器質化した血栓が生じていました」

「血栓。やっぱりそうじゃないかと思っていました」

光崎の渋面が伝染でもしたのか、古手川もまた浮かない顔をしている。

「今挙げた五人には四つの共通点があります。一つは全員が既往症を持ち、以前にこの浦和医大で治療を受けていること。そしてもう一つは、全員が似たような病気を発症していたこと。峰岸透の腎梗塞、栗田益美の脳梗塞、真山選手の網膜動脈閉塞症、柏木裕子の肺塞栓症、そして倉本紗雪ちゃんのバッド・キアリ症候群。これらは全て血管中に血栓ができることによって発症する病気です」

ざわ、と真琴の背中に悪寒が走る。

古手川の言葉には次第に不穏さが漂い始めた。このままいけばとんでもないカタストロフが待ち受けているような予感がある。

辿《たど》り着くであろう真実が怖い。

だが真琴は古手川を止めるつもりはなかった。怖かろうが残酷であろうが、その真実を見届けなければ、自分は先に進めない気がするからだ。

「三つめの共通点は既往症の種類に関してです。峰岸透は膀胱炎を患っていました。栗田益美は敗血症、真山選手は気管支炎、柏木裕子は肺炎、そして倉本紗雪ちゃんは腹膜炎。そしてこれらの諸症状に共通して使用される薬剤があります。それは……」

「もう、いい」

部屋の隅からかさついた声が飛んできた。

津久場だった。

「そこから先はわたしが話そう。五つの症状に共通するのは、それがある抗生物質の適応症ということだ」

真琴は思わず目を閉じた。

一番当たって欲しくない想像が当たってしまったのだ。

「セフトリアキソンという薬剤だ。ついでに言ってしまえば四つめの共通点は五人の主治医が全てわたしだという点だ。どうせ、そこまで調べはついているのだろう？　病院関係者に尋ねればすぐに判明することだ」

セフトリアキソンの名前を聞いて理恵子も思い当たったらしく、驚きに目を見開いている。

おそらくはこの中で唯一人事情を知らない栗栖が、困惑した様子で古手川に尋ねる。

「セフトリアキソン？　その薬剤に何か問題があるというのか」

「セフトリアキソン単独では問題ないんです。けれど……」

古手川は胸ポケットから四つに折られた紙片を取り出した。広げてみると、それは新聞記事のコピーだった。

「少し前の事件です。在中国の韓国公使がサンドイッチを食べた後に腹痛を訴え、翌日病院に担ぎ込まれて点滴を始めた直後、呼吸困難に陥って死亡しました。原因は点滴の際、セフトリアキソンを合わせて注入したからだと言われています。このセフトリアキソンは、カルシウムを含有する輸液に配合させると混濁の他、血管内に多くの結晶を生じるんです。それで血栓のできたような状態になる」

「結晶？　それじゃあ五人の患者に生じていた血栓というのは、そのセフトリアキソンを成分とする結晶に由来したものだったというのか」

「ええ。それにしても津久場教授、どうしてこんなことになったんですか」

津久場はすっかり観念したように答える。

「死んだ公使の場合は症状が極端だったが、報告が遅きに失したことは間違いない。事件発覚前から、製造元の製薬会社とＦＤＡ（アメリカ食品医薬品局）はカルシウムを含む薬品とセフトリアキソンを併用しないよう警告を発していたが……遅かった。事件を知った時には、既にわたしは数人の患者にセフトリアキソンを併用して点滴した後で、しかも全員が退院してしまっていた」

セフトリアキソンの話は真琴も初耳だった。医療現場にいても、全員がこの類の報告に逐一耳を傾けている訳ではない。

真琴は合点した。だから紗雪が再入院した時に、津久場は何とか秘密裡に結晶でできた血栓を溶かしてしまおうと血栓溶解剤を投与し続けたのだ。

「公表しようとは考えなかったんですか」

「そんなことをしたらどうなると思う」

津久場の声には自嘲の響きがあった。

「医療過誤だの何だのと、たちまち碌でもないマスコミがハイエナのように群がる。薬剤の副作用によるものだから訴訟になったとしても負けることはないだろうが、訴訟準備だけで大変な時間と手間を食う。ただでさえ多忙極まるウチの大学にそんな余裕があると思うかね？」

「ご自分の地位と名誉のためでは？」

「それを考えなかったと言えば嘘になる。しかし大学の体面を優先させたのは本当だ」

それがせめてもの救いであり、津久場らしい動機だと真琴は思った。津久場の過ちは医療ミスでなく、むしろ事実を隠蔽しようとしたことだろう。

すると問題が残った。光崎の不可解な行動だ。

「古手川さん。それじゃあ、どうして光崎教授は古手川さんに既往症の患者を調べろなんて指示を出したんですか」

「光崎先生がその指示を出したのは峰岸の司法解剖をした直後だった。光崎先生はその時にはもう、血栓の由来に思い当たっていたんじゃないかな。どうです、先生？」

それでも光崎は答えようとしない。ただ、じっと津久場を見ているだけだ。そして津久場もまた光崎から視線を外そうとしない。

「光崎先生。あなたは医療ミスの原因を一人で調べ上げ、それが第三者によって明るみになる前に、津久場先生に警告しようとして……」

「黙れ、若造」

口調は同じだったが、いつものような野太さはなかった。

「碌な経験もない癖に、軽々しく想像だけで人を語るな」

そして皆の横をすり抜け、部屋を出て行ってしまった。

無視された形の津久場が、やがて薄く笑う。

「栗栖課長。なかなか優秀な部下をお持ちだ。羨ましい」

「はあ……」

「もっと詳しい話が必要でしょう。悪いが少し時間をいただけませんか。長期間不在となれば色々と業務の引き継ぎをしなければなりませんから」

「承知しました」

栗栖の誘導で津久場が部屋から出て行く。

古手川が二人の後に続き、「津久場先生」と呟きながら理恵子も飛び出して行った。

後には真琴とキャシーだけが残された。

翌日、真琴が法医学教室のドアを開けると、中には光崎とキャシーがいた。

「お、おはようございます」

「グッモーニン、真琴。寝坊でもしましたか、今日はいつもより少し遅いですね」

「この時間なら教授もいらっしゃると思ったので……」

するとと光崎がぎろりとこちらを睨んだ。

「何か話でもあるのか。まさか若造と似たような世迷言《よまいごと》を繰り返そうとでもいうのか」

いつも以上に不機嫌そうだった。

理由は容易に見当がついた。昨日以来、病院内には私服制服問わずに警察官たちの姿が入り乱れ、外では報道陣の群れがカメラとマイクで取り囲んでいる。これでは患者はもちろん、医師や看護師も落ち着いて治療に専念できない。

問題の渦中にいる津久場は県警本部で事情聴取の真っ最中だ。古手川の話によれば淡々と供述を続け、捜査は滞りなく進んでいるらしい。

一方、浦和医大上層部は大わらわになっていた。該当する患者への対処とマスコミへの対応、そして予想される集団訴訟に対して善後策を協議すべく昼からは理事会が開催される予定だった。

しかし会議の決定がどうなろうとも浦和医大、別けても内科への批判は避けられないだろう。内科部長の交代をはじめ、早くも何人かの降格や配置換えが噂されている。下手をすれば大学の上層部どころか組織体制まで刷新される可能性がある。

ただし光崎の不機嫌の理由はおそらく別のところにあるに違いなかった。

「今日は光崎教授にお詫《わ》びに参りました」

真琴は光崎の前に立つ。面罵《めんば》される覚悟はできていた。

「皇山町の事件が解決してから間もなく、わたしは津久場教授から光崎教授の動向を探るように命じられていたんです。光崎教授が警察や大学の意向を無視して、徒に解剖実績を増やしている惧《おそ》れがあるからと」

「ああ、そうだったのですね」

キャシーが合点したように頷いた。

「津久場教授は自分の医療ミスが露見しないかどうか、探りを入れていたんですね」

供述によると、津久場が医療ミスに気づいたのは韓国公使事件がニュースになった時だが、その直後に該当する患者が殺人事件の被害者となってしまった。司法解剖をしたのは光崎だったが、この事件をきっかけに津久場は怖れを抱いた。老練な光崎なら遺体に巣食った血栓の正体に気づいてしまうのではないかと危惧し始めたのだ。

光崎の単独調査はその時に始まった。

「津久場教授は司法解剖が行われる度、わたしに詳細を報告させようとしました。わたしは愚かにも教授の意図をすっかり見誤っていたんです」

語尾が擦れた。

身体中の血の気が引いていく。できることなら自分の姿を消してしまいたいと思った。

「わたしは光崎教授を裏切りました。キャシー准教授の信用を裏切りました。弁解はしません。津久場教授に騙されていたとしても、スパイの真似を請け負ったのは事実ですから。本当に、本当に申し訳ありませんでした」

腰を折り、深々と頭を下げる。こんな頭を下げたくらいで許されるとは思っていない。しかし情けないことに、今はそれが真琴のできる唯一の謝罪だった。

「それで、その……こんな時に言うのがとんでもない恥知らずだというのは分かっていますけど、わたしをまだしばらく光崎教授の許に置いていただけませんか」

言った途端、顔から火が出るかと思った。

何とムシのいい話かと我ながら呆れる。しかしこのまま言わずに後悔するよりも、言って軽蔑された方がまだマシだった。

「初めて法医学教室を訪れた日、キャシー先生から〈ヒポクラテスの誓い〉を読まされました。正直言って古人の誓文は今ひとつピンときませんでした。『養生治療を施すにあたっては、能力と判断の及ぶ限り、患者の利益になることを考え、危害を加えたり不正を行う目的で治療することはいたしません。また、どの家に入っていくにせよ、全ては患者の利益になることを考え、どんな意図的不正も害悪も加えません。そしてこの誓いを守り続ける限り、私は人生と医術を享受できますが、万が一、この誓いを破る時、私はその反対の運命を賜るでしょう』。でも今なら、今ならほんの少しは理解できる気がするんです」

不思議な話だった。生きている患者を担当していた時には見えなかったものが、死者と語らうようになってからはぼんやりとだが見え始めてきた。

それはきっと死者が寡黙なせいだろうと思う。どれだけ問い掛けても死者はなかなか喋ってくれようとしない。どうしたら答えてくれるのかと自問し続けると、己に欠けているもの、相手の求めているものがゆっくりと浮かんでくる。

「わたしは研修医としてもまだまだ半人前です。でも、早く立派な医師になりたいんです。ヒポクラテスの誓いを堂々と胸に刻める医師になりたいんです。光崎教授、どうかお願いします」

真琴は頭を下げたまま光崎の言葉を待つ。

だが何の返事もない。

心臓が潰されるような緊張に耐えられなくなり、ゆっくりと頭を上げる。

いつの間にか目の前に光崎が立っていた。

「勝手にし給え」

それだけ言うと、光崎は真琴の脇をすり抜けてさっさと部屋を出て行ってしまった。

じわりと目の前が熱くなる。

キャシーは立ち上がると、右手を差し出してきた。

「ウエルカム真琴。法医学教室にようこそ」

解説――華麗なメスさばきで事件の謎を解剖する法医学ミステリー

書評家　大森《おおもり》　望《のぞみ》

まず死体がある。／なぜ死んだのかを調べていく。／やがて一つの死と、それにまつわるさまざまな事情がはっきりしてくる。／生きている人の言葉には嘘《うそ》がある。しかし、もの言わぬ死体は決して嘘を言わない。／丹念に検死をし、解剖することによって、なぜ死に至ったかを、死体みずからが語ってくれる。

――上野《うえの》正彦《まさひこ》「死者との対話」（文春文庫『死体は語る』所収）より

ピアニスト、警察官、弁護士、麻薬取締官、映画監督、総理大臣……さまざまなスペシャリストの世界を描いてきた中山七里《なかやましちり》だが、本書で挑むのは法医学の世界。東京都監察医務院の元院長・上野正彦の『死体は語る』（単行本は一九八九年、時事通信出版局初刊）が大ヒットして以来、法医学は日本でも一躍ポピュラーになり、次々にテレビドラマ化されてきた。篠《しの》ひろ子主演の『助教授一色麗子《いっしきれいこ》　法医学教室の女』に始まって、名取裕子《なとりゆうこ》主演の『法医学教室の事件ファイル』、郷田《ごうだ》マモラの漫画を原作に深津絵里《ふかつえり》が監察医を演じた『きらきらひかる』、沢口靖子《さわぐちやすこ》が京都府警科学捜査研究所の法医研究員を演じる『科捜研の女』、高島礼子《たかしまれいこ》主演の『監察医・篠宮葉月《しのみやはづき》　死体は語る』、瑛太《えいた》、生田《いくた》斗真《とうま》、石原《いしはら》さとみ等が法医学ゼミに所属する医学生を演じた『ヴォイス～命なき者の声～』、江角《えすみ》マキコが国立大の法医学教室特任准教授を演じた『ブルドクター』、武井咲《たけいえみ》主演の『ゼロの真実　監察医・松本真央《まつもとまお》』などなど、枚挙《まいきょ》にいとまがない。刑事もの、弁護士もの、医療ものに続いて、ひとつのジャンルといってもいいほど人気を集めている。なぜか女性の法医学者／監察医を主人公にしたドラマがほとんどを占めるのが特徴。

その伝統にならってか、本書の主人公・栂野真琴《つがのまこと》も女性。ただし、まだ法医学者ではなく、浦和《うらわ》医大の研修医。ある事情から法医学教室に入ることとなる。以下、単行本の帯裏の内容紹介を引用すると、

真琴を出迎えたのは法医学の権威・光崎藤次郎《みつざきとうじろう》教授と「死体好き」な外国人准教授《じゅん》キャシー。傲岸不遜《ごうがんふそん》な光崎だが、解剖の腕と死因を突き止めることにかけては超一流。光崎の信念に触れた真琴は次第に法医学にのめりこんでいく。彼が関心を抱く遺体には敗血症や気管支炎、肺炎といった既往症が必ずあった。「管轄内で既往症のある遺体が出たら教えろ」という。なぜ光崎はそこにこだわるのか——。

解剖医の矜持《きょうじ》と新人研修医の情熱が、隠された真実を導き出す――

この『ヒポクラテスの誓い』は、全五話から成る一話完結の短編連作で、祥伝社の月刊誌〈小説NON〉二〇一四年二月号～十一月号に連載されたのち、二〇一五年五月に四六判ハードカバーの単行本として刊行された。

主な舞台が埼玉県なので、埼玉県警刑事部捜査一課の若手刑事、古手川和也《こてがわかずや》がレギュラー出演し、警察との連絡役をつとめる。一応の主人公は前述のとおり栂野真琴だが、どちらかと言えば狂言回しに近く、真の主役というか、名探偵役をつとめるのは、浦和医大法医学教室の光崎藤次郎教授。

この光崎教授も古手川刑事も、中山七里作品の読者にとっては、おなじみのキャラクター。著者の第二長編にあたる『連続殺人鬼 カエル男』（執筆はデビュー作の『さよならドビュッシー』より早い）の冒頭には、古手川の上司である渡瀬《わたせ》班長が光崎を評して、「あの爺さん歩くのは遅いのに、仕事はメチャクチャ速いんだ」と語るくだりがある。その言葉どおり、おもむろに登場した光崎は、それまで食べていた肉うどんの汁を啜《すす》り終えたのち、搬送されてきた死体を検案し、快刀乱麻《かいとうらんま》を断つがごとく、死因や死亡推定時刻を明解に解き明かしてゆく。

本書では、そのご老体が華やかなスポットライトを浴び、若い女性二人を従えて堂々たる名探偵ぶりを披露《ひろう》する。光崎教授の水際立ったメスさばきの前では誰も文句が言えず、悪役連中も参りましたと平伏するしかない。その意味では、さながら法医学版の水戸黄門《みとこうもん》。カッカッカと笑うわけじゃないけど、なんとなくドラマの黄門様にイメージが重なる（そういえば、光崎藤次郎という名前も、初代黄門役の東野英治郎《とうのえいじろう》にちょっと似てるかも）。

勧善懲悪《かんぜんちょうあく》とはちょっと違うが、真実の究明を核とする痛快無比のエンターテインメント性を正面から追求するのが本書の魅力。幾多《いくた》の障壁を突破して、ついに遺体が解剖され、真相が明らかになった瞬間、スカッと胸がすく爽快感が味わえる。

泥酔状態で凍死した中年男性。自転車に乗っているときに乗用車と衝突して死亡した女性。レース中にコースアウトし、防波堤に激突した競艇選手。容態《ようだい》が急変し、病院で治療中に死亡したマイコプラズマ肺炎患者……。一見、なんの事件性もなさそうな死体に隠された秘密を光崎のメスが白日のもとにさらす。見せ場となる解剖シーンは、それこそ『さよならドビュッシー』のピアノ演奏シーンさながら、迫力満点の筆さばきで華麗《かれい》かつディテール豊かに描かれる。

さて、中山七里作品が祥伝社文庫から刊行されるのは本書がはじめてなので、このへんであらためて、著者の経歴を紹介しておこう。

中山七里は一九六一年、岐阜県生まれ。花園《はなぞの》大学文学部国文学科卒業。高校時代から小説を書きはじめ、新人賞に投稿。大学生のときには江戸川乱歩《えどがわらんぽ》賞で一次選考を通過した経験もあるが、就職とともに筆を折り、サラリーマン生活を続けていた。二十年ぶりにまた書きはじめたのは二〇〇六年のこと。単身赴任中の大阪で、愛読している島田荘司《しまだそうじ》のサイン会に参加し、はじめて生で作家を見たのがきっかけだったという。その足ですぐさま電気街にパソコンを買いにいき、その日のうちに長編小説を書きはじめた。それが、埼玉県を舞台にしたミステリ『魔女は 甦《よみがえ》る』だった。

翌二〇〇七年、書き上げた『魔女は甦る』を第6回『このミステリーがすごい！』大賞に応募、最終候補に残ったものの、受賞は逃す。同作の主役は埼玉県警捜査一課の槙畑啓《まきはたけい》介《すけ》警部補で、渡瀬班長や新米刑事の古手川和也も登場。光崎教授の名前も出てくる。

このときの選評を参考に、新たに書き上げたのが、まったくタイプの違う二長編、『連続殺人鬼 カエル男』（応募時タイトル「災厄《さいやく》の季節」）と『さよならドビュッシー』（応募時タイトル「バイバイ、ドビュッシー」）だった。この二作がともに第8回『このミステリーがすごい！』大賞の最終候補に残り、『さよならドビュッシー』のほうが大賞を受賞する（太朗想史郎《たろうそうしろう》『トギオ』と同時受賞）。これが二〇一〇年一月に単行本化されて、中山七里は作家デビューを果たした。

同書は、全身に大火傷《おおやけど》を負った十六歳の少女が、つらいリハビリとレッスンに耐え、五分しか指が動かないハンデにもめげず、ピアノ・コンクールで優勝をめざす——という音楽スポ根もの。たちまちベストセラーになり、二〇一三年には利重剛《りじゅうごう》監督、橋本愛《はしもとあい》、清塚信也《きよづかしんや》主演で映画化、二〇一六年には『さよならドビュッシー～ピアニスト探偵　岬洋介《みさきようすけ》～』のタイトルでテレビドラマ化された（日本テレビ製作、黒島結菜《くろしまゆいな》、東出昌大《ひがしでまさひろ》主演）。コーチとして招かれるピアニストの岬洋介が探偵役をつとめるミステリでもあり、その後、彼を主人公にシリーズ化。『おやすみラフマニノフ』、『いつまでもショパン』、『どこかでベートーヴェン』と刊行されて、累計百万部を超える大ヒットを記録している。

二〇一一年には、前述の『連続殺人鬼　カエル男』と『魔女は甦る』の改稿版と、デビュー作の前日譚となる連作短編集『要介護探偵の事件簿』を相次いで刊行。さらに弁護士・御子柴礼司《みこしばれいじ》を主人公とするピカレスク的なリーガル・サスペンス『贖罪《しょくざい》の奏鳴曲《ソナタ》』を出して話題をさらった。こちらは二〇一五年に三上博史《みかみひろし》主演でテレビドラマ化され、ＷＯＷＯＷ「連続ドラマＷ」枠で放送された（青山真治《あおやましんじ》監督、西岡琢也《にしおかたくや》脚本、全四話）。古手川和也は白石隼也《しらいししゅんや》が、渡瀬班長はリリー・フランキーが演じている。この御子柴礼司ものもシリーズ化されて、『追憶の夜想曲《ノクターン》』『恩讐の鎮魂曲《レクイエム》』と続く。

二〇一三年に出た『切り裂きジャックの告白』は、警視庁刑事部捜査一課の犬養隼人《いぬかいはやと》が主人公。合同捜査の相棒役として古手川和也が登場する（それと同じころに渡瀬班長がひとりで捜査する事件を描いたのが『テミスの剣《つるぎ》』）。こちらもドラマ化されて、犬養隼人役は沢村一樹《さわむらいつき》、古手川和也役は瀬戸康史《せとこうじ》が演じている（朝日放送製作）。同じ犬養隼人が主役の続編に、『七色の毒』、『ハーメルンの誘拐魔』がある。

　こうしたシリーズ作品以外にも、元裁判官の老婦人が和製ミス・マープルよろしく安楽椅子探偵をつとめる『静《しずか》おばあちゃんにおまかせ』、映画製作の現場でさまざまなトラブルが続発する『スタート！』、東日本大震災直後の福島県で起きた事件を描く『アポロンの嘲笑』、売れない舞台俳優が首相の替え玉をつとめる『総理にされた男』など、中山七里は、さまざまなタイプのエンターテインメントを自在に書き分けている。

　前述のとおり、登場人物にスター・システムを採用し、おなじみのキャラが版元を横断してあちこちの作品に顔を出すのも大きな特徴のひとつ。相互に矛盾が起きないよう、時系列まで含めて綿密に設計されている。

　デビューから六年余を経た二〇一六年六月現在、著書は二十三冊。執筆ペースは、だいたい一日二十五枚、月産七百枚。一時は月に十四本の連載を抱えていたこともあるという。

　この驚異的な量産体制を支えているのが、独特の執筆スタイル。長編の依頼を受けると、テーマについて編集者と相談したのち、三日かけて頭の中でひたすら小説を練り上げる。編集者にプロットを渡すときは、最初の一行から最後の一行まで、完全にできあがっているので、あとはそれをパソコンで書き起こすだけ。だから、連載が何本になっても行き詰まることはないし、頭の中にあるものを写すだけなので一日二十五枚も苦にならないのだとか。また、本書のように専門的な内容でも、小説のために取材に出かけることは一切ないらしい。まさに「小説家、見てきたような嘘をつき」の典型。著者いわく、

サラリーマンを二十八年やってきましたが、その中で得た知識や経験は一切書いていません。デビュー作『さよならドビュッシー』は音楽のことをたっぷり書いていますけれど、ピアノを触ったこともありません（笑）。あの小説を書こうと思ったときに初めてドビュッシーのCDを買ったくらいです。物書きが生き長らえる理由に、想像力を物語に落とし込む能力があると思います。僕が五年の間、小説を書き続けられたのは「依頼された仕事を断らない」ことと「自分が書きたいものを書いてない」からだと思います。よく「作家は書きたいことが無くなってからが勝負だ」と言われますが、それなら最初から書きたいものを書かなかったら長持ちすると考えています。僕は戦略的に「皆が読みたいものを書く」ことに特化して、編集者との打ち合わせでも、この物語がどんな読者層にどれだけの波及力、訴求力があるのかを考えています。（〈新刊ニュース〉二〇一五年三月号）

なんとも見上げたエンターテインメント作家魂ではないか。これだけ職人に徹したうえ

で、なおかつハイレベルな作品を量産することに成功している作家も珍しい。「私に支点を与えよ。そうすれば地球を動かしてみせよう」と言ったのはアルキメデスだが、中山七里の場合は「私にテーマを与えよ。そうすれば三日後に長編小説にしてみせよう」という勢い。しかも、本書を読めばわかるとおり、その小説には、解剖室のにおいまで再現するような、リアルなディテールに満ちている。頭の中だけでそれを完成させられる特異な才能には脱帽するしかない。

最後に最新情報を補足すると、本書『ヒポクラテスの誓い』は、『贖罪の奏鳴曲』に続き、WOWOW「連続ドラマW」枠でテレビドラマ化が実現。真琴役と光崎教授役にはそれぞれ超大物がキャスティングされているようで、オンエアが楽しみだ。さらにもうひとつ、現在、本書の続編にあたる『ヒポクラテスの憂鬱《ゆううつ》』が、〈新刊ニュース〉に連載中。十六歳の人気アイドルがさいたまスーパーアリーナでのコンサートの最中、ステージから転落して死亡した事件に始まり、本書でおなじみのトリオ（プラス古手川刑事）が死体の謎に挑む。それと同時に、〝コレクター〟（集める方のcollectorじゃなくて、CORRECTOR＝修正者）と名乗る人物が埼玉県警のホームページに告発状めいた謎の文書を連続投稿していて、これが全体を貫く縦軸になるらしい。まもなく完結し、単行本刊行予定。この文庫版でシリーズのファンになった読者はお見逃しなく。

（この作品『ヒポクラテスの誓い』は、平成二十七年五月、小社から四六判で刊行されたものです。

また本書を刊行するにあたって、東京医科歯科大学法医学分野　上村公一教授に監修していただきました。

本書はフィクションであり、登場する人物、および団体名は、実在するものといっさい関係ありません。）

ヒポクラテスの誓い

一〇〇字書評

切り取り線

購買動機（新聞、雑誌名を記入するか、あるいは○をつけてください）

□（　　　　　　　　　）の広告を見て	
□（　　　　　　　　　）の書評を見て	
□ 知人のすすめで	□ タイトルに惹かれて
□ カバーが良かったから	□ 内容が面白そうだから
□ 好きな作家だから	□ 好きな分野の本だから

・最近、最も感銘を受けた作品名をお書き下さい

・あなたのお好きな作家名をお書き下さい

・その他、ご要望がありましたらお書き下さい

住所	〒				
氏名		職業		年齢	
Eメール	※携帯には配信できません		新刊情報等のメール配信を 希望する・しない		

この本の感想を、編集部までお寄せいただけたらありがたく存じます。今後の企画の参考にさせていただきます。Eメールでも結構です。

いただいた「一〇〇字書評」は、新聞・雑誌等に紹介させていただくことがあります。その場合はお礼として特製図書カードを差し上げます。

前ページの原稿用紙に書評をお書きの上、切り取り、左記までお送り下さい。宛先の住所は不要です。

なお、ご記入いただいたお名前、ご住所等は、書評紹介の事前了解、謝礼のお届けのためだけに利用し、そのほかの目的のために利用することはありません。

〒一〇一－八七〇一
祥伝社文庫編集長　清水寿明
電話　〇三（三二六五）二〇八〇

祥伝社ホームページの「ブックレビュー」からも、書き込めます。
www.shodensha.co.jp/bookreview

祥伝社文庫

ヒポクラテスの誓《ちか》い

平成28年6月20日　初版第1刷発行
令和6年3月15日　　　第21刷発行

著　者　中山七里《なかやましちり》
発行者　辻　浩明
発行所　祥伝社《しょうでんしゃ》
東京都千代田区神田神保町3-3
〒101-8701
電話　03（3265）2081（販売部）
電話　03（3265）2080（編集部）
電話　03（3265）3622（業務部）
www.shodensha.co.jp

印刷所　堀内印刷
製本所　ナショナル製本
カバーフォーマットデザイン　芥　陽子

Printed in Japan ©2016, Shichiri Nakayama　ISBN978-4-396-34210-4 C0193

祥伝社文庫の好評既刊

中山七里
ヒポクラテスの憂鬱《ゆううつ》
その遺体は本当に自殺なのか？　真相を知るため、新人女性解剖医は大胆な行動に。驚愕の法医学ミステリー。

伊坂幸太郎
陽気なギャングが地球を回す
史上最強の天才強盗四人組大奮戦！映画化され話題を呼んだロマンチック・エンターテインメント。

伊坂幸太郎
陽気なギャングの日常と襲撃
華麗な銀行襲撃の裏に、なぜか「社長令嬢誘拐」が連鎖――天才強盗四人組が巻き込まれた四つの奇妙な事件。

伊坂幸太郎
陽気なギャングは三つ数えろ
天才スリ・久遠はハイエナ記者火尻にその正体を気づかれてしまう。天才強盗四人組に最凶最悪のピンチ！

佐藤青南
ジャッジメント
容疑者はかつて共に甲子園を目指した球友だった。新人弁護士・中垣《なかがき》は、彼の無罪を勝ち取れるのか？

柚月裕子
パレートの誤算
ベテランケースワーカーの山川《やまかわ》が殺された。被害者の素顔と不正受給の疑惑に、新人職員・牧野《まきの》聡美《さとみ》が迫る！